本书为国家社会科学基金项目“彼得·阿克罗伊德小说的叙事艺术研究”（批准号：16BWW045）阶段性成果之一

彼得·阿克罗伊德：
历 史 书 写 与 英 国 性

Peter Ackroyd:
Historical Writing and Englishness

郭瑞萍 著

南京大学出版社

序 言

阿克罗伊德(Peter Ackroyd)是当今英国文坛一位重要的传记作家和小说家,获得过众多文学奖项,被誉为“当代最有才华的传记作家之一”和“历史小说大师”。他兴趣广泛、著述颇丰,对民族传统和文化怀有深厚情感和敬意,崇尚经典作家,有强烈的历史情怀,撰写了大量以英国历史为题材的作品。2010年郭瑞萍考入南京大学攻读博士学位,选择研究阿克罗伊德的小说创作,当时国内阿克罗伊德研究还处于起始阶段,她的选题既是一个新的突破,也是一个难题,具有挑战性。经过几年的努力,郭瑞萍在2013年顺利完成国内第一篇研究阿克罗伊德的博士论文。《彼得·阿克罗伊德:历史书写与英国性》是她在博士论文基础上进一步深入研究阿克罗伊德的成果,具有学术价值。

首先,在选择分析文本方面,本书涵盖面较广。以往的研究多数都集中在作家的单部作品或同类型作品,难免有“只见树木,不见森林”的缺憾或偏颇。郭瑞萍在对阿克罗伊德的作品进行总体把握和了解的基础上,围绕“英国性”和“历史书写”两个概念比较深入地探讨阿克罗伊德的历史书写所涵盖的“作家传记”、“经典改编”和“历史小说”三个方面,避免了论述中的单调与偏颇,同时也有助于从各个维度考察作者的思想和意图,将阿克罗伊德作品的宏大叙事风格充分展现。该书对于“历史书写”有着明确的界定,指出它的一个重要特色是真实和虚构的融合。作者对于作家笔下呈现的“英国性”的讨论比较深入,揭示了其构成的复杂性和矛盾性,认为“英国性”贯穿了阿克罗伊德的“作家传记”、“经典改编”和“历史小说”,在一定程度上体现了阿克罗伊德的历史担当精神。本书对“英国性”所进行的综合探讨弥补了以往对此研究的欠缺和不足,有助于把握阿克罗伊德作品的统一思想和历史价值,了解其为维护民族文化所做的努力,以及他对自己民族和国家的深厚情感和高度责任感,可以引发人们在后现代语境中对“民族化”和 “全球化”关系的深度思考。

第二,在结构方面,郭瑞萍也做了精心的设计。她让三章之间的内容形成逐渐过渡,如从“作家传记”到“经典改编”和“历史小说”,这样的安排可以很好地体现出阿克罗伊德在创作中依附于历史的成分越来越少,想象和独创的成分越来越多。同时,本书还根据阿克罗伊德的写作手法和内容有意使第一章和第三章形成对称和呼应。例如,在第一章中,阿克罗伊德为传记“戴上了小说的面具”,在第三章中,作者为小说“披上了传记的面纱”。并且,阿克罗伊德在第一章中通过英国正典中的人物所探讨的“英国性”的内核与传统与他在第三章中通过有争议的人物对“英国性”的复杂性的思考也形成对照与互补。此外,本书对各章小节的顺序也做了不同的安排。第一章以时间顺序为主,使内容和形式达到了高度统一,因为本章旨在梳理英国文化传统。第二章根据阿克罗伊德对原著改编程度的多少依次安排不同的改编策略和小节内容,即从忠实于原著的改编过渡到疏离式改编和颠覆式改编,很好地显示出阿克罗伊德尊重经典和创造性继承经典的思想。第三章按照阿克罗伊德作品叙事线索的多少安排小节内容，如从第一节的三条线索过渡到第二节的两条线索和第三节的一条线索，很好地体现了作者旨在表达的过去与现在可以对话与融合的思想。为了使三章之间形成有机联系，本书还分析了阿克罗伊德作品的伦敦背景，不仅揭示出其作品内在的统一性，而且也更好地表达了阿克罗伊德试图通过书写伦敦历史来了解全人类的目的。

第三，郭瑞萍对阿克罗伊德的一些作品做出了不同于以往的解释，显示出她对专门问题的独立思考和见解。例如对于《查特顿》、《霍克斯默》这两部小说，本书没有像之前的评论那样将它们视为“元小说”，而是将它们作为体现作者所强调的“尚古情怀”、“历史的叠层”和“历史的连续性”等“英国性”思想的重要文本。同时，本书还附有郭瑞萍收集的目前已出版的阿克罗伊德所有作品的英文名称和中文翻译，并按照出版年代排列，这一看似简单的事情倾注了她大量的时间和精力，对其他有兴趣的学者有重要参考价值和帮助。此外，书中一些意境深远的插图，也为读者理解阿克罗伊德的作品提供了重要的参考。

《彼得·阿克罗伊德：历史书写与英国性》的研究内容涉及的英国历史人物众多，需要比较广泛的英国历史和文化知识，体现出作者比较严谨的学术态度和广博的文学知识。同时，郭瑞萍较好地运用了国内外文艺理论，对相关问题进行了比较令人信服的论证，显示了她较为扎实的文艺理论基本功和较好的专门知识水平。明代学者洪应明曾说：“心地干净方可读书”。郭瑞萍在南京大学读书时给我的印象是好学上进、对读书的纯粹热爱、对学术的真诚探索和对求知、求真的不懈努力。南大毕业后,郭瑞萍回到河北科技大学任教,尽管教学任务繁重,行政工作繁杂,她抽出时间认真读书,潜心研究,《彼得·阿克罗伊德:历史书写与英国性》从一个方面反映出她阅读的广度、思考的深度和学养的厚度。作为她的博士生导师,我衷心祝福郭瑞萍在学术研究的道路上奋力前行,不断取得新的成绩,为我们国家的英国文学研究做出自己的贡献。

王守仁

2017 年 10 月于南京大学

目 录

导 论

彼得.· 阿克罗伊德(Peter Ackroyd, 1949—　)是当代英国文坛巨擘。自20世纪70年代步入文坛至今,已推出50余部作品,包括诗歌、传记、小说和改编作品等,另有140多篇散文和文学评论散见期刊、报端,其传记和小说曾荣获众多文学奖项[1],为他赢得"当代最有才华的传记作家之一"(Ackroyd, *Collection* xxiv)和"历史小说大师"的称号。当代作家阿普尔亚德(Brian Appleyard)预言:"在同代作家中,阿克罗伊德是最有望被人们阅读上百年的为数不多的英国作家之一"(qtd. in Grubisic, 11)。

阿克罗伊德生于伦敦,并一直生活在伦敦,对伦敦有浓厚兴趣和深厚情感。1968年他进入剑桥的克莱尔学院,立志将来做一位诗人。以优异的成绩毕业后,获"梅隆"奖学金,于1971到美国耶鲁大学攻读研究生。1973年回到伦敦后,23

---

[1] 包括惠特布雷德传记奖(Whitbread Biography Award, 1984)、惠特布雷德小说奖(Whitbread Novel Award, 1985)、《卫报》小说奖(Guardian Fiction Prize, 1985)、毛姆小说奖(The Somerset Maugham Award, 1984)和海涅曼图书奖(Heinemann Award, 1984)等。

岁的阿克罗伊德成为《旁观者》杂志历史上最年轻的文学编辑,任期直到1981年,此后还担任过《泰晤士报》首席书评家。1982年,阿克罗伊德成为一名全职小说家和传记作家,他博览群书,涉猎广泛,尤其对英国经典作家和欧美现代作家青睐有加。

在创作生涯中,阿克罗伊德最初关注的是诗歌,然后才是传记和小说。在70年代他共出版三部诗集,包括《哎哟》(*Ouch*, 1971)、《伦敦便士》(*London Lickpenny*, 1973)和《乡村生活》(*Country Life*, 1978)。80年代末,他又出版了另一部诗集《珀利的消遣及其它诗歌》(*The Diversions of Purley and Other Poems*, 1987)。阿克罗伊德涉足诗坛是一次有益而大胆的尝试,他和其他同时代剑桥诗人如伊恩·帕特森(Ian Patterson)、尼克·托顿(Nick Totton)、约翰·詹姆斯(John James)等一起倡导"先锋派"诗歌,强调诗歌语言和内容同样重要。阿克罗伊德在《旁观者》杂志上曾尖锐地抨击那些不注重诗歌语言本身价值的诗人,褒扬杰里米·哈瓦德·普林(Jeremy Halvard Prynne, 1936—)和那些"剑桥诗人"的诗歌语言,认为它们有创造现实的神奇力量。虽然阿克罗伊德早期的诗集未能产生深远影响,但成就了他独特的诗人气质,为他以后的传记和小说奠定了扎实的基础,"使他的创作带上了一股神秘朦胧的诗味"(阮炜,346),也使得"在所有当代英国小说家中,只有阿克罗伊德揭示了伦敦所蕴藏的诗意"(瞿世镜,476)。

自20世纪后半叶以来,阿克罗伊德已推出16部传记作品,主要有两大类:人物传记和地方传记。80年代,阿克罗伊德完成的两部人物传记是《埃兹拉·庞德和他的世界》(*Ezra*

Pound and his World, 1980)和《艾略特传》(*T. S. Eliot*, 1984)。90 年代,阿克罗伊德又撰写了一些人物传记,传主大都是英国经典作家,包括《狄更斯传》(*Dickens*, 1990)、《布莱克传》(*Blake*, 1995)、《托马斯·莫尔的一生》(*The Life of Thomas More*, 1998)等。进入 21 世纪,阿克罗伊德发表的人物传记除《特纳传》(J. M. W. *Turner*, 2005)、《牛顿传》(*Newton*, 2008)、《爱伦·坡传》(*Poe: A Life Cut Short*, 2008)、《查理·卓别林传》(*Charle Chaplin: A Brief Life*, 2014)和《阿尔弗雷德·希区柯克传》(*Alfred Hitchcock*, 2015)外,其他传记的传主依然是英国经典作家,如《乔叟传》(*Chaucer*, 2004)、《莎士比亚传》(*Shakespeare*, 2005)和《威尔基·柯林斯传》(*Wilkie Collins*, 2012)等。这些传记是阿克罗伊德对英国文学的重大贡献,从这些传主的名单可以发现,他们大都是英国文学大师,几乎构成一部英国文学思想史。阿克罗伊德对传记的另一个重要贡献是继"新传记"作家之后把传主资格的疆域扩展到人类以外的其他事物,发表了三部地方传记,包括《伦敦传》(*London: The Biography*, 2000)、《泰晤士:圣河》(*Thames: Sacred River*, 2007)和《威尼斯:水晶之城》(*Venice: Pure City*, 2009)。这些地方传记的发表体现出阿克罗伊德对地方,特别是对伦敦的关注和重视,这在他以后的作品中已得到充分证实。

除传记外,阿克罗伊德在小说创作领域也取得重大成就。20 世纪 80 年代,他连续发表五部小说。1982 年第一部小说《伦敦大火》(*The Great Fire of London*, 1982)问世,虽然这是他的处女作,但是已充分展现出娴熟的叙事技巧和大胆的想象力,例如,复杂的互文性叙事技巧为其以后的小说奠定了基调。随后,他推出第二部小说《一个唯美主义者的遗言》(*The Last Testament of Oscar Wilde*, 1983),驾驭语言的才能和模仿能力在这部小说中可见一斑。第三部小说《霍克斯默》(*Hawksmoor*, 1985)被《纽约时报》评论家称为"一部杰出的想象之作"(Joyce Garol Oates),接下来的一部小说是备受评论界关注的《查特顿》(*Chatterton*, 1987)。最后一部小说是《第一道光》(*First Light*, 1989)。与其他四部小说不同的是,故事的背景不在伦敦而在多塞特郡,但它的主题和其他小说一样,且依然与伦敦有关。跨入20世纪90年代,阿克罗伊德又发表了五部小说,包括《英国音乐》(*English Music*, 1992)、《狄博士的房屋》(*The House of Doctor Dee*, 1993)、《丹·莱诺和莱姆豪斯的魔像》(*Dan Leno and the Limehouse Golem*, 1994)(又名《伊丽莎白·克莉的审判》*The Trial of Elizabeth Cree*, 1995)、《弥尔顿在美国》(*Milton in Americ*, 1996)和《柏拉图文件》(*The Plato Papers*, 1999)。21世纪初,阿克罗伊德的小说创作达到高峰,七部小说相继出版,除了《伦敦的兰姆》(*The Lambs of London*, 2004)、《特洛伊的陷落》(*The Fall of Troy*, 2006)和《三兄弟》(*Three Brothers*, 2013)外,自2003年以来,阿克罗伊德开始用当代英语改编经典作品,创造出改编小说中的佳作,即《克拉肯威尔故事集》(*The Clerkenwell Tales*, 2003)、《维克多·弗兰肯斯坦的个案》(*The Casebook of Victor Frankenstein*, 2008)、《坎特伯雷故事集重述》(*The Canterbury Tales: A Retelling*, 2009)和《亚瑟王之死》(*The Death of King Arthur*, 2010)。

21世纪也是阿克罗伊德创作的繁荣时期,多种体裁的作品相继问世，除了传记和小说外，还有非小说"穿越时空"(Voyages Through Time)系列丛书，戏剧《查尔斯·狄更斯之谜》(*The Mystery of Charles Dickens*, 2000)和《英国历史》(*The History of England*, 2011—2014)三卷本。

除以上作品外，作为一名评论家，阿克罗伊德还发表了一些重要的文学批评专著和评论文章，主要有《新文化笔记》(*Notes for a New Culture*, 1976)、《文集：杂志、评论、散文、短篇故事和演讲》(*The Collection: Journalism, Reviews, Essays, Short Stories, Lectures*, 2001)和《英格兰：英语想象的根源》(*Albion: The Origins of the English Imagination*, 2002)。《新文化笔记》是阿克罗伊德最早对19世纪末到20世纪70年代以来英国文学理论和实践进行的评价、反思，其重要性在于它被认为是作者的"早期诗学宣言"(Onega, 2)，是他试图匡正英国文化并使其走出困境的早期设想。据他本人声言，这是他以后文学创作的理论基础。例如，他在《新文化笔记》的再版前言中曾说："如果有人愿意花时间阅读我以后创作的一系列作品——包括传记、小说和诗歌——我相信《新文化笔记》中所涉及或关注的问题将会在后来这些作品中以更加精美的形式呈现"(Ackroyd, 8)。事实证明，《新文化笔记》中的许多重要思想和理论，如艾略特的传统观、乔伊斯和艾略特作品语言的历史意识等在其以后的创作实践中都得到再现、重释与拓展。《英格兰：英语想象的根源》是阿克罗伊德另一部重要的评论作品，是作者对"英国性"和英国文化思考的结果，从文学、音乐、绘画、宗教等方面探讨了"英国性"的起源和内涵，对理解阿克罗伊德在小说、传记、改编作品中对"英国性"的定义和阐释有重要参考价值。由托马斯·莱特

(Thomas Wright)编辑的《文集:杂志、评论、散文、短篇故事和演讲》收集了阿克罗伊德自1973年至2001年间撰写的140多篇评论文章和杂文。虽然阿克罗伊德于1982年成为专职作家,但他没有放弃文学评论工作,在1982年至1986年间仍然坚持撰写了大量特约评论文章。除了为《旁观者》杂志写电影评论外,他还为《星期日泰晤士报》写定期书评和为《泰晤士报》写每周两次的电视评论。1986年,阿克罗伊德成为《泰晤士报》的首席评论家,担任此职期间,他共完成350多篇书评。由于在这一时期阿克罗伊德作为一名最受欢迎的当代历史小说家的地位已经确立,因此他应邀评论了许多历史小说。重要的是,他往往能以这些评论为契机,发表他对文学创作,特别是历史小说的真知灼见。事实上,阿克罗伊德不仅对文学史上一些有代表性的作家、作品进行了承前启后的审视和评述,而且评价了自己的作品,更明晰地表达了他对历史、传统、"英国性"、传记和历史小说创作的观点,彰显出他本人对文学批评的独到见解,因此,了解这些评论,有助于更好地把握作者的思想。

通过梳理阿克罗伊德的创作生涯可以发现,和他笔下那些使他心怀敬仰的经典作家一样,读书和写作成为他人生的兴趣、习惯、追求,其惊人的创作成就是同时代其他作家难以比肩的。同时,在艺术风格上,阿克罗伊德卓然自成一家,没有盲目采用后现代主义常用的表现形式,如"元小说、反体裁、语言游戏、通俗化倾向、戏仿、拼贴、蒙太奇、迷宫、黑色幽默"(陈世丹,6)等,而是善于博采众家之长,融合多种艺术形式,将各种理论和技艺集于一身,然后把它们糅合、加工和提炼,并最终形成典型的英国式杂糅风格,即既有现实主义作品中生动而有趣的故事，也有现代主义作品的艺术技巧，如象征主义、自由联想、时空错位，又不乏后现代主义的新奇手法，如戏仿、蒙太奇等。正因与众不同，目前，阿克罗伊德越来越引起国内外学界的重视和认可。

事实上，早在20世纪70年代，阿克罗伊德便开始引起西方学者的关注。英国早期对阿克罗伊德作品的评论是由戴维·洛奇（David Lodge，1935— ）所写的关于《新文化笔记》的书评，发表于1976年3月19日的《新政治家》杂志。洛奇不仅抨击其风格晦涩难懂，而且指责阿克罗伊德“对文化历史的歪曲和过于简单化”（Lodge，364）。与此相反，另一些评论家却对此书热情称赞，充分肯定阿克罗伊德对揭示艺术家之间的内在联系所做的努力。如彼得·康拉德（Peter Conrad，1948— ）对本书的评价是“思辨性强、严谨、有益，值得一读”（Conrad，1524），并得到苏珊娜·奥涅加（Susana Onega）的认同，她说：“作为了解阿克罗伊德对英国文学传统独特感悟的理论阐述，这本书很值得阅读。”（Onega，5）

20世纪80年代，随着小说《伦敦大火》和《霍克斯默》等的发表以及传记《艾略特传》的获奖，阿克罗伊德引起评论界更多关注。《纽约时报》评论家葛罗斯（John Gross，1935—2011）在评价《艾略特传》时说：“这是在艾略特逝去约20年后第一次为他写传记的严肃尝试……总之，这本书获得引人注目的成就。”（Gross，1984）美国当代文坛著名女作家乔伊斯·卡罗尔·欧茨（Joyce Carol Oates，1938— ）对《霍克斯默》评价道：“《霍克斯默》是一部聪明睿智的幻想小说，可与阿克罗伊德备受赞誉的传记《艾略特传》相媲美。”（Oates，1986）

20世纪90年代阿克罗伊德研究迎来第一次高潮,有关专著和博士论文相继问世。奥涅加的《彼得·阿克罗伊德》(*Peter Ackroyd*, 1998)是第一部研究阿克罗伊德的著作,覆盖面广,评价了阿克罗伊德20世纪90年代以前出版的大部分诗歌、传记、小说和非小说作品等,有助于全面了解阿克罗伊德的早期作品。奥涅加的另一部专著《阿克罗伊德小说中的元小说和神话》(*Metafiction and Myth in the Novels of Peter Ackroyd*, 1999)对阿克罗伊德作品的研究比第一部专著明显深入,分析了阿克罗伊德的九部小说,并揭示出这些小说中存在的两种叙事:神话和元小说。这一时期还涌现出一些研究阿克罗伊德的博士论文。杰弗里·勒斯纳(Jeffrey Roessner)的论文《历史未解之谜:当代英国小说中的神秘过去》(*Unsolving History: The Past as Enigma in Contemporary British Fiction*, 1998)对将阿克罗伊德的小说视为元小说的观点提出质疑。他指出,解构主义的方法只适合分析早期的一些后现代主义作品,但并不适用于阿克罗伊德的作品。另有其他博士论文从不同视角对阿克罗伊德的作品进行分析,如凯西·伊丽莎白·海曼森(Casie Elizabeth Hermansson)的《女权主义者的互文性和蓝胡子的故事》(*Feminist Intertextuality and the Bluebeard Story*, 1998)、丹纳·乔伊·席勒(Dana Joy Shiller)的《新维多利亚小说:重塑维多利亚时代》(*Neo-Victorian Fiction: Reinventing the Victorians*, 1995)、杰弗里·威廉·洛德(Geoffrey William Lord)的《后现代主义与民族观的差异:英美后现代主义小说比较》(*Postmodernism and Notions of National Difference: A Comparison of Postmodern Fiction in Britain and America*, 1994)等最具代表性。

21世纪初，阿克罗伊德研究有了更大进展，涌现出更多的专著和博士论文，拓宽了阿克罗伊德研究的视角和维度。例如杰里米·吉普森（Jeremy Gibson）和朱利安·沃弗雷（Julian Wolfreys）合著的《彼得·阿克罗伊德：风趣而费解的文本》（*Peter Ackroyd: The Ludic and Labyrinthine Text*, 2000）是一部较全面地研究阿克罗伊德作品的著作，涵盖了作者2001年以前出版的多数作品，主要涉及诗歌、小说和传记等。他们没有为阿克罗伊德贴上后现代标签，也没有旨在揭示其作品所表现出的后现代特征，而是着重探讨阿克罗伊德作品中诸如文体学、叙事结构、模仿、记忆、时间性、个人和民族身份、伦敦等因素。亚历克斯·默里（Alex Murray）的著作《追忆伦敦：彼得·阿克罗伊德和伊恩·辛克莱作品中的文学与历史》（*Recalling London: Literature and History in the Work of Peter Ackroyd and Iain Sinclair*, 2007）将两位作家的作品置于自1979以来的伦敦文化、社会和政治背景之中进行分析，首次对阿克罗伊德和辛克莱的作品进行比较研究，探讨文学与城市、历史话语和历史学等议题，旨在引发人们对文学与历史之间关系的思考。同年出版的另一部研究阿克罗伊德的专著是巴里·刘易斯（Barry Lewis）的《回声：彼得·阿克罗伊德作品中的过去》（*My Words Echo Thus: Possessing the Past in Peter Ackroyd*, 2007）。作者评价了阿克罗伊德在2007年之前发表的20多部作品，包括诗歌、散文、评论著作、传记和小说等，侧重分析了阿克罗伊德如何书写过去，使过去的声音回荡在他的作品之中，其中的一些问题如“英国性”、伦敦、文学传统等都是阿克罗伊德在作品中反复强调的主题。

这一时期的博士论文也开始从新的维度阐释阿克罗伊德的小说。布雷特·约瑟夫·格鲁比希奇(Brett Josef Grubisic)的《时逢回归:历史小说、后现代主义文学和彼得·阿克罗伊德的小说》(*Encountering "This Season's Retrieval": Historical Fiction, Literary Postmodernism and the Novels of Peter Ackroyd*, 2002)探讨了阿克罗伊德作品中的戏仿、喜剧性、历史书写和历史小说叙事等。亚历克斯·林克(Alex Link)的论文《当代城市哥特小说中的后现代空间性》(Postmodern Spatialities in the Contemporary Urban Gothic Novel, 2003)分析了哥特文学中的空间和空间关系,阿克罗伊德的小说《霍克斯默》是作者选取的分析文本之一。在劳拉·萨武(Laura Savu)的论文《追认的后现代主义者:20世纪后期叙事文学中的作家身份和文化修正主义》(Postmortem Postmodernists: Authorship and Cultural Revisionism in Late Twentieth-century Narrative, 2006)中,作者对阿克罗伊德的小说《一个唯美主义者的遗言》和《查特顿》作出后现代解读,着重对两部作品的语言、作家身份、过去的再现等主题进行分析。

国内对阿克罗伊德的关注始于20世纪80年代后期。首先是对阿克罗伊德作品的翻译。1989年刘长缨、张筱强出版了《艾略特传》,是国内第一部阿克罗伊德作品的译著。进入21世纪,更多的译著相继出现,主要有余珺珉的《霍克斯默》(2002),方柏林的《一个唯美主义者的遗言》(2004),周继岚的《血祭之城》(2007)和《生命起源》(2007),冷杉和杨立新的《古代埃及》(2007)、《古代罗马》(2007)、《死亡帝国》(2007),冷杉和冷枞的《古代希腊》(2007),暴永宁的《飞离地球》(2007),郭俊和罗淑珍的《莎士比亚传》(2010),包雨苗的《狄更斯传》

(2015)，翁海贞、杜冬和何泳彬的《伦敦传》(2016)等，这些译著标志着阿克罗伊德已进入国内学者的研究视野。其次是阿克罗伊德的作品及思想研究，主要见于英国文学史的编写中。瞿世镜的《当代英国小说》(1998)首次在国内介绍阿克罗伊德，并对他的创作给予高度评价；阮炜在《20 世纪英国文学史》(1999)中对阿克罗伊德的小说《霍克斯默》和《查特顿》进行了初步分析；王守仁、何宁编著的《20 世纪英国文学史》(2006)将阿克罗伊德及其作品置于历史、社会、文化背景之中，就其文本进行深度解读，对阿克罗伊德的创作作出更为全面的评价，是 21 世纪以来一部重要的文学史著作，对现代文学爱好者有重要参考价值。另外，一些学者还在《外国文学评论》和《外国文学动态》等刊物上发表了一些有关阿克罗伊德的文章，如曹莉的《历史尚未终结——论当代英国历史小说的走向》和张浩的《彼得·阿克罗伊德的历史小说创作》等。

通过以上梳理可以发现，国内阿克罗伊德研究还处于起始阶段，尚未有研究阿克罗伊德的专著。国外阿克罗伊德研究也还存在若干局限：(1) 视角多元，但研究文本单一，多数研究都集中于阿克罗伊德的少数作品，缺乏整体把握和关于专门问题的系统分析。(2) 现有研究多将阿克罗伊德与其他后现代作家一并分析，却对不同作家重新书写历史的根本区别有所忽略。(3) 阿克罗伊德作品的后现代写作风格往往是研究者关注的焦点，而其对“英国性”的深入探讨却没有被引起足够重视。

同时，国内外研究成果表明，目前对阿克罗伊德及其作品主要有两种定性。第一，一些评论家认为阿克罗伊德是后现代作家或“元小说”作家，其作品《查特顿》和《霍克斯默》为典型的"元小说"。第二,另一些评论家认为阿克罗伊德与其他后现代作家有根本区别,更应被看作一位严肃的传统作家。事实上,阿克罗伊德的后现代作家身份至今难以定位。虽然哈琴(Linda Hutcheon, 1947—)、奥涅加、艾莉森·李(Alison Lee)和曹莉等都将阿克罗伊德视作一位后现代作家,认为阿克罗伊德的《霍克斯默》和《查特顿》与其同时代作家如朱利安·巴恩斯(Julian Barnes, 1946—)的《福楼拜的鹦鹉》(*Flaubert's Parrot*, 1984)、格雷厄姆·斯威夫特(Graham Swift, 1949—)的《水之乡》(*Waterland*, 1983)和萨尔曼·拉什迪(Salman Rushdie, 1947—)的《午夜之子》(*Midnight's Children*, 1981)等都属于历史元小说,更注重写作技巧,而不是反映历史的真实,但是阿克罗伊德本人始终强调自己的与众不同。同时,刘易斯、默里、吉普森、沃弗雷、勒斯纳等学者也不赞成将阿克罗伊德和其他后现代作家不加区别地相提并论。如刘易斯说:"有些作家是天生的后现代主义者,有些作家向往后现代主义,还有一些作家如阿克罗伊德的后现代主义者的称号是被强加的。"(Lewis, 181)事实证明,阿克罗伊德在多种场合都曾表示反对人们给他贴上的后现代标签,公开否认自己与其他后现代作家的相同之处。相反,他更愿意强调其与前辈作家的密切联系,并将自己置于前辈作家所开创的传统之中。他曾说:"我认为我只是传统中其中一位作家,这一传统将我与之前和之后的作家联在一起。所以,也就是说,我不单单是我个人,我更是一种媒介。"(Gibson, 245)因此,虽然阿克罗伊德同其他后现代主义作家一样受到各种后现代艺术思潮的影响,但是,他并没有被它们所动摇和淹没,而是对其有清醒的认识和独特的思考,并曾多次表达过对一些所谓的后现代“新理论”的质疑和不满。

阿克罗伊德在20世纪80年代开始创作传记和小说时正值历史转折期，一些新潮写作正相继勃兴，“英国小说无论是主题还是形式都具有多元性特征”（杨金才，56）。自20世纪下半叶以来，众多英国作家开始以各自不同的方式对历史和过去进行重新审视与书写，大胆质疑和解构传统叙事的宏大性、崇高性、完整性，将注意力转向以前未被书写的野史逸闻和弱势群体的历史。通过对历史进行文学重构，一些作家对历史的真实、文学文本与历史的关系等问题做出各自不同的思考和追问。例如海登·怀特（Hayden White，1928— ）说：

> 对于历史学家来说，历史事件只是故事的因素。事件通过压制和贬低一些因素，以及抬高和重视别的因素，通过个性塑造、主题的重复、声音和观点的变化、可供选择的描写策略，等等——总而言之，通过所有我们一般在小说或戏剧中的情节编织的技巧——才变成了故事。（怀特，《作为文学虚构的历史文本》，163）

可见，在新历史主义者看来，历史学家等同于小说家，他们强调“历史的深层结构是诗性的，突出历史文本的想象与虚构特质”（怀特，《元史学：19世纪欧洲的历史想象》，8），打破了历史和文学的界限。对他们来说，历史不再是对过去“所发生”的事件的记录，而是一种根据历史编撰者的意识形态、价值判断和叙事方式“所创造”的修辞性文本，即元小说。洛奇曾给元小说下过一个简明扼要的定义：“元小说是关于小说的小说，是关注小说虚构身份及其创作过程的小说。”（Lodge，

206)元小说往往过分强调历史的文本性、开放性和不确定性等特征,试图解构历史的宏大叙事和以往的历史定论,质疑历史研究的科学基础,将历史视作一种语言修辞结构或叙述的文本。哈琴把许多后现代主义历史小说归入“历史编纂元小说”(historiographic metafiction)(Hutcheon, *A Poetics of Postmodernism*, 105—123)的范畴。另外,对于当代小说,约翰·马克思韦尔·库切(John Maxwell Coetzee, 1940—)也有自己的见解,在《今日小说》(*The Novel Today*, 1987)中他把当代小说划分为两类:第一类是附属于历史的小说,第二类是与历史构成一种对立关系的小说。他指出,

> 附属于历史的小说是指针对某个特定历史时期,为读者提供如身临其境般的第一手资料,在人物的矛盾与冲突中凸显对立力量,同时运用细节描写和认真的观察来填补我们的经验。……与历史成对立关系的小说是指按照作家自己设想的步骤运行,并得出自己的结论,而不是按照历史的步骤最终得出可以被历史验证的结论。……它建构自己的样式与神话,在这一过程中……甚至有可能揭示出历史的神话结构。(Coetzee, 3)

布莱恩·麦克黑尔(Brian McHale)认为后现代主义历史小说不仅对历史进行修正和重释,而且革新了历史小说的文类,并将这种新的历史小说称为“后现代主义式修正主义历史小说”(McHale, 90)。不可否认,各种各样后现代主义小说的涌现,其前卫性和创造性在思想观念、思维方式等方面的确为文学革新带来契机。然而,一些作家轻视历史真实性的一面,过

分强调想象与虚构的作用，竞相给历史祛魅，放弃了对历史的信任和敬畏，对历史进行无情的拆解和放逐，最终一个大写的单数“历史”（History）被小写的复数“历史”（histories）所代替。作为一个有强烈历史意识的作家，阿克罗伊德对这种现象十分担忧，对于那种将历史完全等同于文本，将历史所指彻底放逐的观点极为不满，因此，他以伟大的气魄和雄心选择了一条与众不同的创作道路，保持了思想和风格的独立性。他始终立足民族文化传统，从英国历史中摄取创作素材和灵感，并融入个人思想和时代元素，彰显出对历史、人生的深沉思考和人类的现实关怀。

阿克罗伊德是一位吸纳力极强的作家，在个人风格形成的同时，没有切断与前辈作家的联系，而是善于继承与发扬，因此他才能将英国传统文化、美国文化和欧洲文化的优秀思想成分集于一身。具体而言，他的思想主要受惠于艾略特和乔伊斯的历史意识、利维斯的传统意识、布鲁姆的经典意识，以及拉康和德里达的主体性意识。这些前辈在不同时期从不同方面对阿克罗伊德的思想和创作产生过重要影响。

第一，T. S. 艾略特（T. S. Eliot，1888—1965）和詹姆斯·乔伊斯（James Joyce，1882—1941）创作风格的历史意识对阿克罗伊德有深远影响。艾略特是对阿克罗伊德影响最早、最大的现代主义作家。阿克罗伊德在创作生涯早期就以艾略特为榜样，例如他的第一部著作《新文化笔记》的题目就取自艾略特的《文化定义笔记》（*Notes Towards the Definition of Culture*，1948），是对艾略特《文化定义笔记》的回应。阿克罗伊德本人也曾在《新文化笔记》1993 年再版前言中声明，他对艾略特的高度评价和崇拜始终未改。阿克罗伊德非常认同艾略特的传统观。在《传统与个人才能》一文中，艾略特曾说：

> 现存的艺术经典本身就构成一个理想的秩序，这个秩序由于新的（真正新的）作品被介绍进来而发生变化。这个已成的秩序在新作品出现以前本是完整的，加入新花样以后要继续保持完整，整个的秩序就必须改变一下，即使改变的很小；因此每件艺术作品对于整体的关系、比例和价值就重新调整了；这就是新与旧的适应。谁要是同意这个关于秩序的看法，同意欧洲文学和英国文学自有其格局的，谁听到说过去因现在而改变正如现在为过去所指引，就不至于认为荒谬。（Eliot，*Tradition and the Individual Talent*，32—33）

这段话阐明了艾略特的观点，即过去的作品已经构成一个“完整”的“秩序”。然而，这个“秩序”不是封闭的、静止的，而是开放的、动态的，随着后来新作品的不断加入，原有的“秩序”将会不断调整，过去和现在的作品相互影响、相互作用，因此，过去和现在的作家也都将被置于传统之中。阿克罗伊德极为赞同这种开放和兼容的传统观，并将其运用到创作实践中，特别是他的改编小说中。艾略特对阿克罗伊德的另一个重要影响是“意象并置”策略。艾略特善于在作品中将不同时期的人物纳入同一时空，达到“时空错位”的效果，以便更好地表现主题。阿克罗伊德在《查特顿》和《霍克斯默》中也充分运用这一技巧，将不同时期的人物、事件等并置，构成一幅幅古今交融的神秘画面。此外，和艾略特一样，阿克罗伊德也擅长宏大叙事，在立足现实的同时，既关注遥远而神秘的过去，又预示和设想未来，这在小说《柏拉图文件》中表现得最为典型。

乔伊斯同样影响了阿克罗伊德的创作观，特别是其作品语言的历史意识。阿克罗伊德曾说："乔伊斯和艾略特的特殊优点在于他们的历史意识，他们都知道如何使用和挖掘过去语言的潜能。虽然他们的意图不同，但他们都运用文学引喻来充实和丰富自己的作品。"（Ackroyd, *Notes For A New Culture*, 61）的确如此，艾略特和乔伊斯都善于引用前人的作品与采用不同时代的语言风格，呈现出典型的杂糅特征和历史意识。这在很大程度上影响了阿克罗伊德的创作实践，在创作中，他也特别注重语言的历史维度，往往让不同历史时期的声音和文本相互交叉、融合，营造出一个个精彩纷呈的文本世界。事实上，这已成为他作品语言的一个典型风格，因为他发现"通过运用语言的多重的、历史的视角能使读者超越固定的时间和空间，从而欣赏语言本身的潜能"（62）。

第二，阿克罗伊德继承了F. R. 利维斯（F. R. Levis, 1895—1978）与哈罗德·布鲁姆（Harold Bloom, 1930— ）的传统书写和经典意识。利维斯的传统书写和布鲁姆的经典意识给予阿克罗伊德重要启示。利维斯和布鲁姆写作的时间虽然相差约半个世纪，但他们都为维护传统，捍卫经典作家和作品作出过重要贡献，意义深远。《伟大的传统》（*The Great Tradition*, 1948）是利维斯小说批评的代表作，表达了作者对迷信工业技术，漠视文化传统价值的边沁式功利社会的极大不满，希望能通过书写从奥斯汀（Jane Austen, 1775—1817）、艾略特、亨利·詹姆斯（Henry James, 1843—1916）到约瑟夫·康拉德（Joseph Conrad, 1857—1924）等所形成的英国文学的"伟大的传统"唤起人们认识经典的价值和意义，提升大众文化品位,以达到拯救英国文化危机的目的。布鲁姆比利维斯晚 25 年推出《影响的焦虑》(*The Anxiety of Influence*, 1973)一书,阐述经典影响问题,在批评界引起极大反响。20 年后,在女性主义、后殖民主义、多元文化主义、族裔研究、新历史主义等盛行的年代,布鲁姆又推出《西方正典》(*The Western Canon*, 1994),公开捍卫经典的地位,重申经典审美标准的不可或缺,阐明阅读经典的必要性。利维斯和布鲁姆虽然生活在不同的国度与时间,但他们创作的背景和初衷颇为相似。利维斯在教学实践中发现,文学史上充斥着太多的经典作家和经典作品,"经典"一词用得过滥,因此他认为有必要"从中挑出为数不多的几位真正大家着手,以唤醒一种正确得当的差别意识"(利维斯,3)。布鲁姆在《西方正典》的序言中也提出对文学经典命运的焦虑,并指出人们正处于一个阅读史上糟糕的时代,"万物破碎,中心消解"(Bloom, 1)。可见,两位大师的创作都源于对经典的担忧和对民族文化传统的赤诚,因此才呼吁人们维护传统、回归经典。

利维斯和布鲁姆为捍卫民族文化传统与经典所做的努力深深地触动了阿克罗伊德,并成为他努力的方向和创作旨归。早在《新文化笔记》中,阿克罗伊德就曾表现出对英国所面临的文化危机的清醒认识和对英国文学理论、实践的深度思考,并渴望能找到拯救危机的出路。他明确表示写该书的目的是"旨在说明我们民族文化的困境,并且希望指出,从本世纪初,它就一直建立在错误思想的根基上"(Ackroyd, *Notes For A New Culture*, 148)。阿克罗伊德视利维斯为一位伟大的批评家,并赞同利维斯所说的"过去的文学至今还具有影响力并且使当今重要的新创作成为可能"(Ackroyd, *Collection*,

42)，这一思想贯穿他本人的整个创作过程。他吸收了《伟大的传统》中不少精辟的论断和见解，认识到立足传统和本土文化的重要性。阿克罗伊德同样高度评价了布鲁姆的贡献，他说："虽然《西方正典》中可能有一些令人质疑的段落，但它仍然不乏对重要的文学传统的美好而宝贵的肯定"(272)。阿克罗伊德非常认同布鲁姆所说的经典作品都源于传统与原创的巧妙融合的思想，并将其作为自己的一项重要创作策略。《伟大的传统》和《西方正典》为西方文学批评带来重要而持久的影响，阿克罗伊德也从中获得许多宝贵思想。

第三，雅克·拉康(Jacques Lacan，1901—1981)和雅克·德里达(Jacques Derrida，1930—2004)的语言观也引起阿克罗伊德对语言本身的高度重视。1993年，在《新文化笔记》的再版前言中，阿克罗伊德曾自豪地声称："这是在英国出版的最早分析拉康和德里达作品的著作之一"(Ackroyd, *Notes For A New Culture*, 8—9)。这说明，阿克罗伊德在创作生涯的初期就已开始关注拉康和德里达，特别是他们的语言观。在他们看来，语言不只是表达内容的工具，语言应有自身的独立性和特有魅力。这种语言观对多数作家产生过重要影响，阿克罗伊德也深受启发，在创作实践中始终强调对语言和内容的并重，例如他说："当语言不再只为说明'真理'或'意义'时就会显露其自身，同样，人如果停止寻找本源或目标时也许能更充分地认识自我。"(145)事实证明，阿克罗伊德对语言的重视与审美已被他一部部作品的优美文字所证实。

正因为阿克罗伊德思想的形成有一个宏阔、多元的理论背景，因此才成就他成为一名为数不多的学识渊博、思想深邃、珍视经典和传统的后现代作家。然而，他又是一位兴趣专注的作家，心中自有坚守和定力，对自己认定的目标执着而专一，于是便形成其特有的创作风格和原则。通过细读文本可以发现，贯穿阿克罗伊德作品的最明显的共性特征是历史的在场与后现代历史想象的深度契合和交融。因此，一方面，他的作品彰显出深邃的历史感，丰厚而幽深。这不仅仅指他创作了许多以历史材料为素材的作品，而且指他能够深刻领会历史的内在精神和价值。在他的作品中，无论对历史的再现，还是对历史的想象，他都能对其进行深层挖掘和意义升华，表现出强烈的历史意识。这种历史意识不仅体现在其历史小说中，而且贯穿在他所有体裁的作品中，成为其创作的血脉与灵魂。另一方面，阿克罗伊德虽然热爱民族历史和传统，但并不泥古，因此，他的作品彰显着后现代作品的大胆想象力，轻灵而唯美。身处后现代语境中，他没有无视自己的时代而沉溺于过去和传统，而是能够以后现代视野凭借历史想象对传统和过去进行继承、再现、重构、反思。不仅在小说中，即使在创作传记时，阿克罗伊德也能打破传记书写的陈规，运用大胆而合理的想象填补史料的空白。同样，在改编经典作品时，他也能通过丰富的想象根据历史改写和拓展原著，为其注入时代元素。

阿克罗伊德对英国历史和文化传统充满深厚情感，尊重历史，肯定传统，在理论及创作实践上都反对无视传统和历史的狂欢。他的作品大都取材于英国历史上的真实事件与人物，从历史中寻找创作素材和灵感，与一些解构历史的元小说有根本区别。在同时代作家中，虽然有不少作家也倾情于历史，但没有哪位作家曾表现出像他一样对历史和文化传统的坚守与执着。重要的是，阿克罗伊德不仅能从历史和经典文本中摄取可资借鉴的理论、素材，而且能站在今日的高度审视和反思历史，将历史的厚重与现实的经验融为一体，因为他相信“伟大的作家不仅受过去影响，而且可以通过传统影响过去”(Lewis, 161)。对过去的执着使得阿克罗伊德没有像其他一些后现代作家那样探讨诸如种族、性别、阶级、后殖民等流行话题，而是在对伦敦的历史书写中表达他对英国历史文化传统和民族身份的兴趣与担忧。鉴于此，阿克罗伊德的作品虽然体裁多样、纷繁复杂，兼具“现代主义的复杂性、美学的实验性和政治的含混性”(Taylor, 176)，但是在思想主题上具有内在一致性，形成一个统一而复杂的有机体，使得每部作品既完整、独立，又构成作者对整个伦敦历史书写的重要的一部分。对此，阿克罗伊德曾在一次访谈中作过明确解释：“伦敦是我想象力的灵感源泉，它已成为我每部作品中的一个鲜活人物。我一直在间接地为它写史，写传。因此，我认为我现在所有的著作，包括传记和小说都是到我生命结束时才能完成的整部作品的其中一章而已”(*Bold Type Interview*)。不可否认，在民族文化面临被忽视和边缘化的后现代语境中，阿克罗伊德对英国历史、英国文化、民族身份的孜孜书写蕴含着其对自己民族和国家的深厚情感与历史责任感。

因此，贯穿阿克罗伊德作品的一个重要概念是“英国性”(Englishness)，即阿克罗伊德所说的“英国文化，英国民族精神和民族身份”的象征。尽管不同时期的人们试图从多种视角定义和阐释“英国性”，但至今它依然被认为是一个模糊而复杂的文化概念，因为民族身份的形成往往直接来源于一个国家的语言、历史、文化、血统、相貌、肤色、性格等因素，遵循着多样性原则。英国民族身份的形成也是如此，体现出多样性和杂糅性特征，因为“英国人的血管里，沉淀着伊比利亚人、凯尔特人、罗马人、撒克逊人、斯堪的纳维亚人、丹麦人、诺曼人的血液；英国人的语言里，融入了撒克逊语的阳刚之气、拉丁语的阴柔之美、罗马音的饱满圆润、法语的优雅简洁”（刘芬，2）。“英国性”的复杂性和开放性引起不同时期的学者对它进行不断探索与阐释。然而，因为“人们往往依据自己的国籍定义‘英国性’”（Reviron-Piegay, 1），并且“给‘英国性’下定义的方法多种多样”（3），因此，“它的定义也相互不同”（1）。如凯特·福克斯（Kate Fox, 1837—1892）认为“英国性”就是“找出英国人的行为规则”（Fox, 2）。艾娜·哈伯曼（Ina Habermann）说：

> 在最基本的层面上，“英国性”意味着一系列能代表英国和英国人的模式化概念。……就英国人的性格而言，“英国性”通常包括一些模式化概念，如“幽默感”、“坚定沉着”、“矜持”、“自我矛盾”、“耐力”、“个人主义”、“优雅的举止”、“流氓气”等。（Habermann, 7）

但她认为“英国性”并不是这些概念的简单相加，这样理解“英国性”无疑会将其简单化。

另外，安东尼·伊索普（Antony Easthope）说：“民族身份是一个现代性产物。”（Easthope, 3）同样，哈伯曼认为，“英国性”是在两次世界大战期间产生的一个概念。然而，事实上，早在这之前已有学者对“英国性”的问题作过探讨，如拉尔夫·沃尔多·爱默生（Ralph Waldo Emerson, 1803—1882）在《英国人的特质》（*English Traits*, 1856）一书中就从多个侧面探讨过有关英国的特性。在谈到英国的种族时他说:“关于英国人祖先的起源有三种说法:第一,他们是世界上最古老的民族凯尔特人的后裔;第二,他们源自日耳曼人;第三,他们是北欧人逐渐强大后南下的民族后代。”(Emerson, 33)在谈到英国人的性格时他指出,英吉利人抑郁、庄重、沉默寡言、坚毅勇敢、易怒、暴躁、守旧、爱财、恋家、崇尚实用、唯利是图等,因此他说“英国人的性格是多种多样”(85)。另外,爱默生还在这本书的结论中写道:“伦敦是我们这个时代的缩影,是当今的罗马。……令我感到欣慰的是:在过去的500年里,它培育的出色人才比其他任何国度都多。我们宁愿要一个阿尔弗雷德、一个莎士比亚、一个弥尔顿、一个西德尼,也不愿要一百万个愚蠢的民主党人。”(201—202)在爱默生看来,伦敦和这些作家都是“英国性”的象征。

在20世纪最后的20年中,“英国性”曾被视为一个已经过时的话题。然而,进入21世纪,它再度引起人们的重视,一些学者开始对“英国性”产生浓厚兴趣,并涌现出一批研究“英国性”的专著,如迈克尔·伍德(Michael Wood, 1948—)的《寻找英国:英国过去之旅》(*In Search of England, Journeys Into the English Past*, 1999)、保罗·兰福德(Paul Langford, 1945—2015)的《英国性的认同》(*Englishness Identified*, 2000)和罗杰·斯克拉顿(Roger Scruton, 1944—)的《英格兰挽歌》(*England: An Elegy*, 2001)等,他们都试图从不同维度定义和阐释“英国性”。伍德说,“‘英国性’是盎格鲁·撒克逊人的发明,也正是他们创建了英格兰”(Wood, 100)。兰福德指出,“英国性”在字典中的出现晚于1850年,它的首次使用和诗人泰勒(William Taylor)有关[1]。凯瑟琳·威尔逊(Kathleen Wilson)认为,"英国性"作为历史的产物,所蕴含的文化和政治意义随着时代的更迭也将会不断地发生变化,因此,"英国性"是指在特定时期有别于其他种族的英国民族特征,英国的民族身份是人们对于自己身份的确认和对于一个国家或者民族的归属感。虽然这些学者对"英国性"的定义不尽完全相同,但他们一致认为"英国性"在新的世纪正面临着身份认同的危机,人们不应再坚持旧的"英国性",而应该建构新的"英国性"。如兰福德说:"很多人仍然试图通过观察 17 世纪中期到 19 世纪中期的英国来总结英国的国民性格特点,而自觉的多民族英国社会的产生将使这些人感到震惊。"(Langford, 318)在斯克拉顿看来,英国之所以需要一首挽歌是因为传统的、单一民族的英国已经被多元文化和多种族的现代英国所代替,因此"旧的'英国性'已经逝去。……英国文明的继承者们应该怀念它的美德、成就和意义"(Scruton, 244)。霍米·巴巴(Homi Bhabha, 1949—)认为,重新构建"英国性"是必然的,并提出训导式倾向(pedagogic tendency)和演现式过程(performative process)两种模式[2](Bhabha, 295)。罗伯特·科尔斯(Robert Colls)也曾说"英国人不得不在历史的进程中用可行的方法和关系、现有的符号和概念重塑'英国性'"

---

[1] 泰勒把德国的浪漫主义带到英国,但因不符合当时英国语言的模式而受到人们的指责,他便以讽刺的口吻承认自己具有"非英国性"。

[2] 训导式认同传统、霸权话语以及要求稳定的保守性欲望。这种历史主义的版本作为一种文化力量主宰着民族的表述。而演现式与民族表述的"双向和分裂"相连,与训导式为了争取民族的叙述权威而斗争。这两种力量同时作用于人们,但是这种双面性所产生的结果不是对抗和冲突的,而是有益的和必然的。

(Habermann，3)。

可以说，在诸多探寻“英国性”的当代学者和作家中，阿克罗伊德表现得最热情、最专注，并将它作为其作品的灵魂和支柱，试图从不同视角对其进行深入探讨。在《英格兰：英语想象的根源》一书中他指出：“‘英国性’本身就是一个多样性的融合。杂糅是英国文学、音尔和绘画的形式和特点之一，这既体现出一种由众多不同元素构成的混杂语言，又体现出一种由许多不同种族构成的混杂文化。”(463)爱默生也谈论过英国文学的杂糅特征：“在他们的言语里，体现了两种品质的结合，用撒克逊的词汇作为骨骼，用罗马词汇来点缀，以求典雅华美；但不能只用罗马词汇，否则软弱无力。”(Emerson，156)在1993年所做的一个题为《英国文学的英国性》(*The Englishness of English Literature*，1993)的演讲中，阿克罗伊德通过梳理英国文学史揭示出，在文学创作方面，“英国性”主要包括“异质性”(heterogeneity)、“改编”(adaptation)、“戏剧性”(theatricality)、“连续性”(continuity)和“尚古情怀”(antiquarianism)等，并发现“英国性”曾经是英国诗歌的伟大主题，如约翰·弥尔顿(John Milton，1608—1674)、埃德蒙·斯宾塞(Edmund Spenser，1552—1599)、威廉·布莱克(William Blake，1757—1827)和阿尔弗雷德·丁尼生(Alfred Tennyson，1809—1892)等都曾试图写出真正的英国史诗的念头。但他说：

> 然而那是过去，目前的情况已完全不同，“英国性”已不再是热门话题。与其说这是一种沉默，更不如说是一种无知。我主要指那些从事创作和介绍我们文化的那些

> 作家、小说家、诗人、评论家和报纸评论员等对历史和文化的无知。因为,一方面,一些作家、批评家和诗人们都相信一种肤浅的国际主义……无视民族传统和民族文化。……“英国性”也遭到来自另一方面的威胁。……民族文学受到如族裔写作、同性恋写作和女性主义写作等一些新潮写作的挑战。(*Collection*, 329)

这段话表明,阿克罗伊德发现“英国性”在后现代社会和全球化语境中正面临严重危机,在民族记忆基础上形成的民族身份认同正遭受来自各方面的打击,民族主义正经受着国际主义的挑战。在他看来,目前“英国性”的缺失是因为一些缺乏历史责任感的作家对历史和文化的无知所致,是盲目追求全球化和新潮写作的结果。阿克罗伊德对此表示担忧,因为他认为“一种文学在渴望享有独特地位之前必须具有浓厚的地方特色”(329),并相信“有英国精神、英国天才和英国传统”(330)。对阿克罗伊德来说,“英国性”既是精神的,也是物质的,随着历史的发展,它的内涵会不断拓展。他以英国文学为例解释道:

> 英国文学的“英国性”不只是指文学作品、过去的博物馆和封闭的等级秩序——英国人情感深处对异质性的青睐表明,“英国性”的范畴是包容广阔的。我试图描述一股巨大的力量,它是我们现在正写下的这些句子的生命和呼吸。我也试图梳理出源远流长的英国文学史。有人可能会认为这是约束,但对我来说,这是解放,就像长期待在异国他乡后要回家的感觉。这正如乡思,是一种

> 归属的需要，是连续性的需要，是拥抱你来自的那个城市和街道的需要。但什么样的家能比我们的语言更强大、更持久呢？因此当我谈论关于英国文学的“英国性”时，我并不是指某种僵死的传统，我在讲那些与我们息息相关的事物。(340)

在此，阿克罗伊德虽然谈的是英国文学的“英国性”，但他认为整个英国文化的“英国性”也是如此。他在多部作品中强调，“英国性”不只涉及一些模式化的概念，它不是静态的，而是动态的；不是单一的、纯粹的，而是多元的、复杂的；不是封闭的，而是开放和包容的。因此，他不仅赞美英格兰文明的伟大与光明，而且能正视和揭示英格兰文化中的丑恶与黑暗，显示出其对民族文化的自信和清醒认识。因为怀着对民族文化的深厚情感和自觉意识，所以阿克罗伊德试图在其传记、经典改编、历史小说等作品中对“英国性”这一充分展示英国和英国人品格的概念用文化符号进行重新表征。他认为，在“英国性”面临危机之际，用文化符号表征“英国性”不仅重要，而且可行，因为尽管“英国性”的概念既模糊又复杂，但它具有符号化特征，如哈伯曼说：“我建议把‘英国性’归为符号形式的概念……尽管‘英国性’是由许多不同和相互矛盾的形象表征的，但它的确有一定的形式。”(Habermann, 20)

“表征”的概念也曾经历过不同时期的演变。一般而言，“表征”(representation)是指外部信息在头脑中的呈现方式。表征是客观事物的反映，又是被加工的客体。表征又称心理表征或知识表征，是认知心理学的核心概念之一，指信息或知识在心理活动中的表现和记载的方式。由于表征是外部事物在心理活动中的内部再现,因此,它一方面反映客观事物、代表客观事物,另一方面又是心理活动进一步加工的对象。后来斯图亚特·霍尔(Stuart Hall, 1932—2014)将"表征"转化为一个文化概念,并对"表征"概念作如下定义:"表征是在我们头脑中通过语言对各种概念的意义的生产。它就是诸概念与语言之间的联系,这种联系使我们既能指称'真实'的物、人、事的世界,又确实能想象虚构的物、人、事的世界。"(22)他还说:"我们所说的'表征的实践',是指把各种概念、观念、情感在一个可被传达和阐释的符号形式中具体化。意义必须进入这些实践的领域,如果它想在某一文化中有效地循环。"(15)

根据霍尔的论述,表征可以被理解为是通过语言及其他文化符号言说或代表某个事物,并生产同这一事物有关的某种文化意义与价值观念。较之传统的再现观念,霍尔的表征观念把传统认识论语境中的真假再现和再现方式的问题转换为"文化研究"中的意义生产和意义流通问题。在霍尔看来,文化表征就是采用具有立场性的文化符号去生产和建构某种文化意义及意识形态价值观念。本书采用的就是表征概念的这一内涵,因此,在此表征是指阿克罗伊德如何采用立场性的文化符号(历史事件与文化人物),通过历史书写(表征策略),借助作家传记、经典改编和历史小说(表征媒介)言说表征对象(英国历史和文化传统),并生产和建构与其有关的文化意义("英国性"),而不是指研究阿克罗伊德是否准确地再现了历史的真实。霍尔的文化表征理论和批评实践把表征观念与再现观念区分开来,提供了一种不同的思维、研究范式和理论视野,避免了在以往的理论分析和论证中一味采用正确再现与错误再现的认识论视角。阿克罗伊德在表征"英国性"时坚持的两个理论前提是：第一，“英国性”有超越单纯文化定势的神秘维度；第二，身份在本质上与各种形式的记忆相连。因此，在他的作品中，“英国性”与神话和记忆始终有密切关系。

阿克罗伊德对“英国性”的表征和探讨主要通过对伦敦的历史书写而实现，主要包括作家传记、经典改编和历史小说等。它们都植根于历史，人物的命运都与真实的历史事件息息相关，但又不同于历史著作，不是对历史的刻板记录，而是在依据真实历史材料基础上通过想象和艺术加工重构历史的一种叙事。

阿克罗伊德发现，“英国性”与伦敦有不解之缘，因此，他将多数作品的背景都定位在伦敦，体现出强烈的地方感。早在 1993 年，阿克罗伊德已被普遍认为是“伦敦小说家”和“伦敦幻想家”(Ackroyd, *Collection* xxv)。刘易斯说：“首都(伦敦)是阿克罗伊德的缪斯。在许多方面，阿克罗伊德可谓是都市小说家之王。”(Lewis, 181)阿克罗伊德本人也曾声言：“伦敦成就了我的事业，我最成功的著作都以伦敦为主题。”(Lewis, 1)哈伯曼指出，“最能表达‘英国性’的是地方”(Habermann 20)，阿克罗伊德也认同这种观点，并说伦敦是他“想象的风景”(landscape of his imagination)，于是，在阐明“英国性”时，始终将历史书写与伦敦紧密联系在一起，强调“地方影响论”(territorial imperative)的重要性，相信“传统在某种意义上是由地方传达的”(Ackroyd, *Albion* xxx)。他曾解释说：“我所说的‘地方影响论’的意思是，某些地区、某些街道、小巷和房屋会影响居住其中的人们的生活和性格。”(Vianu, 2006)鉴于此，伦敦既是他多数小说，也是他的传记和改编作品的共同背景，伦敦的人和事、伦敦的街道、伦敦的小巷和房屋、教堂和监狱都是他描写的对象。例如,在他的传记中,传主大都是伦敦作家和艺术家,和他一样,是地地道道的“伦敦佬”,他们的作品也都彰显着典型的伦敦精神。在阿克罗伊德的眼中,伦敦处处都有过去的印记,在一些古老的街道、教堂,甚至一砖一瓦中都隐含着永恒和传统,值得人们认真思考和精心维护。因此,他通过创作执着地书写伦敦的过去和传统,并指出,不单是伦敦,这种“地方影响论”也适用于整个民族本身,“英国作家、艺术家和音乐家都会受到地方的影响,保留过去的传统会使一个地方变得神圣”(*Albion*, 464)。阿克罗伊德以伦敦为背景进行创作,不仅使伦敦具有了体现传统民族文化的历史感,而且通过创造性地书写伦敦的不同历史昭示出他对“英国性”的多维思考。

阿克罗伊德之所以将伦敦作为其作品的重要背景,是因为他相信“从伦敦的点滴生活中可以发现整个宇宙”(*London*, 772)。因此,他旨在通过书写伦敦的历史揭示英国乃至整个人类世界的秘密,使伦敦成为见证整个人类生存的一个缩影。于是,在他的作品中,伦敦的作用和意义是多重的:它既是一个客观存在的物质世界,又是一种“隐喻”,还是一种“话语”。伦敦和“英国性”始终交织在一起,展现出二者互相依赖、互为阐释的密切关系。正如刘易斯所说:“伦敦在阿克罗伊德的作品中从来不只是消极的背景,而是一种重要的在场和事件的决定因素。”(Lewis, 181)阿克罗伊德甚至将伦敦视为一个生命,一个亲密的朋友。因此,即使在《第一道光》和《密尔顿在美国》这些不以伦敦为主要背景的小说中,伦敦也没有完全缺场,相反,作者在两部作品中都提到过伦敦,其中的人和事都与伦敦有不同程度的联系。例如,在《第一道光》中,前去多赛特郡参观的伊万杰琳就来自伦敦,《密尔顿在美国》中陪伴弥尔顿去美国的古斯奎尔是地地道道的伦敦人,此外,小说中所使用的众多比喻也多次指涉伦敦。这两部小说不仅没有完全脱离伦敦背景,而且所传达的主题也是作者一直关心的主题,即历史的连续性。可见,这两部作品与其他作品仍然以伦敦为媒介形成内在联系。阿克罗伊德将作品置于相同的背景中可以达到以下两个美学效果:一方面,可以缩短作品与读者之间的距离;另一方面,可以增强作品内在的统一性。因此,伦敦不仅成为他多数作品的共同背景,而且成为他在作家传记、改编作品、历史小说中阐明"英国性"的象征和隐喻。

第一章选取《乔叟传》、《莎士比亚传》和《狄更斯传》三部作家传记作为分析文本,论述阿克罗伊德在传记书写中对"英国性"传统的追溯和梳理。阿克罗伊德通过分析三位传主的生平发现,他们都曾生活和工作在伦敦,伦敦塑造了他们,他们也在作品中塑造了伦敦。作为英国诗歌、戏剧和小说领域的中心人物,他们不仅分别是英国中世纪、文艺复兴时期和维多利亚时代的象征,而且是民族性格的符号和英国文化的内核。他们之间的艺术传承关系形成英国文学传统,这一传统经由后代作家的努力得到进一步继承和发展,并最终演变为源远流长的"英国性"。因此,阿克罗伊德充分肯定这些经典作家的历史地位和当代意义。

第二章论述阿克罗伊德如何在《亚瑟王之死》、《维克多·弗兰肯斯坦的个案》和《克拉肯威尔故事集》三部改编作品中使用不同的改编策略实现对"英国性"的自觉建构。在阿克罗伊德看来,任何一位作家在创作实践中都离不开传统,每个作家都是其中的一员,改编是继承传统和发挥个人才能,连接过去和现在的一种重要方式,通过改编前人的作品,一位作家可以将自己置于传统之中,而伟大的作家甚至可以通过创造新作品改变传统。因此,在改编过程中他不仅依附原著,而且通过运用合理想象为原著注入更多的英国文化元素,使作品更具英国特色。通过改编,阿克罗伊德也将自己置于前辈作家所开创的传统之中。

第三章以《查特顿》、《霍克斯默》和《一个唯美主义者的遗言》三部历史小说为观照对象,进一步探讨阿克罗伊德对"英国性"内涵的多方面挖掘和反思,阐明其如何通过对英国历史中一些典型文化人物的塑造揭示出"英国性"的复杂性。作者从查特顿在英国文学史中的地位演变(天才—剽窃者—浪漫主义诗人先驱)中洞察到"英国性"的"构建性"特征。阿克罗伊德没有将"英国性"简单化,也没有一味赞美英格兰文明的光荣与辉煌,而是怀着对民族文化强烈的自觉意识追溯英格兰文化中邪恶与黑暗传统。如在《霍克斯默》中,他揭示出伦敦不仅是"天使之城",也是"魔鬼之家"。在《一个唯美主义者的遗言》中,阿克罗伊德旨在通过王尔德的复杂身份说明,"英国性"的形成过程是一个不断吸收和同化其他文化的过程,具有"杂糅性"特征。阿克罗伊德对过去狭隘的、保守的"英国性"表示不满,认为理想的"英国性"应是包容和开放的。

阿克罗伊德被认为"是位注重修饰、很有个性、高雅优美、机智幽默的作家"(瞿世镜,332),这些都融化在了他的作品中。这些作家传记、经典改编和历史小说既传达出阿克罗伊德最关注的"英国性"问题,又彰显出他为维护民族文化传统所做的勤勉不懈的努力。这不仅仅是一个题材选择的问题,更蕴含着他对自己民族和国家的深厚情感与历史责任感。

第一章 | 作家传记:“英国性”传承

阿克罗伊德的创作虽然始于诗歌,但是他首先以传记家身份赢得声誉。他的传记在传主选择和写作方法上体现出与众不同的才智和胆识。20 世纪后期,当经典和传统遭到质疑与蔑视时,阿克罗伊德却把目光投向众多英国经典作家,以他们为传主,创作出一系列作家传记,公开肯定他们的历史贡献和当代价值,并试图通过对他们生平的历史书写追溯和梳理出“英国性”传统。同时,阿克罗伊德的传记写作方法灵活多变、不拘一格,丰富了传记诗学理论,对传记创作有革新之功。

传记文学的历史源远流长,早在两千年前,中西方文化中就已出现传记文学。在西方,古罗马时期最优秀的传记文学家卢修斯·马斯特里乌斯·普鲁塔克(Lucius Mestrius Plutarch, 46—120)的《希腊罗马名人传》(*Parallel Lives of Greek and Roman Notables*)被认为是传记文学的滥觞。在东方,司马迁的《史记》开创了我国传记文学的先河。然而,直到近两个世经以来才出现传记文学的独立和繁荣,因为在此之前传记被认为是历史学的一种,如约翰·德莱顿(John Dryden, 1631—1700)说:“历史学主要分为三种类型:连续大事记或编年史；可严格称谓的历史；传记或特定人物的生平。”(Dryden, 17)自18世纪起，由于传记和传记理论开始被人们视为一种特殊的文类，西方涌现出一大批著名传记文学作家和作品，英国、法国、俄国、德国、美国等都是传记文学繁荣的国度，均有自己杰出的传记文学作品和专业传记文学作家。在英国有塞缪尔·约翰逊(Samuel Johnson, 1709—1784)的《诗人传》(*Lives of the English Poets*, 1779—1781)和詹姆斯·鲍斯威尔(James Boswell, 1740—1795)的《约翰逊传》(*Life of Samuel Johnson*, 1791)。在法国，有让-雅克·卢梭(Jean-Jacques Rousseau, 1712—1778)的《忏悔录》(*Confession of Jean-Jacques Rousseau*, 1782)、罗曼·罗兰(Romain Roland, 1866—1944)的《名人传》(*Vie Des Hommes Illustres*, 1903—1911)和《约翰·克利斯朵夫》(*Jean Christophe*, 1904—1912)。在德国，有约翰·沃尔夫·冈·冯·歌德(Johann Wolfgang von Goethe, 1749—1832)的《诗与真》(*Poetry and Truth*, 1810—1831)，在美国以本杰明·富兰克林(Benjamin Franklin, 1706—1790)的《自传》(*Autobiography*, 1771—1788)为代表。19世纪末期，随着西方历史学的发展，人们对传记的认识发生变化，越来越多的学者发现传记同历史学有一定区别，不能把两者混为一谈，并试图把传记从历史学分离出来，将其归入文学。如美国学者菲利普斯·布鲁克斯(Phillips Brooks, 1835—1893)在1886年提出具有代表性的观点：“传记，就其真正含义来说，是生平的文学，特别是个人生平的文学。”(Novarr, 4)传记被归入文学范畴的一个重要标志是英语世界权威工具书《牛津字典》1928年初版对“传记”的定义：作为文学分支的个别人的生平的历史。对此，杨正润说：

> 这一定义把传记确定为文学的一种分支,但是实际上又承认传记同历史有密不可分的关系。这一定义到21世纪初期大体上仍为《牛津字典》的最新版所沿用,传记仍然被列入文学的范畴,这代表了英国学术界和西方学术界的正统观点。(22)

另一部权威著作《不列颠百科全书》也采取类似的学术立场,对“传记文学”作如下定义:“作为最古老的文学表现形式之一,它吸收各种材料来源、回忆一切可以得到的书面的、口头的、图画的证据,力图以文字重现某个人——或者是作者本人,或者是另外一个人的生平”(*New Encyclopaedia Britannica*, 195)。这一定义再次强调传记属于文学范畴的观点。

20世纪以来,传记文学在西方国家特别活跃,人们对传记的兴趣更为强烈,出现了一批著名传记家,如英国的利顿·斯特拉奇(Lytton Strachey, 1880—1932)、弗吉尼亚·伍尔夫(Virginia Woolf, 1882—1941)和乔治·D.派因特尔(George D. Painte, 1914—2005),法国的安德烈·莫洛亚(Andre Maurois, 1885—1967),美国的莱昂·艾德尔(Joseph Leon Edel, 1907—1997)和理查德·艾尔曼(Richard Ellmann, 1918—1987),奥地利的斯蒂芬·茨威格(Stephen Zweig, 1881—1942)等,他们都对传记文学的发展产生了巨大影响。斯特拉奇在当时被称为“英国最有才智的人”,他的《维多利亚名人传》(*Eminent Victorians*,1918)、《维多利亚女王传》(*Queen Victoria*, 1921)和《伊丽莎白与埃塞克斯》(*Elizabeth and Essex, A Tragic History*, 1928)名噪一时,被认为开创了传记文学新风,因为他的传记简短轻灵，注重写作艺术和技巧，趣味盎然，令人耳目一新，与19世纪英国维多利亚时代沉重的传记风格截然不同，因此，伍尔夫将其称为“新传记”。斯特拉奇的文学传记被视为传记革命，其传记手法对众多传记家产生过重大影响。与此同时，一些作家也开始对传记理论进行探讨，如伍尔夫发表了《新传记》(*The New Biography*)和《传记艺术》(*The Art of Biography*)两篇论文。同时，被称为“20世纪的传记之王”的法国传记家莫洛亚发表了一部《传记面面观》(*Aspects of Biography*, 1929)，奠定了现代传记理论的基础。20世纪80年代以后，随着新历史主义的兴起，一些传记家和学者认为，所谓历史学不过是特定时代中的历史学家对历史的看法而已，不存在历史本真的问题。作为特定个人所经历的事件和事实只存在于作家的主观认识之中，不存在其本身究竟如何的问题，根据这种观点，一切传记都被认为是作者的自传，是借传主来坦露作者心迹的手段，同时，一切传记也都成为小说。在这种观点影响下，这一时期的传记文学面临着严重挑战，特别是作家传记。

作家传记是众多传记类型中的一种。作为一个庞杂的文类，传记可依据不同的标准划分为多种类型，如果依据传主身份划分，大致可分为英雄传记、圣徒传记、名人传记、明星传记、平民传记、女性传记和作家传记等。作家传记虽然早在传记史中出现，但直到18世纪以后才成为一种专门的传记类型，如上面提到的约翰逊的《诗人传》、鲍斯威尔的《约翰逊传》、卢梭的自传《忏悔录》、歌德的自传《诗与真》等西方现代传记的奠基之作都是作家传记，并为后世传记家树立了作家传记的榜样。事实上，20世纪以来，作家传记成为现代传记中数量最大、优秀作品最多的类型之一，许多西方传记大师都以作家传记闻名，如莫洛亚的《雪莱传》(*Shelley*，1923)和《拜伦传》(*Byron*，1930)；派因特尔的《普鲁斯特》(*Marcel Proust*，1959)；艾尔曼的《乔伊斯传》(*James Joyce*，1959)；艾德尔的《詹姆斯传》(*Henry James*，1953)和茨威格的《三位大师》(*Three Masters*，1920)等都是20世纪最重要的作家传记。

杨正润指出："传记家应当选择时代所需要和读者所需要的传主，而且还要选择那种适合自己的传主。一部传记要取得成功，这是至关重要的。"(489)可见，传记家选择传主时除受到诸如文化结构、时代精神和历史情境等客观因素影响外，也受到主观条件的限制。一般来说，传记家往往会选择那些同自己具有某种一致性的人作为传主，因为这样可以更容易写出传主的思想、感情和人生体验。如亚里士多德(Aristotle，384 B. C. —322 B. C.)曾说："比较严肃的人摹仿高尚的行动，即高尚的人的行动，比较轻浮的人则摹仿下劣的人的行动。"(12)亚里士多德对剧作家的这一评价同样适用于传记家，因为在传记研究中同样可以发现"传记家同他选择的历史传主之间常常存在某种一致性，这在那些成功的传记作品中表现得就更加明显"(杨正润，162)。莫洛亚也认为"传记是一种表现的手段，传记家选择传主来迎合他自己本性中的秘密需要"(Maurois，*Aspects of Biography*，111)。

阿克罗伊德也是如此。自20世纪80年代以来，他推出的传记中多数都是作家传记，且传主大都是英国经典作家。这些传主不仅是对"英国性"作出贡献的作家，而且是阿克罗伊德敬慕、模仿和找到身份认同愉悦的作家。因此，"英国性"和"地方意识"是阿克罗伊德选择传主的重要考虑，如杰弗里·乔叟(Geoffrey Chaucer, 1343—1400)、威廉·莎士比亚(William Shakespeare, 1564—1616)和查尔斯·狄更斯(Charles Dickens, 1812—1870)等都是伦敦作家或与伦敦有密切联系的作家,并且分别是英国中世纪、英国文艺复兴时期和英国维多利亚时代的象征,是英国诗歌、戏剧和小说领域的中心人物。他们不仅是各自时代的象征,而且在历史的演变中已成为所有时代“民族、文化和学术的偶像”(Ackroyd, *Collection*, 227),是英国文化的标志性符号。乔叟被认为是一位英国本土天才、当之无愧的“英国文学之父”和英国文学传统的开创者,莎士比亚和狄更斯是核心中的核心。阿克罗伊德能在后现代语境下表现出对“地方意识”的重视难能可贵,是对“地方意识”在 20 世纪受到冷落的积极回应。20 世纪 70 年代以来,随着人们对“地方”的再度关注,“地方意识”成为不同学科领域探索人与地方关系的核心。阿克罗伊德正是在这一语境下形成自己对“地方意识”的独特思考。他相信“地方”承载着历史和传统,蕴含着人类文明发展进程中不同历史阶段赋予它的意义与神圣,因此“地方不只是作为界限分明的领土单位而存在,在一定意义上,它们是被创造的,并被置于特定社会、政治、经济和历史的大背景之中,这些背景又会促其不同价值的体现”(Hubbard, 17)。“地方意识”和“英国性”将阿克罗伊德与其所仰慕的这些前辈紧密地联系在一起,因此,阿克罗伊德在写作时总能发现同这些传主一致性的方面,深入传主的内心世界,体验他们的喜怒哀乐以及各种情绪和感情的变化,和传主构成一种精神联系,形成一种深入的对话关系。这种一致性使得阿克罗伊德对他们投入大量精力和情感,浓墨重彩地描述他们的生活环境和人生经历,在字里行间流露出一种激情和愉悦,最大限度地再现了他们的历史成就和现实意义,因为他希望自己也能成为像他们那样的民族作家。

阿克罗伊德的传记不仅在传主的选择上,而且在传记书写策略上都彰显出典型的阿克罗伊德风格:历史与想象的杂糅。注重历史实事是阿克罗伊德所有创作的根本,在传记创作中也是如此,因此,他的传记都是历史资料厚重而翔实的传记,展现出其作为一位优秀历史学家的素养。他始终立足于历史,信守以忠实于历史事实为核心的“传记道德”,把历史的真实性作为传记文学的本源和生命力,并相信“优秀传记的核心是真实”(Nicolson, 82)。为保证史料的准确性,他在写每部传记时都会认真查阅大量有关传主的资料。例如,在写《艾略特传》时,他花费整整 18 个月的时间在博物馆查阅相关文献。此外,他还给英国和美国的许多大学写信以便获得有关艾略特的更多信息,并在此基础上构思、选材和描写,特别注意细节和材料的准确。在《莎士比亚传》的参考文献中,他列出 350 多条资料出处,包含了几乎所有莎士比亚研究的权威学术成果。因此,阿克罗伊德在 2005 年推出的《莎士比亚传》卷帙浩繁、资料详尽,正文就达 500 多页,比评论界认为内容较全面的格林布拉特(Stephen Greenblatt, 1943—)的《莎士比亚传》(*Will in the World: How Shakespeare Become Shakespeare*, 2004)还多 200 多页。《狄更斯传》也是一部内容翔实、覆盖面广的狄更斯生平,有 600 多页,比较全面地记录了狄更斯成功而跌宕起伏的一生。然而,阿克罗伊德并没有不分主次地将有关传主的一切信息都罗列出来,他集中表现的是传主的性格、思想、“伦敦情结”和“英国性”。

在确保历史真实性的基础上,阿克罗伊德还善于发挥其作为小说家和评论家的才能,发扬"新传记"对艺术性的重视,采用多种艺术手法为传记赋予小说的魅力。通过运用戏剧性、想象与虚构、神话叙事、阐释等技巧,阿克罗伊德不仅使传记具有很强的可读性,拓展了传记的内涵,而且从深层结构巧妙地挖掘出传主身上更丰富的"英国性"特质,如乔叟复杂的个性,莎士比亚的务实、坚定与沉着,狄更斯的幽默与古怪等,从而使得传主形象更为丰满。然而,他并没有随心所欲、天马行空,把材料不分主次地堆积在一起,而是用真实成分来定格传主的身份,用合理的虚构和想象阐释传主的内心世界,力求达到表现的艺术性和历史的真实性的统一,在追求传记真实的基础上赋予传记小说的魅力。在他看来,传记的历史性和文学性都不可或缺,历史和文学艺术应完美结合。同时,阿克罗伊德的传记还超越了以往传记家对传主的简单道德评判,注重把传主作为人类个体的独特一员,作为特定时代的人而考查。虽然他有时对传主有一定的移情[1],但他不是简单地追忆和膜拜,而是作为一个"参与性的观察者",以一种超然的态度去审视传主,力求还原传主的真实人生。

《乔叟传》、《莎士比亚传》和《狄更斯传》这三部作家传记不仅最好地体现出阿克罗伊德的传记观,即"传记写作的目的是要创造一件既像历史一样真实又像小说一样有说服力的艺术品"(Ackroyd, *Collection*, 265),而且体现出他试图通过再

[1] 在传记中,移情就是指传记家不自觉地将自己的处境、情感与动机投射到传主身上,从而形成传记的某种"自传性"。

现一些伟大人物生平理解整个人类的努力，同时实现了其通过这些传主追溯和梳理"英国性"的愿望。

第一节　民族文学的奠基者：《乔叟传》

《乔叟传》(*Chaucer*, 2004)虽然是一部简传，但它全面论述了乔叟(Geoffrey Chaucer, 1340—1400)对"英国性"的贡献。阿克罗伊德说："乔叟是一位伦敦艺术家"(*Chaucer*, 10)，英国文学传统的开创者，他对"英国性"的最大贡献之一是用英语写作，将英语提升到一个高雅的文学水准，推动了英语作为民族语言的进程。他指出，乔叟的作品同样凸显出典型的英国本土特征，他的《坎特伯雷故事集》(*The Canterbury Tales*, 1387—1400)描绘出一幅生动的14世纪末的英国社会。他还发现，乔叟的性格也是"'英国性'中和蔼可亲的象征。他是一个既忙于实际事务又着手写诗的人，为人谦虚，从不张扬……是民族的偶像"(78)。此外，他强调，乔叟对"英国性"的贡献还在于他能从但丁·阿里吉耶里(Dante Alighieri, 1225—1274)、弗朗西斯科·彼特拉克(Francesco Petrarch, 1304—1374)和乔瓦尼·薄伽丘(Giovanni Boccaccio, 1313—1375)的作品中吸取营养，并将其化为"英国性"的一部分，如《特洛伊罗斯与克瑞西达》(*Troilus and Criseyde*, 1383)的创作是最好的例子。因此，阿克罗伊德评论说："乔叟通过吸收和同化滋养了自己

的天才……但他是个地地道道的英国本土天才”(14),因此被视为“英国诗歌之父”(xvi),并成为英国民族文学的奠基者。

在《乔叟传》中,阿克罗伊德试图通过描述传主生活其中的伦敦社会,挖掘出他身上所体现出的伦敦印记和伦敦精神,以及他对“英国性”的贡献。乔叟出生、成长并最后葬在伦敦,因此,阿克罗伊德认为他是地地道道的伦敦人。例如,他写道,乔叟“出生在泰晤士街家中楼上的房子里……这房子坐落在酒商区。房子既宽敞、布局又合理……任何了解伦敦地形的人都会明白这应该是所大房子,肯定还有一个通到沃尔布鲁克的大花园”(*Chaucer*, 2—3),“乔叟在伦敦长大,并在这里找到自己真正的位置”(1)。阿克罗伊德重视环境对人的影响,认为伦敦为乔叟后来的成就奠定了基础,特别是伦敦语言的杂糅特征、伦敦的宗教生活和新思想等都对乔叟产生过深远影响,作者在《乔叟传》中对此曾一一论述。

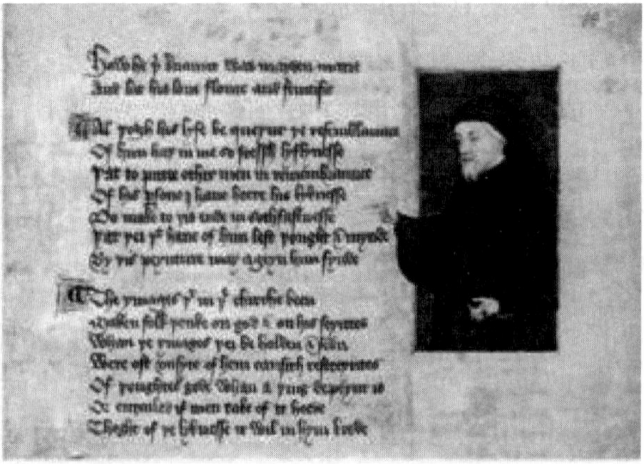

Portrait of Chaucer from a manuscript
By Thomas Hoccleve, who may have met Chaucer

A 19th-century depiction of Chaucer

Chaucer as a Pilgrim from the Ellesmere manuscript

A woodcut from William Caxton's second edition of *The Canterbury Tales* printed in 1483

Profile portrait of Dante, by Sandro Botticelli, an Italian painter of the Early Renaissance

Francesco Petrarch, 1304 - 1374

Giovanni Boccaccio, 1313 - 1375

首先,乔叟的语言深受当时伦敦方言和其他各种民族语言的影响。乔叟一家住在泰晤士街,那里聚集着来自各地的酒商,包括来自法国、德国和意大利的商人。当时的人们操着不同的语言,包括法语、意大利语、拉丁语、盎格鲁—萨克逊语和英语等,乔叟的意大利语被认为是从意大利商人那里学来的。在这种特殊的语言环境中,乔叟积极吸收在街头巷尾听到的各种语言,并创造性地运用在后来的作品中,因此,他的诗歌语言表现出明显的多样化特征,并最终演变为英语语言的杂糅特征,“融入了撒克逊语的阳刚之气,拉丁语的阴柔之美,罗马音的饱满圆润,法语的优雅简洁”(刘芬,2)。

其次,伦敦的宗教生活对乔叟也有重大影响。在乔叟时代,与伦敦人的生活密切相关的一件事情是宗教活动。当时伦敦城内有许多教堂,据阿克罗伊德说,有99座。人们有强烈的宗教信仰,庆祝弥撒是当时伦敦人做礼拜的中心仪式,钟声会在人们相信面包已化成基督的肉身和圣餐的那一神圣时刻鸣响,是神灵和世俗城市生活融合在一起的时刻。作为乔叟时代生活的一部分,宗教活动和宗教人物在其诗歌中频频出现就不足为奇。例如《坎特伯雷故事集》本身就是以朝圣之旅为背景,其中的故事大都直接或间接地与教堂有关。

另外,乔叟还在伦敦接触到一些新思想。当时的伦敦生气勃勃,充满活力,即使在经历黑死病等灾难之后,也比其他地区和城镇恢复、发展得更快。在中世纪后期,一些常居伦敦的外国商人不仅带来商品,而且带来各地的文化习惯和价值观念,特别是意大利人还带来文艺复兴的新思潮。所有这些都对拓展伦敦人的视野、解放他们的思想和传统意识起着重要作用。同时,伦敦还是一个学术气氛活跃的文化中心,城内和周围地区有许多学校、学院、男女修道院、图书馆等,它们吸引了一批包括来自欧洲大陆的知名学者到那里从事研究和讲学。乔叟的一生主要在伦敦工作、生活和写作,因此在很大程度上受到这些新思想的影响。

阿克罗伊德说,乔叟对"英国性"的最大贡献之一是用母语写作,他创作《坎特伯雷故事集》时所采用的伦敦方言为英国文学语言奠定了基础。乔叟的选择体现出其非凡的勇气和雄心。众所周知,在14世纪中叶,相对于法国和意大利,英国在经济文化方面依然是欧洲一个较落后的国家,英语本土文学还十分贫弱,英语也被认为是"粗俗"和"低级"的语言,英国贵族和知识分子都尽量避免使用。不仅在英国,即使在当时欧洲主要作家中,乔叟也是少数坚持用本民族语言写作的作家之一,即使像彼特拉克和薄伽丘这些伟大的诗人和作家也把拉丁语用于他们认为更为高雅的体裁和学术著作。在当时英语书面语还没有得到充分发展的情况下,乔叟以自己的创作实践证明英语完全能胜任任何题材、任何体裁的写作,因此,英语之所以能成为可与法语和意大利语媲美的当时欧洲三大民族文学语言之一,乔叟的努力功不可灭,具有重要的历史意义。

阿克罗伊德认为,乔叟在唤醒民族语言的同时也唤醒了民族文学,探索出英国文学的发展方向,用英语创作出一部部经典之作,凸显出典型的英国本土特征,使得英国文学发展成为能与法国和意大利文学匹敌的民族文学。例如,他的《坎特伯雷故事集》"勾画出一幅戏剧色彩浓厚、人物形象鲜明、具有原汁原味的伦敦风格的14世纪末英国社会生活浮生图"(刘芬,37)。阿克罗伊德指出,乔叟对伦敦的一切怀有强烈的好奇心,痴迷于那个融合“高雅”和“低俗”的世界中的多样性及对立元素,因此,“他的诗歌充满各种各样的声音,仿佛是对伦敦大众声音的再现。他的作品彰显出戏剧性和勃勃生机,似乎源于对这个不断变化的大都市的思考”(*Chaucer*, 10)。乔叟在作品中所反映的英国社会状况、风尚习俗和民族意识等构成他所有作品的底色,尤其在《特洛伊罗斯与克瑞西达》中表现得最明显,使乔叟作为民族文化中心的地位得到更好的诠释。乔叟在创作这部作品时,正值理查二世统治的时代,也是民族自觉意识开始萌芽的时代,于是乔叟便将这种意识融入作品中。阿克罗伊德对此做出高度评价:

> 《特洛伊罗斯与克瑞西达》被誉为现代英语的第一部小说。但它的意义更为深远。它既是一个爱情故事,又是一部闹剧;既是一首哀歌,又是一种哲理探索;既是一部社会喜剧,又有对命运的哀悼;既是一部风俗小说,又是一首高雅的诗歌。还可以说,它是一部宏大的史诗,而这样一个新生事物,在英国还不能给出固定的或明确的名称。只能说,它也许是英国文学的第一部现代作品。在某种意义上,它可以被认为是关于“英国性”的一部史诗,因为它是一部集吸收、包容、同化和杂糅于一体的艺术品。(99)。

在这部作品中,乔叟通过再现所有古代服饰和礼节强调了故事的中世纪特征。因此,阿克罗伊德说,“这是英国人以各种形式表现‘尚古情怀’本能的一部分”(104),“《特洛伊罗斯与克瑞西达》是英国诗歌的权威”(111)。

阿克罗伊德进一步指出,乔叟对“英国性”的贡献不仅体现在作品的语言和内容方面,甚至认为乔叟本人的性格也具有典型的“英国性”:“在历史记录中他是一个被隐匿的人,没留下多少记载,只知道他为人祥和,莎士比亚也是这样的人,这正是民族性格的偶像。”(78)乔叟被认为是一个双面人。一方面,他是一位默默无闻的诗人;另一方面,他又是一位身居高位,肩负多职的王宫重臣,终生与宫廷有密切联系,曾担任外交官、海关税收员、肯特郡治安法官、国会议员和王室工程总监等职。他曾经历三位国王的统治时期,是爱德华三世和理查德二世的家臣,并被提升为扈从,成为“绅士阶层”(gentry class),仅比骑士低一级。后来,他同样受到亨利四世的青睐。1386 年,在离开海关的职位后,他被派往肯特郡任治安法官,并当选为国会议员。阿克罗伊德旨在说明,乔叟的这种复杂性格正是典型的英国人性格特征。

莫洛亚指出,传记家的第一个责任是画出一幅真实的画像,但是传记作品并不仅仅停留在要求真实的层面,而“他的第二个责任是尽最大能力,写出一部具有可读性的书,如果可能的话,还是一部美的书”(Maurois, *The Ethics of Biography*, 163)。莫洛亚显然在强调文学传记的重要性。艾德尔也表达过类似观点:“一个熟练的小说家在小说艺术和传记艺术之间,并没有看到明显的区别”(Edel, *Writing Lives*, 218)。事实证明,现代传记显示出越来越多的文学特征和文学技巧,到了 20 世纪开始,由于唯美主义思潮的流行,更多的专记家把写作看作一种审美活动,努力给传记作品赋予美的形式。因此,一些传记家和批评家开始把传记也称作一种艺术,认为传记中也应包含艺术因素。文学史上有许多作家既写小说,又写传记,比如茨威格、罗兰、伍尔夫等,无论在小说领域还是在传记领域,都有杰出的成就。例如,伍尔夫在谈到传记家和其传主的关系时曾说“他不再是编年史家,他成了艺术家”(Woolf, 127)。阿克罗伊德也是一位在小说和传记领域都成就非凡的作家。

一些学者认为,“传记是高度个性化的东西,不可能确立审美判断的规律或公式。每一部传记都是处于传记家与传主之间,每一部传记都是高度个性的。这也许就是它的魅力的决定性的原因”(Gittings, 92)。这说明,传记家对于每一个传主会有自己的见解,在文本传主身上,有传记家的印记,因为传记家的感情和思想总是隐含在作品中。他的写作目的和身份,他同传主之间的精神联系,他对传主的理解和解释,这些因素都会反映传记家的个性特征,也都会表现在文本传主身上。作为一位具有强烈个性的小说家和传记作家,在传记艺术上,阿克罗伊德能打破常规,向传统的传记形式发起挑战,充分发挥作为一名小说家的优势,把小说的观念和手法引入传记,将小说技巧融合在传记写作当中,从而“给传记戴上了小说的面具”(Stannard, 33)。阿克罗伊德能将有限的史料运用到极致,在填补传主生平的一些史料空白时,通过合理虚构与想象、深入分析和独到阐释,令人信服地还原传主的生平。因此,他的传记吸收了新传记的文学元素,摆脱了维多利亚时代传记资料汇编的传统,呈现出小说的面貌,具有较强的艺术性。

戏剧性是阿克罗伊德传记艺术性因素中最突出的特征。鲍斯威尔也“赞成传记应该具有戏剧性”(Stauffer, 439)。戏剧性是戏剧创作中的一个内涵十分广泛的审美概念,人们曾从不同视角对其进行阐释。德国19世纪浪漫主义理论家威廉·冯·史莱格尔(August Wilhelm von Schlegel, 1767—1845)认为戏剧性的魅力主要来源于剧中人物的"行动"。美国戏剧理论家朱利安·贝克(Julian Beck, 1925—1985)说,"戏剧性"意味着让观众"能产生感情反应"。英国的威廉·阿契尔(William Achel, 1856—1924)指出,"关于戏剧性的唯一真正确切的定义是:任何能够使聚集在剧场中的普通观众感到兴趣的虚构人物的表演"(42)。谭霈生说:"如果要为'戏剧性'下定义,可以归结为这样几句话:在假定性的情境中展开直观的动作,而这样的情境又能产生悬念、导致冲突;悬念吸引,诱导着观众,使他们通过因果相承的动作洞察到人物性格和人物关系的本质。"(315)可以看出,尽管不同的理论家对"戏剧性"的理解和描述不同,但他们给出的定义有明显共性,即行动、情境、冲突和悬念是引起观众或读者兴趣的关键。目前"戏剧性"一词已经远远超出戏剧创作的领域,内涵更加广泛,并已被运用在其他的艺术形式中,比如小说和传记。杨正润说:"传记的戏剧性主要表现为传记家常常从传主的生平中发现矛盾冲突,进行集中化的处理,使叙事紧凑生动、起伏跌宕、富有悬念,从而引起读者的阅读兴趣。"(49)杨正润指出,这个定义虽然简洁,但并不是所有的传记家都能"从传主的生平中发现矛盾冲突",从而使"叙事紧凑生动、起伏跌宕、富有悬念"。首先,发现冲突并不容易,因为冲突可以是传主和他人之间的冲突,如鲍斯威尔在《约翰逊传》中成功描述的他和约翰逊初次相识时两人之间的冲突,也可以是传主个人复杂性格的矛盾冲突。相比之下,后一种更难,只有深入全面地把握传主个性的传记家才能发现传主性格中的矛盾因素,因为传主往往会隐瞒他性格中的另一面。其次,将戏剧冲突写出来更难。和戏剧不同,传记必须完全用语言来达到“戏剧性”效果,这要求作者必须有深厚的语言功底。以上两点对任何传记家来说都是一个挑战。虽然阿克罗伊德深知一位传记作家的有限性和人生的复杂性,但是他能凭借其渊博的学识和小说家的天才发现并写出其传记中的戏剧冲突,为读者描绘出一幅幅令人信服的传主形象,取得戏剧性效果,不仅使其传记读起来像小说一样引人入胜,而且挖掘出传主身上隐含的英国性格特征。

阿克罗伊德主要通过灵活运用对照、议论、比喻、情境、故事等各种方法把不同的材料汇集、提炼和升华,揭示出传主性格中的矛盾冲突。例如,在《乔叟传》的前言中他这样写道:“他被评论界视为‘英国诗歌之父’,但他是一个最令人费解的前辈。他自称是个书呆子,然而他积极并善于处世。他外表矜持而安静,但因欠债而被起诉,甚至还被指控为强奸罪。他是有名的世俗作家,同时也深信宗教。”(*Chaucer*, xvi)读者从这段话立刻会了解到乔叟原来是一个充满悖论的人。如此简洁、生动的人物素描一开始就能激发读者的兴趣和好奇心。在这样一部只有200多页的简传中,这种富有戏剧性的描述不仅必要,而且充分显示出阿克罗伊德的传记家才能:巧妙地揭示乔叟的矛盾性格。

除戏剧性外,历史想象和虚构也是阿克罗伊德传记艺术性的突出表现,他对虚构和想象的成功运用不仅给读者带来无限的愉悦与收获,而且进一步挖掘出传主的神秘个性。传统的观点把传记归属于非虚构文学类,传记只被看作历史的一个分支。如诺斯洛普·弗莱(Northrop Frye, 1912—

1991)认为:“传记是‘事实的作品’,而不是‘想象’的产物。”(Frye, 245)阿克罗伊德却不以为然,在他看来,在真实的历史事件上,穿插一些虚构的景物和情节,则可以让一本传记既真实准确,又生动感人。在一篇对《利顿·斯特拉奇:新传记》(*Lytton Strachey*: *The New Biography*)的书评中他说:“小说和传记只有一个区别:在小说中,作者不得不讲述实事,而在传记中,作者允许,事实上经常被迫进行虚构”(*Collection*, 265)。莫洛亚也持类似观点,认为伍尔夫担忧“新传记”会因为变成小说而失去自我的观点是多余的。在莫洛亚看来,“花岗岩”能够和“彩虹”❶完美地结合在一起。

赵白生指出,虚构主要有三个原因:强做无米之炊、人为设置的障碍、述奇而不实录。阿克罗伊德也认为,虚构不仅重要,而且有时是被迫的。他反对传记家一味猎奇的心理和把传记写成传奇的做法,因此他在传记中的虚构都属于前两种。例如,在《乔叟传》中,他凭借仅有资料精心揣测乔叟所处时代的情景,通过运用丰富的想象描写乔叟任海关税收员期间住在阿尔德门(Aldgate)城楼上时可能看到的当时的伦敦景象:“伦敦是一个瞬息万变的地方。他从阿尔德门到他工作的伦敦港时,需要穿过伦敦最繁华的街道。从城楼上他可以清楚地看到来往行人和一幅犹如无尽旅程的生活画面。”(*Chaucer*, 56)在此,虽然阿克罗伊德没有关于传主的翔实材料,但是他能通过移情和历史想象将传主的生活同作品有机地联系在一起,尽可能地填补历史空白。事实上,作者所描写

---

❶ 伍尔夫和莫洛亚都把传记家面对的事实比作坚硬的岩石。伍尔夫认为,事实如同花岗岩一样,是硬件,实实在在;个性则犹如彩虹,多姿多彩,美丽夺目。这就是伍尔夫传记理论中著名的“花岗岩”与“彩虹”说。

的这一画面曾出现在乔叟的《坎特伯雷故事集》中:“人间是条大道,充满了哀伤,而我们是路上旅客,来来往往。”(123)可见,阿克罗伊德的描述虽然是虚构,然而又不是完全没有根据,因此,让读者觉得真实可信、微妙逼真。

阿克罗伊德明白,传记家的权力有限,和传主之间在时间、地域、文化、个性、经历等方面不可避免地有一定的距离,无论传记收集的材料多么丰富,要真正理解传主,同传主缩短距离,需要用自己的心灵去感知传主,采用各种手段从那些历史材料中唤醒一个过去的灵魂,让自己的同时代人愿意去了解他们。因此,在他的传记中,阿克罗伊德在充分利用历史文献以及虚构与想象的同时,也很好地利用了不同的阐释策略,揭示出更多的“英国性”。

国内外众多评论家都曾强调过传记写作中阐释的重要性。例如,杨正润认为,传记家在传记活动中的自主性主要表现在两个方面:“一个是对传主的选择,在这方面他有比较大的自由;另一个是对材料的选择和叙述、对传主的解释和评价,不过在这方面他又必须以史料为基础,在不违背传记真实性要求的范围内行使自己的权力,其自由度是有限的。”(147)赵白生说:“传记文学的阐释之所以重要,是因为解释事实的过程就是一个给事实赋予意义的过程。”(135)在他看来,阐释是传记文学中的点金术,有些传记之所以失败,是因为“传记资料应有尽有,而传记个性了无踪影。究其原因,只看重历史学家的搜求考证资料的功夫,而忽略传记作家点铁成金的写作过程”(8)。艾拉·布鲁斯·奈德尔(Ira Bruce Nadel, 1943)指出:“没有一个传记家仅仅记录一个人的生平,无论他自称多么客观,他总是在解释一个人的生命。”(Nadel, 154)

斯特拉奇也表示:“未经阐释的真实就像深埋在地下的金子一样没有用处,艺术家是一位了不起的阐释者。”(Strachey, 102)虽然伍尔夫和莫洛亚都把传记家面对的事实比作坚硬的岩石,因为传记家不能改变,只能尊重既定的事实,但是艾德尔认为,通过对事实的不同使用和解释,可以得出不同的结果,因为“似乎事实并不如砖头或石头那么坚硬:在传记中它们从来不是那么坚硬的,它们像肌肉那么柔软和容易软化”(Edel, *Writing Lives*, 214)。乔治·圣兹伯里(George Saintsbury, 1845—1933)对阐释也有精辟的论述:

> 一个真正的传记作家不应该满足于仅仅展示材料,不管这些材料编排得多么精确有序。他的功夫应该用在回忆录、书信、日记等等材料之外。作为一名有造诣和才智的艺术家,他应该把所有这些材料在头脑里过滤,然后再呈现在我们面前,不是让我们只见树木,而是让我们看到一幅完整的画,一件作品。这是纯粹的一堆细节和素材所无法比拟的。(107)

阿克罗伊德可谓这样一位“有造诣和才智的艺术家”,他的传记没有停留在对材料的收集,而是对传主和历史材料进行认真考证、研读,他相信:“任何文学传记都有阐释的空间,这不是因为作者的作品在任何粗略或简单的意义上‘反映’传主的人生事件和情感,而是因为他们作品的形式与节奏可以表现他们的态度和处世方式。”(*Collection*, 283)鉴于此,阿克罗伊德善于凭借其渊博的学识和敏锐的洞察力做到不失时机地对传主及其作品进行解释与评价,以内心独白的形式将自己对于他们的理解和评述巧妙地融入人物在特定情境下的思想活动中。当然,传记解释的基础是传记家对传主的理解和认知,认知方法的多样性和对同一事实的不同分析决定了各自解释方法的多样性。同时,“由于作传的目的迥异,他们的阐释策略往往大相径庭”(赵白生,135)。因此,阿克罗伊德的阐释策略也有独到之处,并且根据不同的传主采取了不同的解释策略,主要包括历史解释、直觉解释、精神分析解释等。

杨正润曾说:“历史解释是最早出现,至今仍然是最基本的解释方法,这种方法实质上是把传主的人生道路和命运、个性和人格发展都看作主要是由历史条件所决定的。”(杨正润,129)他认为,历史解释的方法具有很大的合理性,因为传主是一种历史的存在,任何一位尊重历史的传记家都不能不从历史的角度对传主进行考察,因此,无论采用何种其他方法,也都不可能完全背离历史的解释。

阿克罗伊德也认为,一个优秀作家的产生,在很大程度上取决于客观环境的影响和民族文化的熏陶,因此,他非常注重从历史的角度考察和审视传主,善于从他们的家世、生存环境和人物关系中找出原因,解释造就他们的个性和行为方式的特定历史语境。在《乔叟传》中,阿克罗伊德没有像有些英美学者那样为维护乔叟“英诗之父”的名声和天才的独创性而试图否认乔叟所受到的影响,不愿承认他与法国,特别是意大利作家之间的联系。相反,阿克罗伊德首先肯定法国和意大利文学对乔叟创作的启发作用,甚至认为,没有这些影响,乔叟不可能取得举世公认的成就。鉴于此,他认为乔叟对“英国性”的贡献还在于他能在立足英国本土文化基础上利用一切机会积极借鉴和吸收外来文化,凭借其非凡的创造力和天才通过改造赋予其英国本土文化特征,并将其化为英国本土文化的元素,使之成为“英国性”的一部分。

阿克罗伊德指出,乔叟在1372年的意大利之行使他的视野得以拓宽,思想发生深刻变化。众所周知,乔叟时代的意大利已具有深厚的文化传统,且正处于社会转型期,人们思想活跃,文化和文学活动极为丰富,正经历着深刻的历史性变革。当时的“佛罗伦萨正值‘人文主义’时期”(Ackroyd, *Chaucer*, 43),被称为意大利的文化首都,“已孕育出三个宠儿……他们是但丁、彼特拉克和薄伽丘”(43)。乔叟碰巧在这重要的历史时刻来到意大利的佛罗伦萨,因此三位大师都对乔叟的诗歌创作产生过深刻而持久的影响。虽然“一些传记作家推测,在这次旅程中,乔叟见到了薄伽丘和彼特拉克”(43),但阿克罗伊德认为这不大可能。然而,他相信,对于年轻的乔叟来说,意大利展现的是一个新天地,一种新精神,也使乔叟的创作进入一个新阶段,在很大程度上改变了他的创作道路,不仅为他后来文学艺术的发展指明方向,而且在一定程度上决定了英国文学未来的发展方向。

阿克罗伊德强调,三位大师都对乔叟有重要启发。但丁既影响了乔叟的创作实践,也影响了其创作观。如在《声誉之宫》(*The House of Fame*, 1379—1384)中的一些重要思想和文学观点是乔叟受但丁启发思考诗歌创作,探索创作方向的结果。彼特拉克的成就同样影响了乔叟的思想。作为一位伟大而以华丽风格著称的诗人,“彼特拉克几乎单枪匹马地将诗人的地位提升到能与国王平起平坐的高度”(44)。他被罗马参议院封为桂冠诗人,而且在那不勒斯和威尼斯宫廷多次被称为“大师”,那不勒斯国王罗伯特(King Robert of Naples)

还授予他一件豪华的荣誉锦袍。彼特拉克的地位令乔叟深思,因为他发现,在意大利,诗人们受人景仰,相反,在中世纪的英国,诗人却不被重视。同时,彼特拉克的成功对乔叟有很大鼓励,使他意识到写作也可以作为一种职业。因此,阿克罗伊德断言,“没有彼特拉克和但丁作为榜样,乔叟是不可能写出《特洛伊罗斯与克瑞西达》和《坎特伯雷故事集》这样的长诗的”(44—45)。阿克罗伊德认为,虽然乔叟本人从未提到薄伽丘,但薄伽丘对乔叟的影响毋庸置疑,因为乔叟的许多作品都与薄伽丘有渊源关系,《苔塞伊达》(*Il Teseida*, 1340)和《菲拉斯特拉托》(*Il Filostrato*, 1340)两部作品对乔叟的创作影响最深远。首先,《百鸟议会》(*Parlement of Foules*, 1377)的诗体得益于薄伽丘的《苔塞伊达》。乔叟在这首诗中采用的五音步抑扬格和“君王体”诗节形式是在薄伽丘的八行诗(ottava rima)基础上改编而成。并且,这首诗中对神殿的描述也源自《苔塞伊达》。因此,阿克罗伊德说:“如果不是因为乔叟在米兰遇到薄伽丘作品的手稿,也许不可能有这首英诗。”(90)其次,《苔塞伊达》对乔叟的另一首诗影响更大,即乔叟根据这首诗改写的宫廷爱情诗《帕拉蒙与阿赛特》(*Palamon and Arcite*),并最后以《骑士的故事》(*The Knight's Tale*)为题作为《坎特伯雷故事集》的开篇故事。乔叟的另一首诗《特洛伊罗斯与克瑞西达》源于薄伽丘的《菲拉斯特拉托》,并被誉为“现代英语的第一部小说”(99),“歌颂爱情的伟大诗篇”(C. S. Lewis, 197),“英语语言中第一部也是最伟大的爱情叙事诗”(Howard, 345)。阿克罗伊德认为,整个《菲拉斯特拉托》都贯穿在乔叟的《特洛伊罗斯与克瑞西达》之中。然而,这两部作品在文体、主题思想和人物塑造上又大为不同,乔叟的作品更具“英国性”,充分显示出作者的独创性和民族意识。此外,《坎特伯雷故事集》也被认为是对薄伽丘的《十日谈》(*The Decameron*, 1370—1371)的模仿,这首诗在叙事框架上的创新给予乔叟重大启发和影响。然而,薄伽丘对乔叟的影响远非形式上的相似性,乔叟在这位意大利诗人身上了解到的另一个重要方面是诗歌可以涉及的范畴之广——如可以包括史诗、古典神话、叙事、浪漫传奇等,大大拓宽了乔叟的诗歌创作视野。

阿克罗伊德指出,意大利之行给予乔叟许多深刻启示,成就了他想成为一名民族作家的梦想。首先,他发现但丁这样伟大的作家也用中世纪人们瞧不起的民族语言意大利语创作,这坚定了他用英语创作的信心。第二,他认识到,意大利文学的繁荣在于,但丁、彼特拉克和薄伽丘等文学家都善于广泛吸收古希腊、罗马等文学的营养以丰富本民族文学。这使乔叟意识到博采世界各民族文学之长来滋养英国文学的重要性。第三,薄伽丘的现实主义创作原则也激励了乔叟,使他也常把目光更多地投向英国的现实生活。第四,受意大利文艺复兴时期人文主义思想的影响,乔叟在创作中能以新的视角和观点来探讨当时的英国社会,以人为本,表现人的本性,关注人的价值与追求。总之,但丁、彼特拉克和薄伽丘等人的影响使乔叟的创作成为欧洲传统的一部分,因此阿克罗伊德说“他既是国际文化的核心,也是民族文化的核心”(Ackroyd, *Chaucer*, 99)。同时,但丁、彼特拉克和薄伽丘等人的杰出成就使乔叟意识到,英国诗人也应该走一条自己的文学创作道路。

阿克罗伊德对乔叟的家庭生活着墨不多,但他对其作出与别的传记家不同的解释,有助于深入了解乔叟。乔叟的父亲死后为乔叟留下大笔财产,同时,作为国王爱德华三世的侍从,使得他能与王后菲莉帕(Philippa)同名的侍女菲莉帕结婚,这种婚姻模式是当时宫廷成员中常见的“政治婚姻”(26)。因此,阿克罗伊德评价说“乔叟的社会生活是 14 世纪宫廷的常规生活”(26)。爱德华三世授予菲莉帕·乔叟终生享受约 7 英镑左右的年金,她的特殊地位在很大程度上成就了乔叟后来的事业和荣誉。他们的第一个孩子是女儿伊丽莎白·乔叟,她 1381 年入“黑尼庵”(Black Nuns),后来又进入一家修道院(Barking Abbey),并最终成为萨福克(Suffolk)公爵夫人,使得乔叟一生对绅士地位的追求如愿以偿。儿子托马斯·乔叟在很小的时候就进入刚特的约翰府中,一生都是王宫成员,富有而成功。阿克罗伊德对其他传记作家对乔叟家庭生活的轶事记事法不完全赞同。一些传记作家推测伊丽莎白·乔叟和托马斯·乔叟是刚特的约翰和菲莉帕·乔叟的儿女,不仅因为菲莉帕·乔叟经常居住在刚特的约翰府中,而且因为刚特的约翰对乔叟的儿女都极为关心。阿克罗伊德却说,如果这是真的,那么乔叟与当时宫廷和社会的关系就更深奥、更复杂,也更有助于理解他那一贯持有的讽刺和超然的态度。然而,直到目前还没有任何证据足以证明这一点,“种种迹象表明,乔叟和菲莉帕·乔叟是一对很恩爱和睦的夫妻,他们的结合没必要以牺牲爱情、信任和情感为代价”(30)。阿克罗伊德对乔叟的家庭生活所做的开放性阐释,为理解乔叟的多面性格提供了更多的想象空间。

阿克罗伊德在运用历史解释的同时,也注重充分发挥直觉解释的长处,因为他明白,在传记材料不足的情况下,单凭历史解释远远不够,传记家还需要设法进入传主的内心世界,最大限度地让自己感受传主时代的生活。直觉主义盛行于19世纪中期到20世纪中期,绵延达一个世纪之久。阿瑟·叔本华(Arthur Schopenhauer, 1788—1860)是直觉主义的开山祖师,弗里德里希·尼采(Friedrich Wilhelm Nietzsche, 1844—1900)、亨利·柏格森(Henri Bergson, 1859—1941)、贝奈戴托·克罗齐(Bendetto Croce, 1866—1952)都不同程度地继承和发展了叔本华的思想。柏格森哲学的基本要点是"用艺术的直觉否定逻辑理性"(马新国,308)。柏格森认为:"所谓直觉就是指那种理智的体验,它使我们置身于对象的内部,以便与对象中那个独一无二、不可言传的东西契合。"(137)在柏格森看来,直觉能使人"突然地看到处于对象后面的生命的冲动,看到它的整体,哪怕只是在一瞬间"(137)。杨正润指出,在传记中,直觉解释是指"依据柏格森的理论试图通过直觉进入传主的内部世界,寻找他行为的动因,发现他生命中的秘密"(131)。阿克罗伊德信奉直觉,从来不认为理性分析可以解决一切问题,因此,他能充分运用直觉解释。他的直觉有时通过体验传主的经历得出,即"重返传主生活过的地方,重游传主的旅行路线,重复传主的某些行动"(131)。例如,他通过利用直觉设想乔叟访问佛罗伦萨的经历来解释乔叟当时的心理。乔叟访问佛罗伦萨时,但丁已被人们视为一位伟大的文学前辈,他用母语写成的《神曲》(*Devine Comedy*, 1308—1320)已获得超过古典诗人维吉尔和奥维德的作品所取得的荣誉,并使意大利语言成为欧洲所有语言中具有最卓越地位的语言之一。对此,阿克罗伊德解释说,这种情况增强了乔叟坚持用英语写作的决心,他可能会想"英语语言也许有可能发生类似的变化"(*Chaucer*, 44)。

在运用直觉解释时,阿克罗伊德还善于把传主的文学作品同他们的经历和个性结合起来考虑,重视从他们的作品中来考察其心理发展。在他看来,在写作家传记时,作品是理解一位作家的关键因素之一,因为它们是作家身份的表征和思想的重要载体。然而,即使一些重要的传记家对传主的作品有时也关注不够,如莫洛亚的《雪莱传》甚至没有提到传主的作品,他后来对此深表遗憾:

> 在作家行为和作品之间保持恰当的平衡是传记家面临的最大难题之一。作家的作品是他生活的一部分,是他的血和肉,任何一部传记不提供对传主作品的评价都不能称为完美。事实上,作家表现自己最强烈的冲动更易于见之于他的作品而不是行动。当然也不能把传记变成文学研究专题——我的《雪莱传》最大的缺点之一就是缺少作家的作品。在几年后写作的《拜伦传》中我加入大量引文,它们成为书中最好的部分。(Maurois, *The Ethics of Biography*, 174)

阿克罗伊德对此深有同感,因此,在创作传记时,他注重利用传主的作品来分析他们的个性特征,因为“文学家传记的读者通常希望在传记中读到精彩的文学批评,言之有理的事件评判,详尽而全面的、经过认真研究的传记事实和详细准确的注释”(唐岫敏,320)。另外,赫敏·李(Hermione Lee)也曾指出:“如果传主是作家,那么传记就当在传主的作品中看到他或她的生活,并且看到他的生活如何化成了作品。”(Lee, 319)阿克罗伊德也认为,作家的内心秘密有时可以通过其作品流露出来,因为文学作品体现的是作者的精神世界,传记家只有带着热情和直觉去阅读传主的作品才能接近他。然而,阿克罗伊德没有让传主的作品淹没传主的人生,在他看来,传记家研究传主的文学作品,同批评家的研究有区别,“批评家解释和阐述笔下流出的文字,传记家在做这些事的时候,总是为了去发现笔杆进行创造性活动的特定的心灵和肉体”(Edel, *Writing Lives*, 133—134)。例如,阿克罗伊德指出,在乔叟的《声誉之宫》中,“底比斯的斯塔提乌斯(Statius)、卢肯(Lucan)、维吉尔和荷马都‘肩负着’各自民族的重任和‘声誉’,他们不仅代表全部诗歌,也象征着民族的天才和愿望”(*Chaucer*, 111)。乔叟在诗中把这些作家奉为偶像,隐含着他也渴望成为像他们那样的民族诗人的抱负。在阿克罗伊德看来,这是乔叟的愿望在这部作品中的很好体现,因为“英国性”是乔叟一生的探索和追求,他希望自己也能和其他民族大师一样成为本民族文化的象征。

阿克罗伊德对《坎特伯雷故事集》的评价同样引发深思。这部作品一直以来被评论界认为是一部未完成的作品,但阿克罗伊德持不同见解。在他看来,这部作品所体现出的现实主义特征之一就在于“它是乔叟整个创作生涯的一部分。如生活本身一样,它是逐渐积累和不可预测的”(131),因此他说“乔叟似乎有意消除或模糊生活与艺术之间的界限。这首诗所呈现出的对立性和不确定性是生活本身的写照”(144)。这种开放的解释可使读者从更新颖的视角去理解乔叟作品的现实主义创作原则,不仅拓宽了乔叟作品的广度和深度,而且透视出乔叟对人生的理解:矛盾性和不确定性。阿克罗伊德还分析了《坎特伯雷故事集》的多样性特征与乔叟性格的关系。

“乔叟的作品证明,乔叟天生对差异和多样性偏爱,这是理解他创作的关键”(124),并认为“《坎特伯雷故事集》是一种表现多样性的实验,是一首旨在赞扬多样性和变化的诗”(157)。通过塑造众多人物和讲述不同的故事,乔叟的作品模仿的是生活本身的多样性、复杂性和延展性。他让不同阶层、不同教养、不同背景的人积聚在一起,目的在于讲述各种体裁、各种题材和各种风格的故事,所以,《坎特伯雷故事集》的风格被认为是高度的杂糅。的确如此,因为它“既有高雅的宫廷爱情传奇,也有最粗俗的市井故事;既有虔诚的圣徒传,也有激进的女权主义宣言;既有揭示内心世界的戏剧性独白,也有阐释教义的宗教布道词。它具有了德莱顿所说的‘上帝的丰富多彩’”(肖明翰,258)。因此,阿克罗伊德说,这部作品最大限度地展现出多元性和开放性特征,充分显示出乔叟是一位“杂糅的天才”(*Chaucer*, 125),也是乔叟本人性格的写照:开放与包容。

阿克罗伊德认为,乔叟是“伟大的人类诗意的观察者”(157),懂得人生的复杂与无常,因此,才在作品中最大限度地表现多样性和变化,试图把英国社会甚至整个人类浓缩在他的作品中,将各类人一一展现。布莱克曾说:“正如牛顿将星星分类,林奈将植物分类一样,乔叟也把各阶层的人做了分类”(肖明翰,260)。因此,阿克罗伊德说,《坎特伯雷故事集》是一部超越时代的作品,具有宏大品格,饱含着作者对整个人类的思考。

阿克罗伊德还利用乔叟作品中的悲剧意识来洞察乔叟本人对人生的深刻理解和感悟。受罗马哲学家伯伊提乌(Anicius Manlius Severinus Boethius, 480—524)的《哲学的慰藉》(*The Consolation of Philosophy*, AD 523)中有关人类命运思想的影响,乔叟在《特洛伊罗斯与克瑞西达》中曾直接引用伯提乌斯著作中的大量表达悲剧的词汇,并同时引入关于人类命运的概念,使其作品具有了强烈的悲剧感。另外,在《修士的故事》中,乔叟也多次使用悲剧一词,并对悲剧作如下定义:"悲剧是某一种故事……其主人公曾兴旺发达,后从高位坠落,陷入苦难,最终悲惨地死去。"(乔叟,299)阿克罗伊德指出,乔叟是中世纪欧洲第一位既能准确理解悲剧的性质,又能自觉地创作悲剧作品的文学家。他的悲剧意识折射出对人类命运的深沉思考和忧患:人生的短暂、复杂和无常,这也是英国文学中的"英国性"主题。乔叟的悲剧思想使得悲剧精神得以在中世纪末期开始复活,这在英国文学史乃至欧洲文学史上都具有重大意义。乔叟的悲剧意识影响了许多后代作家,如莎士比亚最好地继承了乔叟的悲剧观,并创造出英国,甚至世界历中上最伟大的悲剧,使得欧洲文艺复兴时期英国悲剧的成就远高于其他任何欧洲国家,可以说,这在很大程度上得益于乔叟的开拓性尝试。

传记家作传的目的各不相同,因此,传记文本总会反映出传记家的立场和目标,如记录、赞颂、发现、解释、辩护、揭露、评价等。阿克罗伊德曾开诚布公地宣布自己写《乔叟传》的目的,他说:

> 《乔叟传》是我正在创作的一系列简传中的第一部。我的目的是再现世界历史中一些最重要的男人和女人的生平。没有比通过个人生平(伴随着所有的事件和抱负,野心和成就)理解人类和人类知识的更好的办法了。进

入任何时代一个男人或女人的意识和个性中,就可以从内部观察那个时代。(Lewis, 135)

阿克罗伊德在此已清楚表明他写这部传记的用意和方法:希望通过深入传主的内心世界了解传主所处的时代。当然,阿克罗伊德并不是想把历史简化为个人史,而是想通过个体了解整个人类,引发人们对人生的思考。同时,他还想通过古人的故事引发现代人对历史的思考,以便透过古人的故事和时代了解自己的故事和时代。这也是他撰写其他作家传记的目的。

阿克罗伊德详细描写了乔叟的最后岁月,他说,虽然乔叟在肯特郡和格林威治居住十多年,但在离世之前,“乔叟返回到他出生的城市,或更准确地说回到沿泰晤士河的威斯特敏斯特城”(162)。乔叟去世后葬在西敏寺大殿南耳堂,即现在的“诗人角”。作者的描写寓意深刻,旨在彰显“诗人角”的象征意义,暗示着乔叟作为“英国诗歌之父”和“英国性”源头的历史意义。阿克罗伊德认为,乔叟滋养了一代又一代作家,在他之后,英国众多的文学家和艺术家紧靠着他在此长眠,因为他们都在不同程度上继承了他的遗产,并共同形成了英国文学传统。

第二节　核心中的核心:《莎士比亚传》

在《莎士比亚传》(*Shakespeare*, 2005)中,阿克罗伊德高度赞扬了莎士比亚的成就,说他是继乔叟之后最伟大的作家,是“核心中的核心,是‘英国性’的内核”(*Shakespeare* 6),其

后的作家如司各特、卡莱尔和狄更斯等都沐浴在他的光辉中,是“人们眼中一颗耀眼的明星”(209),在语言、戏剧和想象力等方面对“英国性”有重大贡献。例如,他能很快吸收和消化周围的各种语言——如诗歌、戏剧、评论、演讲以及日常语言等,因此,他的作品和乔叟的作品一样表现出明显的语言“杂糅”特征,并成为“英国性”的一个方面。在戏剧方面,莎士比亚创作的历史剧比任何一位同代作家都多。另外,他能将历史与想象融合,使故事更具英国特色。同乔叟一样,莎士比亚的性格也体现出复杂的民族性格特征。他既是一个文学奇才,又是一个务实的英国人,集演员、剧作家、戏剧经营者、股东和兼职放贷人于一身。

The Chandos portrait of William Shakespeare, the first painting to enter the NPG's collection

Title page of the First Folio, 1623

Copper engraving of Shakespeare by Martin Droeshout

Shakespeare's funerary monument, Holy Trinity Church, Stratford

A recently garlanded statue of William Shakespeare in Lincoln Park, Chicago, typical of many created in the 19th and early 20th century.

阿克罗伊德说,伦敦不仅成就了乔叟,而且成就了莎士比亚,“没有伦敦就没有莎士比亚”(《莎士比亚传》,112)。莎士比亚从他的家乡小镇斯特拉特福来到伦敦时,伦敦已是一个充满活力的城市,“伦敦的光芒和活力震撼着初来者的每一个感觉细胞。这是一座充满生机的城市,也是一座充满贪婪的城市”(113—114),“莎士比亚肯定感受到了伦敦的活力,他的命运已经与这座城市紧紧地联系在一起”(124)。莎士比亚时代的伦敦已不再是一座中世纪城市,英国的一些教堂正慢慢世俗化,城市社会也开始变得越来越活跃和丰富多彩,特别是戏剧和剧院正迅速发展,并成为成就莎士比亚戏剧天赋的契机。莎士比亚生活的世界是以环球剧院为中心的伦敦,先后在主教门区、海岸区、南华克区和"黑衣修道士"区居住过。在伦敦,莎士比亚经历了从演员到一流剧作家和绅士的成长历程,这种多重身份使他在伦敦有了施展才能的广阔天地。另外,他也熟悉这座城市的阴暗角落,了解到穷人和流浪者也是伦敦的一部分,并且,戏院附近还有很多"花柳巷",所有这些知识和经历都为莎士比亚提供了创作灵感。当然,伦敦对莎士比亚影响最大的还是戏剧。在莎士比亚的时代,"伦敦本身变得越来越像一座大剧院。它是戏剧创作和表演的温床,并不缺乏戏剧创作的素材:绞刑台上叛逆者公开认罪、伦敦交易所里商人们钩心斗角等。它是莎士比亚的世界"(117)。在所有欧洲国家的首都中,戏剧在伦敦的影响力最大,在这里,城市世界的所有奇观异景都可以看到:

> 在一些盛大节日里,人们特地架设拱门和喷泉,把伦敦变成一幅活动的画面;各个行业协会的成员、议员、骑士以及商人等,穿着属于自己那一阶层的服装在街上游行,他们身后跟着由各种彩旗和标志组成的队伍。人们还搭起许多戏台,演员们在上面演着各种剧目。在这些表演中,演员和观众之间没有明显的区别,大家都忘情地参与到了表演中。这是一种极具感染力的戏剧风格,就像一股纯洁、明亮的火焰,同时点燃生活和艺术。戏剧还是表现这座城市的力量和财富的一种方式。(117—118)

由此可见,在当时的伦敦,戏剧既是人们生活的一部分,也是了解现实的一种方式,莎士比亚在这种环境下如鱼得水地成长,“伦敦这个城市就是莎士比亚的大学”(布鲁姆,《伦敦文学地图》,23)。事实证明,伦敦戏剧业发展的大好时机与革新为年轻的莎士比亚提供了一个能充分发挥戏剧才能的环境。他充分利用这一大好时机,从马洛等一些同代剧作家那里借来创作的素材和灵感,把天赋与时代力量、传统与创新完美地结合起来,并最终创造出一部部伟大的戏剧,因此,阿克罗伊德认为,莎士比亚和英国戏剧“同是那个时代的产物,共同拥有刚刚觉醒的抱负”(《莎士比亚传》,50)。

在阿克罗伊德看来,莎士比亚对“英国性”的伟大贡献主要包括语言、戏剧和想象力。众所周知,莎士比亚的戏剧不仅拥有十分丰富的词汇量,而且语言相当多样和精彩,他不仅能模仿、吸收和消化同代作家的语言,而且常常引用意大利俗语和拉丁谚语,还引经据典,并“特别注意让语言符合人物的身份:贵族出身的主角们通常十分雄辩、用词讲究,而普通百姓则满口俗话”(162)。因此,阿克罗伊德强调,在莎士比亚的作品中表现出明显的语言“杂糅”特征,这成为他作品的典型风格。

莎士比亚对“英国性”的另一重大贡献是举世公认的戏剧创作。在他创作的 39 个剧本中有 10 部以英国历史为主题,比任何一位同代作家的历史剧都多。在他的作品中,莎士比亚善于融各家之长,把看似矛盾的元素组合在一起,创造出新的和谐。例如他能恰到好处地在悲惨或暴力的情节中插入喜剧成分,以缓和气氛,并能自如变换场景和情节。莎士比亚被认为是“时代的灵魂”(Ben Jonson, 159),因为他的作品展现出封建制度和资本主义制度交替时期的历史画面,是他对当时社会状况严肃思考的结果,为英国戏剧的发展作出了不可磨灭的贡献,而他也成为英国戏剧的象征。

阿克罗伊德还发现,想象力的运用是莎士比亚作品的一个重要特征,后来发展为“英国性”的一个重要组成部分。“莎士比亚的大脑就像一块海绵,不断吸收一切零星材料,经过他那杰出的想象力的打磨后,最终发出金子般的光芒。”(《莎士比亚传》,436)因为有丰富的想象力,莎士比亚喜欢浪漫胜于现实,如在他的作品中,森林没有刺激人物去掠夺和暴虐,而是引导他们情不自禁地吟诗欢唱,是释放精力和沉思的天堂,是庆祝和获得爱情的神秘地方,这在他的喜剧《仲夏夜之梦》(*A Midsummer Night's Dream*, 1595)中得到很好的表现。

阿克罗伊德指出,同乔叟一样,莎士比亚的性格也表现出复杂多面的英国性格特征。他既是一个兼职放贷人,又“是戏剧大师,同时也是一位精明实际的戏剧经营者……集演员、剧作家和股东于一身,最后还成了剧院的股东之一”(269)。

为了能充分再现传主辉煌的一生,在《莎士比亚传》中,阿克罗伊德同样表现出自觉的艺术追求,使传记既具有厚重的历史实事,又具有轻灵的审美效果。除了认真收集历史资料、做细致的研究工作外,和在《乔叟传》中一样,他同样采用了小说的创作技巧。然而,他没有歪曲证据或杜撰材料,而是选择自己所需要的材料加以发挥,从而表达自己的独特见解。他虽然对传主往往有一个基本完整的介绍,但是会把重点放在传主那些重要的经历上,以此为中心组织材料进行叙述,其他部分有时只是一带而过。例如他说“弗洛里奥是那种只能在莎士比亚传记中几笔带过的人物之一”(211)。具体而言,《莎士比亚传》的艺术性突出体现在以下几方面：虚构、阐释与神话叙事。

在这部传记中，阿克罗伊德同样必须面对赵白生所说的"强做无米之炊"的难题。莎士比亚的传记作家 A. L. 罗斯（A. L. Rowse，1903—1997）曾说："乔叟除外，关于生平事实方面，我们对威廉·莎士比亚的了解胜过任何一位出生在他之前的大作家。可是，考虑到莎士比亚是举世公认的最伟大的英语作家，这些传记事实少得令人失望。"（xviii）于是，有学者指出，一些作家采取外围式传料汇编手段，将有关莎士比亚和莎士比亚戏剧的演出、影响、国际声誉等的相关材料全写进传记，另一些作家则过度渲染莎翁的风流韵事，结果是"看起来很热闹，却无多少传记价值"（王佐良，120）。

面对莎士比亚这样资料十分缺乏而非常重要的文化人物，阿克罗伊德抛开传统的传记写法，寻找新的传记途径。他没有过分拘泥于事实，而是时而避虚就实，时而采取虚构的方式以丰满传主的形象。杨正润曾对不同的虚构形式做出过详细阐释：

> 传记家通过想象填补传材中的个别缺漏，这就是填补型虚构。所谓填补就是依据传主的境遇、个性、人物关系以及历史背景等因素，再加以合理的猜测和推想，用故事、轶事和细节把空白的历史片段填补完整。（杨正润，542）
>
> 在比较简单的史实中想象出各种细节以增加故事化的效果，这就是扩张型虚构。（544）
>
> 传记家对历史材料进行时间、地点或形式上的转移，这就是转移型虚构。这些材料或是其含义不明，或是原

> 来的时间、地点、形式不符合需要,传记家为了更充分发挥它们的作用,把它们转移到更适合的地方。(547)
>
> 还有一种虚构,没有事实根据,或是已被证明不符合事实的材料,传记家使用了它们,但也告诉读者真相,这就是明示性虚构。(549)

针对莎士比亚的情况,阿克罗伊德采用的主要是前两种虚构,即填补型虚构和扩张型虚构。例如,他说:

> 在许多莎士比亚传记中,有关他20岁到28岁这一段时间的经历是一个“空白”。但是一个人的生命中不可能有“空白”。历史年表可能有“消失的几年”,但一个生命的经历可以从间接的途径追溯。至少我们知道,他在这期间成了一名演员。(《莎士比亚》,103)

阿克罗伊德认为,“对于有心人来说,到处都有能够引发联想的蛛丝马迹。因此,传记作者们可以对莎士比亚的身份进行各种各样的阐述,只要不无端捏造他的本来面貌。”(88)基于这样的考虑,阿克罗伊德在坚持真实与朴素为本源,参考现有资料的基础上充分发挥他的想象天赋,对莎士比亚的人生进行大胆而合理的猜测,以揭示传主生命中鲜为人知的一面。例如,对于莎士比亚早年职业的说法,阿克罗伊德有独到见解。一些学者认为,莎士比亚很早就已开始涉足他父亲的各项生意。阿克罗伊德却说:“实际上他们的猜测都不对。关于莎士比亚少年时期从事的职业,还有多种其他说法,有人说他当过一位律师的助手……还有人说他服过兵役——不过按规定,他16岁以后才有服兵役的义务。"(73)他更认同莎士比亚年轻时曾在乡下的一所学校教书的说法:"我们或许也可以这样说,少年莎士比亚的乡下教书经历,成为他通向首都各个剧场舞台的阶梯。"(81)

阿克罗伊德对有关莎士比亚偷猎故事的传说提出质疑。根据传说,莎士比亚曾与镇上一群年轻人到当地乡绅路西爵士的庄园偷猎,为此,这位绅士曾起诉莎士比亚,出于报复莎士比亚写了一首非常刻薄的打油诗讥讽路西爵士,因此路西爵士又加上一条对他的控诉,所以他才逃往伦敦。这个故事最早出现在17世纪英国戏剧家兼莎士比亚主编尼古拉斯·罗尔(Nicholas Rowe, 1674—1718)的作品中,他是从演员托马斯·贝特顿(Thomas Bettton)那里听来的。在17世纪末,理查德·戴维斯(Richard Davis)牧师也讲述过同样的故事,和罗尔的叙述几乎一致。对此,阿克罗伊德说:"到了这里,我们不难看出:路西家族与莎士比亚家族之间的仇恨,经过人们的以讹传讹,慢慢演化出了'少年莎士比亚因偷猎路西的鹿而被鞭打和拘禁'这样离奇的故事。"(75)

另外,阿克罗伊德对莎士比亚的婚姻也提出与众不同的见解。由于安妮比莎士比亚大8岁,他们的婚姻生活历来引起种种猜测,最流行的一种说法是年长的安妮诱骗涉世不深的莎士比亚上床,从而达到结婚的目的,因此他们的婚姻是不幸的,所以莎士比亚去了伦敦。对此,阿克罗伊德的推断是,"莎士比亚与安妮之间的婚姻并非像有些人猜测的那样,是包办婚姻,而是出于一种非常深思熟虑的安排。莎士比亚在选择自己的终身伴侣时,内心里很可能作了大量小心谨慎的盘算,这是莎士比亚一贯的做事风格"(89)。他接着说,事实也许正好相反,“这个猜疑低估了莎士比亚的判断力和智慧,那时的莎士比亚虽然只有18岁,但已经十分精明。而且,这个猜测对于安妮而言也是一种侮辱,她与许多默默站在自己丈夫背后的名人妻子一样,忍受了各种各样的诋毁”(90)。阿克罗伊德还认为,有些学者关于莎士比亚新婚后不久就前去伦敦的猜测有违常识,因为他们的双胞胎孩子出生于1585年春天,因此,莎士比亚离开斯特拉特福小镇的时间很可能是在1586年或1587年。同时,那种认为莎士比亚离开家乡是为逃避不幸婚姻的说法也毫无根据。可见,阿克罗伊德的阐释不同于流俗的评论,不仅为读者提供了以往有关莎士比亚的一些传说和猜测,而且巧妙地表达出他本人对史实的合理想象,拓展了对莎士比亚生平的阐释空间。阿克罗伊德对莎士比亚的分析合理地揭示出其身上所体现的英国性格特征之一,即务实,正如爱默生所说:“这个民族的偏好就是热衷实用”(56)。

通过运用想象和虚构的手法,阿克罗伊德将有关传主的一些零散的生活琐事有机地整合在一起,使传记读起来更真实有趣,引领读者更好地进入传主的世界,了解传主的个性。想象和虚构的运用也使得阿克罗伊德能够避免学院派作家学术论文腔,为传主写出一个精彩的人生,而不只是他们的生平事迹或活动年谱。当然,阿克罗伊德从不断然下结论,而是根据已有记录列出多种可能性,显示出一位传记家的职业意识。例如,对于莎士比亚的人生空白,作者能充分运用充满想象性与虚构性的语言:“我们可以推测,小莎士比亚每周要花30—40小时背诵、分析和复述拉丁语散文和诗句。”(61)这样的语言与传统传记中的记实语言明显不同,给读者以艺术感受和丰富想象。尽管他没有提供一个标准答案,却信守着传记的真实性原则,为后代传记家树立了典范。这表明,阿克罗伊德没有拘泥于传统传记的成规和定律,没有被事实的镣铐所束缚,而是在对传记内容的一些事实评论与判断上作出大胆而合理的推测,创作出一部部优美的传记。

同时,为了更好地表达传主性格中的神秘性,除了运用戏剧性和历史想象的手法外,阿克罗伊德还善于运用神话叙事手法,为传主的生平罩上一个神秘的光环。例如,他写道:“伟人们——不管男人还是女人——命运中都有某种定数。时间和环境以一种无法解释的方式,伴随他们前进,最后造就他们的成功。”(112)在《狄更斯传》中也有类似的描述,例如当狄更斯愿意花 1790 英镑买下罗切斯特附近的盖德山庄(Gad's Hill place)后,阿克罗伊德说:“有些人似乎注定要买某座房子。似乎那座房子一直在期望着、等待着他们。盖德山庄和狄更斯也有不解之缘。这是那所父亲曾指给他看的象征成功的房子,也是他在其中离开人世的房子。”(Ackroyd, 393)这样的神话叙事虽然不能为读者提供更多的事实材料,却可以在不改变传记事实的情况下启发读者积极思考,因为阅读传记也需要展开想象的翅膀让自己“进入另外一个地方,另外一个时空,到另外一个人的生活中去”(Holmes, 16—17)。神话叙事的运用不仅为传记增添了神秘朦胧的诗味,而且使其在形式上具有了典型的英国特色,因为神话叙事本身也是“英国性”的一个方面:

> 英国人的历史与神话传说、文学故事不分你我地融合在一起,形成了这个民族独特的个性和民族心理,这种

民族个性和民族心里,在乔叟、莎士比亚、拜伦、狄更斯的笔下,在残存的古城堡里,在哥特式的建筑里,在剑桥的草地上,在伦敦的街头、在泰晤士河畔,都有它的影子。(刘芬,2)

阿克罗伊德虽然采用神话叙事,但他始终不会忘记尊重事实,在涉及莎士比亚何时到达伦敦时,他没有随意编造,也没有对此过多纠缠,而是说:"至于他到达伦敦的确切日期,专家们和传记作者的说法不一,但他最终来到了伦敦,这一点毋庸置疑。"(《莎士比亚传》,111)

在创作《莎士比亚传》时,阿克罗伊德也在作品中适时地融入个人阐释和评价,试图通过新的发现解开传主思想的成因之谜。重要的是,阿克罗伊德能站在今日的高度对传记史实进行独特阐释,提出一些引发深思的见解,既谈论过去,又指涉现在。比如在评论莎士比亚的时代时他说:

那个时候当然也会有许多垃圾作品,其实哪个时代不存在垃圾作品?低估早期剧作家和演员的才智和能力无疑是不明智的。英国戏剧没有随着时间的推移而得到进步或者发展——19世纪的戏剧显然不如16世纪的戏剧,大量如今已经看不到的古代戏剧无疑是戏剧中的精品。(135)

在此,作者旨在表明,社会的进步、物质的丰厚不一定代表人生境界的提升,在思想的高度、精神的高度层面,后人未必胜过前人,今人未必胜过古人。概而言之,阿克罗伊德的阐释丰富多样,跨越历史,直指当下,令人回味。

首先,阿克罗伊德通过历史阐释把莎士比亚置放在特定的历史背景中加以思考。他说,只有充分理解莎士比亚所处的历史环境,才能更好地理解莎士比亚的戏剧天赋。我们不能撇开当时的时代背景来分析莎士比亚的作品,因为什么样的时代会成就什么样的作品。"当时的伦敦是一个人才济济、到处充满机遇的城市,莎士比亚当然不会落后于人太久"(111)。通过运用双行法[1],阿克罗伊德将莎士比亚置于那个充满竞争和喧嚣的伦敦世界中。他说,当莎士比亚来到伦敦时,皮尔和黎里的戏剧已经广受欢迎,基德和马洛的新戏剧刚刚崭露头角,并一起引发英国戏剧的变革。黎里少年成名,比莎士比亚年长10岁,但已经是一位富有的成功人士和引领潮流的人物,并即将成为议会成员。对于莎士比亚来说,黎里是戏剧业最好的活广告:投身这个行业,不管是王室剧团还是私人剧团,都能获得很好的回报。黎里的事迹刺激了莎士比亚的抱负和创造力,他的目标是赶上并超越任何对手。因此,阿克罗伊德说,这种特定的历史环境和超凡的天才共同造就了

---

[1] 双行法是斯特拉奇在其传记《维多利亚时代名人传》和《维多利亚女王》中首次使用的传记手法,为突出传主的个性,他为其设立许多对立面,不仅有单个人,也有一群人,或异族人,有与传主针锋相对的,也有鼎力相助的。后来,伍尔夫在其传记《罗杰·弗莱》中也使用过这种方法。阿克罗伊德在《莎士比亚传》中精彩地发挥了这一方法,像斯特拉奇在《维多利亚时代名人传》中写曼宁主教与纽曼主教之间的对立和伍尔夫在《罗杰·弗莱》中写弗莱与摩根二人之间在艺术观点上的种种龃龉一样,阿克罗伊德以莎士比亚为中心,描写其形形色色的对立面,如黎里(John Lyly)、皮尔(George Peele)、马洛(Christopher Marlowe)、格林(Robert Greene)、基德(Thomas Kyd)和琼生(Ben Jonson)等,通过这种手法,作者旨在凸显莎士比亚的与众不同和他能比任何同时代作家都更成功的原因。

莎士比亚的成就。

其次,阿克罗伊德通过运用直觉阐释的方法对莎士比亚的戏剧《终成眷属》(*All's Well That Ends Well*, 1603)的解释同样有深刻洞见。《终成眷属》被评论界认为是一部艰涩、枯燥、不彻底的喜剧,因此有些传记作者推测,因为莎士比亚的创作和个人生活遇到重大危机,从而导致创作力衰退。相反,阿克罗伊德却认为,"这其实只是莎士比亚试图有所突破的一次大胆的尝试:神秘的思想展开双翅飞入一个神秘的山谷,一旦完全看清楚后,发现这儿原来只是一个贫瘠、无聊的地方。仅此而已"(430)。阿克罗伊德这种解释的重要性不在于他是否给出问题的答案,而在于能激发读者无限的想象和思考。阿克罗伊德对莎士比亚的另一部戏剧《雅典的泰门》(*Timon of Athens*, 1607)也有独到见解。这部剧讲述的是一位十分慷慨的雅典贵族在落难时得不到任何回报,最后愤然离开人群,独自隐居的故事。有人将其解读为一部寓言或道德剧,泰门代表的是一类人,而不是个体。但阿克罗伊德的解释是,这种观点是对莎士比亚创作手法的误解,此剧不仅表现一种简单的善与恶的争斗,而且有各种复杂个性之间的冲突。他说,事实上,这部剧创作于不同阶段,有些场景只是"打了个粗线条",而有些则经过精雕细琢,它体现出莎士比亚想象力中独特的绘画般的"层次感"。阿克罗伊德与众不同的诠释,为读者理解莎士比亚的作品提供了更多的阐释空间和维度。

为了深刻而全面地解释传主,除使用历史解释和直觉解释外,阿克罗伊德还适当运用精神分析法,深入传主的内心世界。20 世纪精神分析学盛行时,西格蒙德·弗洛伊德

(Sigmund Freud, 1856—1939)所写的《达·芬奇》(*Leonardo da Vinci, A Memory of his Childhood*, 1910)对无数小说家和传记家有深刻影响,如艾德尔曾就精神分析对传记的影响作过精辟概括:

> 传记从精神分析获得三种原理:第一,在人的动机和行为、梦、想象和思想中存在无意识;第二,在无意识中存在某种被压抑的感情和生命状态,在有意识所创造的文学形式中它们有时会进入可感知的梦的形式,这些感情是被改造的伪装的材料——常常以神话和象征的状态被无意识所构建,在故事、诗歌和戏剧形式中,同样的原料被文学的敏感和气质利用巨大的文学传统改造为意识的艺术作品;第三,通过归纳的过程,也就是通过考查感觉中没有出现的、精神对事物的文字描述,我们可以发现更深刻的动机和意义,这对传记家和批评家都有意义。(Edel, 148—149)

一般而言,精神分析往往从以下三个方面解释传主:从俄狄浦斯情结或性的角度出发,引申到儿童同父母的关系;从童年的经历解释传主;从精神分析或心理疾病的角度来解释传主。在许多情况下这三个方面会相互联系,比如俄狄浦斯情结可以成为精神疾病发生的原因。精神分析作为西方传记解释方法的重要理论在许多20世纪传记作家的作品中得到呼应,致使运用精神分析的传记作品大量涌现。阿克罗伊德的传记也深受精神分析的影响,并善于从传主的童年经历来解释传主的性格和人生。

在《莎士比亚传》中,阿克罗伊德认为莎士比亚童年在斯特拉特福家乡小镇的生活经历对他后来的人生有着强烈而直接的影响,“观察一下这个幸运儿成长的那片土地,或许可以借此帮助我们了解他以后逐渐形成的各种性格特征”(《莎士比亚传》,5)。阿克罗伊德认为,莎士比亚的自信主要源于其父亲给了他一个富裕而安逸的家庭,而他的高傲主要受其母亲影响。同时,莎士比亚在小时候就已领会到这座城镇的深厚历史沉淀,并从这里学到许多东西。他从大人讲的各种民间故事中了解到会呼风唤雨的巫婆、藏身毛地黄花丛的威尔士精灵、阿尔丁森林里的鬼魂和妖精等,因此,莎士比亚“对一切可怖、耸人听闻的事物有着特殊的偏好。他把鬼魂带进历史剧中,把巫婆引入《麦克白》中。……它们是他从斯特拉特福继承来的一部分宝贵遗产”(42)。除这些故事外,莎士比亚还能有幸看到伦敦最棒的剧团在小镇的巡回演出,并能从中感受到英国正在蓬勃发展的戏剧新气象,如世俗生活剧和中世纪神迹剧等。小镇的戏剧演出使他在戏剧方面获得初步熏陶,并最终进入戏剧世界。

阿克罗伊德发现,莎士比亚对他童年生活过的小镇有特殊、深厚的情感,他在斯特拉特福及附近地区购置的不少地产和房产,特别是在他成功之后买下的“新坊”(New Place)证明了小镇对他持久的吸引力。在这里,他有了远大的抱负和期待:希望通过自己的努力,恢复其家族在此地的财富和声望,重振父亲在小镇上的名声。后来他的确帮父亲申请成功父亲当年没有申请下的代表高贵地位的盾形纹章。斯特拉特福是莎士比亚永远的故乡,因此,在生命中的最后时光,他又返回这里,因为小镇一直在他心里占据着中心位置。对小镇的特殊情感使得莎士比亚把小镇生活的点点滴滴都融入作品中,“比同时代的任何一个剧作家都更注重对家庭生活的描写”(47)。由于其父亲曾是手套商和屠户,在莎士比亚的作品中频频可以看到他提及手套、屠夫和屠宰场,而他塑造的一系列意志坚强、有主见的母亲形象以及那些乐观、聪明的年轻女子形象都有其母亲的影子。另外,在戏剧创作中,他经常引用真实的地名和人名,采用大量童年时使用的词汇和习语。

小镇的影响使莎士比亚的作品具有一种神秘感和永不衰竭的魅力,有了其他作家所没有的优点,同时避免了别的作家的局限,使得“他的作品没有出生在面包街的约翰·弥尔顿的那种尖锐;没有在威斯敏斯特中学受过教育的本·琼森的那种晦涩;没有从伦敦城里来的亚历山大·薄柏的那种尖刻;也没有住在梭霍区的威廉·布莱克的那种偏激”(8)。

布鲁姆曾对莎士比亚做如下评价:

> 自莎士比亚之后,伦敦涌现了一大批诗人、剧作家和小说家,但是他们之中最伟大的仍然笼罩在莎士比亚的光辉里。伦敦的先知是威廉·布莱克,他是英国的以西结,曾试图“修正”约翰·弥尔顿,但是弥尔顿也是深受莎士比亚影响的作家。伦敦小说家查尔斯·狄更斯也没能例外,还有伦敦的文学批评家塞缪尔·约翰逊博士。(《西方正典》,2)

同样,阿克罗伊德也认为,在英国文学史上,莎士比亚是一位典型的承前启后的作家,是联结乔叟和其后来许多作家的桥梁,是“核心中的核心”,是“英国性”的象征,正如本·琼森

(Ben Jonson, 1572—1637)所说,"他不属于一个时代,而属于所有的世纪"(Jonson, 159)。历史已证实了这一点,莎士比亚被认为是"英国性"的典型符号和代表。

A painting by Henry Wallis depicting Gerard Johnson's carving Shakespeare's funerary monument. Ben Jonson shows Shakespeare's death mask to the sculptor.

第三节 维多利亚时代的象征:《狄更斯传》

《狄更斯传》(*Dickens*, 1990)也是一部真切感人的作家传记。阿克罗伊德指出,狄更斯也是"英国性"的内核,是"维多利亚时代"的象征和灵魂,考察他个人的生活轨迹,就可以看到他所生活于其中的那个世界,他比其他任何作家更能传达维多利亚时代伦敦的社会氛围,"从他的手势,他的谈话,他的故事,他的衣着,他的情绪,甚至他的盲目和自欺欺人的时刻,就可以看到那个时代的特征"(*Dickens*, 578)。同乔叟和

莎士比亚一样,狄更斯的作品也体现出典型的英国特征,他“凭借其哀婉动人、嬉笑怒骂之笔,怀着爱国之情描写了一幅幅伦敦城区的生活画卷”(Emerson,167)。因此,阿克罗伊德说:“没有几个作家能如此恰如其分地表现自己的民族”(*Dickens*, xiv),他比任何其他同代作家更能代表和集民族性于一身,他是那个时代的最好代表。

布鲁姆曾说,“除了莎士比亚和杰弗里·乔叟,狄更斯肯定是最强大、最有影响力的伦敦作家了”(《伦敦文学地图》,2—3)。阿克罗伊德也说,除了乔叟和莎士比亚外,伦敦也孕育了狄更斯,他也是一位典型的伦敦作家,对伦敦和伦敦的历史有浓厚兴趣,伦敦成为他创作的灵感源泉。例如,“在故事《汉弗莱大师的钟》(*Master Humphrey's Clock*, 1840)里,伦敦的过去和狄更斯本人逝去的童年交织在一起。好像在探索这座城市的历史的同时,他也在以某种方式探索和激活他的过去,让过去的情感和逝去的时光融合”(Ackroyd, *Dickens*, 170)。

Charles Dickens painted by Daniel Maclise, 1839

阿克罗伊德发现,19世纪早期,即狄更斯一家搬到伦敦之前,这座城市对狄更斯影响最大的是戏剧和哑剧,因为那时狄更斯偶尔会被亲戚带到伦敦剧院去看戏。哑剧的戏剧艺术激发了他的灵感,他发现,“在哑剧里,喜剧和悲剧,嬉戏和伤感,爱和死亡被糅合在一起”(28)。在以后的生活中,狄更斯对任何事物的喜欢都没有超过他对小丑动作的模仿,且从来没有放弃这一爱好,直到后来演变为他不辞辛苦地为英国劳苦大众一次次阅读他的作品。

伦敦对狄更斯的重要影响始于他 10 岁时随全家来到这座城市之后。阿克罗伊德是这样描述的:

> 伦敦。大烤炉。热片。巴比伦。大都市。在 1822 年秋天,10 岁的狄更斯从查塔姆来到他的王国,并与家人在卡姆登镇倍恒街 16 号新房子里团聚,这是一座在当时的一个开发区新建起的房子,还不超过 10 年。狄更斯被安排住在房间顶部的一个小阁楼里,从那里可以看到一个带有围墙的小花园。……虽然有抢劫问题,但卡姆登镇依然被认为是一个安静的、体面的或者几乎可称为是“文雅的”地方。(*Dickens*, 38)

然而,狄更斯对卡姆登镇的记忆是不幸的,32 年后他回忆说,“那时卡姆登镇破旧、肮脏、潮湿……死气沉沉、令人沮丧”(39)。年幼的狄更斯对卡姆登镇的痛苦记忆主要因为他在这里第一次感受到被家人忽视。对此,他后来曾这样描述:“由于他(父亲)自由散漫的性情和收入的日渐减少,此时他似乎已完全放弃让我继续接受教育的想法,我沦落到每天早上为他和我自己擦靴子的地步,除此之外还要做别的家务。”(40)这时的狄更斯感到无比绝望:

> 未来化为泡影,年轻的梦想和幻想也被现实击破,他一心想成为一个名人和知识渊博的人的愿望也成为奢望。作为一个有天赋而雄心勃勃的孩子来说,没有地狱比这种处境更糟。他日后在作品中所描述的卡姆登镇所有的污垢、苦闷和贫困,都源于他此时对伦敦的印象。(40)

在此,狄更斯表现出生活在这个城市的孤独感和无法出人头地、没有未来及更好的生活选择的痛苦。对于他而言,“伦敦在昏暗的光线里烟雾弥漫,看上去就像‘空气中的一个巨大幽灵’”(41)。

当狄更斯初到倍恒街时,伦敦的“夜生活”让他记忆深刻,特别是七盘那一带最使他难忘,“在那里,恶棍、穷人和乞丐等画面都出现在我的脑海里”(44)。但是,令他没想到的是,那种生活离他竟越来越近,在他仅 12 岁的时候,为了能给家里挣到每周 6 至 7 先令的薪水,他被父母送到一个鞋油厂做童工,鞋油厂的一切在狄更斯的心灵上留下了深深的创伤,给他带来终生痛苦的回忆:

> 那是一栋毗邻泰晤士河,危险的、摇摇欲坠的旧房子,老鼠到处乱窜。在房间的壁板间、破烂的地板和楼梯上以及地窖里都能看到灰色的大老鼠,甚至还能听到它们爬上楼梯时吱吱的尖叫声和混战声。这种肮脏而衰败的景象清晰地浮现在我的面前,似乎我又重新回到那个地方。(45)

鞋油厂的辛酸记忆以及后来因父亲还不起欠债而和全家人在马夏西监狱度过的那些艰难的日子使他终生难忘,成为他“灵魂的隐秘痛苦”,因此他后来特别“关注伦敦肮脏、黑暗和监狱的画面”(Ackroyd, *Dickens*, 121)。他逐渐了解到,肮脏和苦难是伦敦历史的一部分,也是他能把自己的过去和这座城市联系在一起的媒介。例如在创作《巴纳比·拉奇》(*Barnaby Rudge*, 1841)的前几周,他亲自走访那些“最不幸和苦难最多的街道”,试图找到能激起情感共鸣的画面。另外,在一天晚上,当狄更斯和好友阿尔伯特·史密斯(Albert Smith)走在街上时,碰到5个无家可归的人,接受他帮助后默默离去,一言未发,“似乎从这些精疲力竭、沉默的流浪者身上,狄更斯开始看到伦敦的灵魂”(389)。后来,他依据这些经历,在作品中对贫民窟、贫民救济院、监狱以及昏暗狭窄的街道的生动而感人的描述在读者的脑海中留下对维多利亚时期伦敦的深刻印象。

狄更斯对伦敦的特殊情感使伦敦在他的作品中成为恒定的标志,整个城市都成为他的文学舞台,以前的生活经历通过他的生花妙笔升华为艺术,而同时他的小说似乎也成为伦敦的砖块和石头,与伦敦难舍难分。因此,阿克罗伊德说:“伦敦是狄更斯梦中的城市和想象中的城市,在他的作品中这座城市将永世长存。”(465)在《匹克威克外传》(*The Pickwick Papers*, 1836—1837)、《雾都孤儿》(*Oliver Twist*, 1837—1838)、《圣诞颂歌》(*A Christmas Carol*, 1843)、《大卫·科波菲尔》(*David Copperfield*, 1849—1850)、《荒凉山庄》(*Bleak House*, 1852—1853)、《小杜丽》(*Little Dorrit*, 1855—1857)、《双城记》(*A Tale of Two Cities*, 1859)以及他未完成的《德鲁德疑案》(*Edwin Drood*, 1870)等小说中,“如莎士比亚再现世界一样,狄更斯再现了伦敦”(布鲁姆,《伦敦文学地图》,3)。卡姆登镇给他留下的不幸记忆成为他的代表作《大卫·科波菲尔》的重要素材,他利用自己童年的切身经历描写了一个被迫在恶人中间过着艰苦生活而又不失善良的不幸儿童的故事。他使小主人公科波菲尔在10岁时开始做童工,这正是他本人来到伦敦时的年龄。另外,在小说中,许多描述伦敦的段落都表现贫困和恐惧,而那些描写附近肯特郡的段落都强调和平与宁静。儿时的伦敦成为他终生的牵记,在他看来,“过去的时间对我来说从来不会消亡。它和过去一样,永远在场,总是招之即来”(*Dickens*, 454)。伦敦使狄更斯痴迷,给了他无尽的创作灵感,在他的作品中,无论是故事的地点还是人物的经历,都和伦敦有着错综复杂的关系,有一种典型的伦敦风格,因此“狄更斯作品中的一页无论放在英国文学中的哪个地方,我们都认得出。我们一跨进他小说的门槛,就会觉得自己游荡在伦敦的某条街道上,四周是一片浓雾,雾中透着马车和店铺的灯光”(莫洛亚,103)。因此,阿克罗伊德说,伦敦创造了狄更斯,而狄更斯也在作品中创造了伦敦。

另外,阿克罗伊德还指出,如同乔叟和莎士比亚的作品一样,“杂糅”也是狄更斯作品的一个显著特征,“是他的小说和新闻报道的标志,是他审美观的一个方面”(*Dickens*, 318)。同时,狄更斯还和托马斯·卡莱尔(Thomas Carlyle, 1795—1881)有相似之处:

> 这两个作家(卡莱尔和狄更斯)把哲学或社会分析与生动的场景和细节相结合,他们都避免18世纪所特有的那种写作风格的互不兼容,都把最不可能的对立成分融合——如私人话语与公众谴责、世界末日景象与阐述“真

理”的决心,哥特式立场和对“真实”和“现实”的需要。所有这些因素都包含在卡莱尔和狄更斯的作品中。(171)

据此,阿克罗伊德说:“在狄更斯的作品和生活中,都有一种想容纳一切,理解一切,控制一切的力量。在这一点上,他属于他的时代,他代表了其时代的精神。”(576)的确如此,伦敦丰富多彩的生活,例如,从富人的灯红酒绿到穷人的露宿街头都激发了他的想象力,成为他作品的一部分。

在《狄更斯传》中,如阿克罗伊德更充分地运用了“戏剧性”描写手法,如对照、情境和故事等方法揭示出狄更斯的多面性。例如,他说,狄更斯是一个多面人,作为一个男人,他敏锐、旺盛,然而又容易忧郁和焦虑;作为一个作家,他同样表现出矛盾性,既看重物质世界,也被神秘的事物所困扰,“在他的作品中,真实与非真实,物质与精神,具体和想象,世俗和先验等都处于一种张力之中”(*Dickens*, xiii)。狄更斯复杂多面的个性在阿克罗伊德富有戏剧性的叙述中跃然纸上,简短的几句话把传主刻画得淋漓尽致,画龙点睛地表现出人物的性格特征。当然,作者对狄更斯的描述不只是为了达到戏剧性效果,和在《乔叟传》中一样旨在强调传主的多重性格是典型的英国人的性格特征,是“英国性”的一个重要方面,爱默生曾对此有过说明:

英国人的性格是多种多样、矛盾重重的,他们时而酸腐、易怒又固执,时而温和、亲切又明智。但不论是情绪暴躁的威尔士人、热情奔放的苏格兰人、胆汁质性格的印度人还是狭隘粗鄙的乡野村夫和乡绅,在外国人看来,他

> 们都具有共同的特质,走在哪里,都会一眼看出身上的那种英国特性。(爱默生,88)

戏剧性同样表现在阿克罗伊德对传记中其他人物的塑造方面。比如,作品中有一段关于狄更斯的初恋情人玛丽亚·比德奈尔(Maria Beadnell)的肖像描写:

> 玛丽亚·比德奈尔比狄更斯年长15个月。她娇小玲珑,曾有个绰号叫“袖珍维纳斯”。她留着黑色的披肩卷发,有一双明亮的黑眼睛,很美、很性感。有证据表明,她乐意跟小伙子们调情。她的相册里保留着不止一个她的仰慕者的诗句和画。(71)

在此,通过运用戏剧性手法,阿克罗伊德用极为简洁的文字就精确地描绘出一幅诱人的肖像画,使人物的刻画细致、传神,形象的比喻和提示使叙述生动、幽默、精辟,引起读者无限联想,可谓妙笔生花。

阿克罗伊德不仅通过描述人物的性格和外貌,而且有时还通过刻画传主的戏剧性“动作”来揭示传主的态度和思想。黑格尔(Georg Wilhelm Friedrich Hegel, 1770—1831)曾说:“能把个人的性格、思想和目的最清楚地表现出来的是动作,人的最深刻方面只有通过动作才能见诸现实。”(黑格尔,270)在《狄更斯传》中,阿克罗伊德就通过运用“动作”这个表现人物性格的最有力的手段,表现狄更斯对待当时一些文学评论的态度。当狄更斯小说的图书馆版本第一次出版后,一位评论员轻蔑地说,狄更斯的作品不一定会流芳百世,阿克罗伊德在传记中微妙地描述了狄更斯在几个星期后对这一评论的回应。作者并没有运用冗长的自我独白,而是通过运用狄更斯的两个简单动作和"片言只语",就把狄更斯的态度生动地展现出来。有一天,当狄更斯和好友安德森(Hans Christian Anderson)一起散步时,安德森正为他的新作品没有受到评论界的好评而心情郁闷,狄更斯劝慰他说:"不要为这些评论而烦心,它们在一周内就会被人忘记,而你的作品将永存。"(Ackroyd, *Dickens*, 405)此时,他们正走在路上,狄更斯边说边用脚在地上写"这是评论"几个字,然后他又边用脚擦着这几个字边说"这样它就消失了"(405)。这样的描述比任何其他的方式都更能表现狄更斯对当时评论界的鄙视与不屑,同时充分刻画出狄更斯的自信,这在狄更斯的遗嘱中也可以发现:"我恳请我的朋友们绝不要为我建立纪念碑、纪念堂或设立奖金,我的作品将足以使我的同胞记得我。"(xii)狄更斯的这种自信的性格也是典型的英国民族性格,因为英国人往往"有顽强的信念并捍卫自己的立场"(爱默生,89)。

此外,阿克罗伊德还善于通过讲述有趣的小故事取得戏剧性效果,以揭示传主的隐秘和性情变化。艾德尔曾说:"传记家基本上是个讲故事的人"(Edel, *Writing Lives*, 218)。阿克罗伊德就是一位能发现故事和讲故事的能手,他能从传主的一些细小行为举止和言谈中发现故事,以揭示传主的复杂性格。普鲁塔克曾言:"人的品德和劣迹并不总是体现在他们最杰出的成就里。相反,跟最大的围攻或至关重要的战役相比,不太显眼的行为,片言只语,一句玩笑却常常揭示出一个人的真实性格。"(801)阿克罗伊德善于通过

Catherine Dickens, 1842

巧妙运用一些生活小事和怪异行为揭示出传主的复杂性格，这在《狄更斯传》中表现得最为突出。他通过详细描写狄更斯对其妻子凯瑟琳·狄更斯（Catherine Dickens, 1815—1879）的妹妹玛丽·霍格斯（Mary Hogarth, 1820—1837）之死的奇怪反应来探讨狄更斯的性格和处事风格的变化。玛丽死后，狄更斯悲痛欲绝，无时无刻不思念她，接连几周都不能恢复工作，以至于《匹克威克外传》的出版不得不延期。他甚至剪下玛丽的一缕头发放在一个盒子里，取下玛丽的戒指戴在自己手上，保存着玛丽所有的衣服，两年之后还时不时取出来看。在玛丽死后的一连 9 个月，狄更斯每天都梦到她，并一再表示死后要安葬在玛丽身边。通过这件事，阿克罗伊德发现，玛丽的死让狄更斯的思想发生了重大变化，使他开始对生与死进行哲理思考，开始认识到回忆过去的重要性，因为现在对他来说，只有"回忆可把生者与死者，大地与天空联系在一起"(130)。同时，这件事也让狄更斯开始领悟到，没有过去就没有现在和未来。玛丽的死同样影响了他的性格和创作，在他后来的生活中他喜欢的理想女性都像玛丽一样"年轻、漂亮而善良"(129)。在他的作品中，那个经常出现的年轻、温柔、尽善尽美的女性形象就是玛丽带给他的想象力。借助玛丽，狄更斯塑造出诸多动人心弦的小说人物，如《老古玩店》(*The Old Curiosity Shop*, 1841)中的小耐尔

(Little Nell)和《大卫·科波菲尔》中的爱格妮(Agnes)等。通过狄更斯对待玛丽的态度,阿克罗伊德旨在使读者明白,狄更斯对年轻女子的喜欢可以达到疯狂的地步,这为说明他后来和其他年轻女子的神秘关系埋下伏笔。可见,通过运用不同的戏剧性手法,阿克罗伊德不仅能从传主的生平中发现冲突、找出故事、吸引读者兴趣,还能从传主的一些"小事"中窥探到他们的复杂性格与思想。

Ellen Ternan, c. 1875

针对狄更斯的情况,阿克罗伊德在运用戏剧性手法的同时,也不得不走上虚构之路,最大限度地发挥其小说家的想象才能。赵白生说,"事实匮乏能导致虚构,但人为设置的障碍也是传记虚构产生的一个重要原因"(58),因为"传主采取的策略是不合作。他们或销毁书信、日记、笔记或把其中最关键的部分隐秘不宣"(58)。阿克罗伊德在《狄更斯传》中的虚构就属于此类,因为狄更斯曾把关于自己私生活的文件付之一炬。对于传主的私生活,阿克罗伊德采取的是虚构和侦探法相结合的叙事策略,以达到最大限度地揭秘传主不为人知的一面,特别是他与19世纪女演员艾伦·特南(Ellen Ternan, 1839—1914)的神秘关系。关于特南的信息现存资料很少,针对这种情况以及她与狄更斯的关系,阿克罗伊德既没有发表过多的评论,也没有进行无实事根据的猜测,更没有故意大写特写他们的故事以吸引读者,而是通过描写狄更斯不时的神秘失踪，特南的时隐时现和模糊不清的形象，让传记叙事充满悬念，宛若一部引人入胜的侦探小说。首先，作者展现给读者一个人格和品德令人怀疑的狄更斯，了解到这位文学大师原来与一个和自己女儿同龄的女演员保持着令人费解的神秘关系。其次，作者通过描写他们共同遭遇到的一次火车事故，在把他们的行踪暴露给读者的同时，也向读者展现出一个通透的、令人敬仰的狄更斯，因为他在个人生命受到重大威胁的紧要关头，能奋不顾身地照顾和救助其他人的英雄壮举令读者肃然起敬。因此，作者通过与众不同的虚构和侦探法，既写出无法回避的关于狄更斯的私人生活问题，又巧妙地让读者了解到一个具有无限人格魅力的狄更斯，这样的叙述不能不说是作者的良苦用心，既暗示出他对传主的客观评价与由衷敬意，又彰显出他作为一位严肃作家的高度责任感。

阿克罗伊德对直觉解释的运用也体现在《狄更斯传》的创作中。作者注重把狄更斯的作品、生平和人格联系起来考查，通过分析狄更斯作品中的讽刺、幽默、童话叙事阐释狄更斯的思想和政治立场。众所周知，幽默和讽刺的熟练运用是狄更斯作品的典型特色，如莫洛亚曾说："他没有失去自己那种自然的幽默，就达到了一种人们熟悉的悲怆"(34)。另外，阿克罗伊德还发现，和其他作家不同的是，狄更斯的批判现实主义具有浓厚的浪漫主义成分，这主要体现在其作品的童话叙事中。在《荒凉山庄》的序言中他宣称"在《荒凉山庄》中，我有意渲染日常生活中富有浪漫色彩的那一面"(Ackroyd, *Dickens*, 358)。事实上，在多数作品中，他都善于把讽刺、幽默和童话叙事结合起来，安排一个皆大欢喜的结局，设想一种理想化的家庭模式，把他对一种有序而稳定的生活的渴望幻化成为作品中所彰显的一种积极的社会力量。在一篇题为《诱骗仙女》(*Frauds on the Fairies*,1853)的文章中,他曾明确指出自己青睐童话故事的目的,他说:"在一个功利的时代,尊重童话故事是极为重要的"(366)。另外,《家常话》(*Household Words*)杂志中狄更斯写的一篇文章表明,他在谴责普莱斯顿工人和资本家之间的冲突时,也间接地谴责了他们生活中幻想或神话的缺失,这也是他为什么热衷于支持大工业城市中的教育机构,因为他相信"幻想或神话带来的喜悦,文学给予的快乐,会鼓舞维护良好的劳资关系所需要的和谐与同情的美德"(368)。对此,莫洛亚曾评价说:"卡扎米安先生说得好,道德秩序曾使英国避免了一场革命,而我们可以认为,狄更斯是这种道德秩序的因素之一。"(莫洛亚,2)阿克罗伊德也认为,狄更斯作品的这些特征表明,他虽然大力抨击社会的阴暗面,但他不希望以激进的形式改变现有的秩序,他认为道德秩序是改变社会的更好方式,因此,在他的作品中他坚持弘扬和谐与同情的美德。

阿克罗伊德还将精神分析法运用在《狄更斯传》中,并以此解释和阐明对狄更斯一生影响深远的地方、事件,例如小说中写道:

> 在1817年4月初,他们从沿海的希尔内斯搬到了人口稠密的查特姆。正是在这里,有时被称为"世界上最邪恶的地方",以及与之相连的附近的罗切斯特镇,我们第一次清楚地看到狄更斯的童年,并能追溯他的童年和成年之间的联系,他儿时的幻象和其后来的小说之间的联系。这是他感觉与自己最密切相关的地方,也是他后来

> 返回的地方。罗切斯特为他的第一部小说《匹克威克外传》和他最后的小说《德鲁德疑案》提供了背景;查特姆成为激发他想象力的主要景观之一。(*Dickens*, 14)

在查特姆的小房间里狄更斯度过了快乐的童年时光,查特姆不仅成为狄更斯终生难忘的地方,也成为他最后的安息地。在1840年,他跟朋友福斯特和麦克莱斯一起重访查特姆和罗切斯特时为自己选择了罗切斯特大教堂小墓地,并且说“在那里,孩子们,我会化为尘土和灰烬”(177)。36年后,他花了1790英镑买下罗切斯特附近的盖德山庄(Gad's Hill Place),虽然它不如塔维斯托克的房子(Tavistock House)那样豪华,但对他来说这是一个迷人的地方:“这个地方和这所房子是我童年的梦想”(381)。他对这所房子的痴迷主要因为父亲曾指着这所房子告诉他,只有一个成功者才有可能住进这所房子。查特姆的经历同样渗透到狄更斯后来的写作中。儿时,透过他住的阁楼里卧室的那扇窗,狄更斯会看到远处的港口和码头,看到遥对远处的山坡和果园的高桅帆船及船坞的烟囱,这些都深深影响了他后来的创作,如出现在其小说中的阁楼,发霉的房间、小厨房、套室等都表明狄更斯的小说想象力在很大程度上源于他对这里的记忆。

阿克罗伊德还分析了狄更斯童年的不幸经历对他的作品和人生的极大影响。狄更斯的父亲因负债而被投进马夏西监狱(Marshalsea),狄更斯不得不在12岁时就到鞋油作坊做苦工,这种痛苦和屈辱的经历困扰了他整个人生。他后来回忆说:“考虑到这些,我是如此深深地陷入悲痛和屈辱之中,即使现在,虽然已功成名就,有了爱和快乐,我也经常会在梦中忘

Dickens reading to his daughters Mamie and Katey on the lawn of Gad's Hill Place

记我有一个亲爱的妻子和孩子;即使我现在已经是一个成人,我依然会痛苦地回忆过去。”(46)阿克罗伊德认为,由于屈辱的日子在狄更斯内心留下创伤,使得他后来成为一个雄心勃勃、胸怀凌云之志之人,莫洛亚也认为“他对儿童的同情,他的信念,就是从这个时候开始的”(7)。事实上,马夏西监狱的记忆从未离开过他,如顶端上钉有墙钉的高高的围墙、监狱房屋投下的阴影、懒散而衣衫褴褛的犯人——所有这些画面在他的作品中频繁出现,监禁和惩罚的阴影在他的小说中随处可见,有时世界本身被描写成一个监狱,而小说中的人物也被描述为囚犯,甚至他小说中人物的房间有时也被形容为监狱。与鞋油厂和马夏西监狱相关的意象自从在《匹克威克外传》中出现后也贯穿他后来的所有小说,如鞋油瓶、鞋油刷、刷靴子的广告,甚至鞋油仓库本身等。童年的经历使得狄更斯在作品中对儿童的不幸遭遇格外关注,如在《大卫·科波菲尔》中,作者重点关注儿童受虐倾向,《董贝父子》(*Dombey and Son*, 1846—1848)也表现19世纪英国文学中典型的儿童受虐主题。因此,在某种意义上,他成年后的想象力和性格是因马夏西监狱与鞋油厂的经历而形成。通过对狄更斯童年经历的分析,想象他一举一动背后的心理的、情感的,甚至是无意识的原因,以及通过重现其内心世界,阿克罗伊德让读者看到狄更斯如何逐渐成长为一个具有人文关怀的艺术家。通过这样的处理,阿克罗伊德使传主从枯燥、杂乱的历史材料中复活。由于在作品中融入传记者个人的思想、感情和对生命的体验,阿克罗伊德笔下的传主不再是一些残缺不全的历史文本的刻板记录,而是一个全新的文本主体和鲜活的人物。

不可否认,解释倾向的出现扩展了传记家的视野,并为其提供了一个巨大的自由空间。传记家对材料的选择和解释是传记家主体意识的集中体现和获得“精神自由”的主要手段。然而,作为一名优秀的传记作家,阿克罗伊德对传记解释所取得的成就有自觉认识,没有过于依赖解释方法,而是凭借传记家的素养在解释时尽量避免简单化倾向。如杨正润所说,像“鲍斯威尔那样的天才的传记家不用精神分析也可以达到精神分析的深度,现代传记家使用精神分析也不可能超越鲍斯威尔”(杨正润,138)。阿克罗伊德认为,直觉方法对传记的发展具有双重影响,直觉并非万能,并非可以理解一切,不能完全代替感觉和理性。他的传记作品表明,无论采用何种解释方法,传记的根本应是从史料得出的史实,无论何种方法都不能取代史实,都不能代替史料的收集和研究,因为“一位优秀的、认真的传记作家,无论在任何情况下,都应当尊重史实,以可信的材料为根据”(143)。阿克罗伊德的传记很好地印证了这一点,他始终将历史方法作为阐释的基础,并且能把它和其他方法自觉结合,写出一部部优秀传记,提供了传记写作的典范,为 20 世纪的传记革命注入了新理念。

阿克罗伊在使用历史解释、直觉解释和精神分析解释方法时往往能将他作为传记作家、历史小说家和评论家的三种身份聚于一身,将不同的阐释方法结合起来使用,特别是他的历史学修养和穿越文化的能力使他在运用历史学方法的基础上能自觉而熟练地运用与发挥直觉阐释及精神分析方法的长处。例如,《乔叟传》、《莎士比亚传》和《狄更斯传》都体现出这些方法不同程度的交融。阿克罗伊德的解释和评价不仅让传记事实更富于雄辩,而且揭示出事实所隐含的深意,使读者对迷惑不解的疑团有更深入的理解,并感受到传主生命的气息和丰富多彩的人生。然而,他又能做到和传主保持一定距离,无论他的想象还是他的解释,虽然没有改变历史实事,却为读者提供了理解传主的多种不同视角。

通过分析和梳理,阿克罗伊德同样肯定了狄更斯的历史地位,认为他不仅是卡莱尔所说的"文人英雄",而且是一位典型的民族作家。卡莱尔曾说,文人英雄至关重要,是所有人的灵魂,"文人学者是永恒的教士,他们一代又一代向所有的人们宣传上帝依然存在于他们的生命之中"(187)。阿克罗伊德发现,这正是狄更斯努力的方向,正是他想承担的角色,因为狄更斯在创作时全力以赴、如痴如狂,在生命的最后时刻还强迫自己忍受着巨大的病痛折磨为英国的劳苦大众服务,为他们朗读自己的作品。在传记的前言部分,阿克罗伊德通过描述狄更斯离世后人们的强烈反应阐明他如何被当作民族英雄一样爱戴。例如,卡莱尔认为,狄更斯的离去"是一个世界性的事件,一个独特的天才突然消失……"(*Dickens*, xi)。狄更斯的第一位传记作家约翰·福斯特(John Forster, 1812—1876)说狄更斯的离世对他的影响是"生命的职责将与生命共存,但对我来说快乐将永远消失"(115)。亨利·沃兹沃斯·朗费罗(Henry Wadsworth Longfellow, 1807—1882)

说:“我从来不知道一位作家的离去会引起如此普遍的哀悼。毫不夸张地说,整个国家都在为之悲痛。”(xi)《每日新闻》评论说:“他是那个时代的小说家。在他所描绘的时代生活的画面中,后人会比在同期的文献中更清楚地了解到19世纪的社会特征。”(xi—xii)后来,卡尔·马克思(Karl Marx, 1818—1883)对他的评价是:“狄更斯向世界揭示的政治和社会真理比所有专业的政治家,宣传人员和道德家加在一起讲的还多。”(380)莫洛亚曾说:“狄更斯不仅是一个深受欢迎的伟大民族作家,而且还可以说,他为塑造这个民族作出巨大贡献。”(莫洛亚,2)阿克罗伊德也认为,“狄更斯比任何其他同时代作家更能代表和集民族性于一身,他是那个时代的最好代表”(*Dickens*, xiii),他“见证了那个世纪的所有变化,他不仅看到这些变化,而且还感觉到这些变化,切身经历了它们,并写在其小说中,他就是那个时代的象征”(xiv)。

Dickens' Dream **by Robert William Buss, portraying Dickens at his desk at Gads Hill Place surrounded by many of his characters**

"The Empty Chair", Gad's Hill Place, June 7, 1870, painting by Samuel Luke Fildes on the death of Dickens' death

综观三部传记可以发现:一方面,阿克罗伊德通过运用不同的传记写作策略挖掘出三位传主性格、思想和风格的独特性。如约翰逊所说:"这种人(传记家)的工作是给他所写作的那个人物的生平一个完整的叙述,用他所具有的性格和感情的各种特征把他同所有其他人区别开来。"(Johnson, 49)阿克罗伊德正是通过叙述这些传主所特有的性格和感情特征把他们同所有其他人区别开来。另一方面,阿克罗伊德通过比较和分析,揭示出三位传主的内在联系以及情感和操守的一致性,梳理出他们所形成的源远流长的"英国性"传统:崇尚经典;书写伦敦;浪漫想象;语言的杂糅特征;吸收、借鉴和改编经典作品。

首先,阿克罗伊德发现,这些作家都崇尚经典作品,喜欢阅读经典作品。他说,虽然乔叟公务繁忙,但并没影响他对书籍的热爱,因为"对于乔叟来说,书籍是信念和快乐的源泉,更是知识和传统的来源,没有书籍一切将不可理解。乔叟以书为食,改编书、翻译书,在自己的作品中借鉴和引用他人的作品”(*Chaucer*, 60)。乔叟勤于阅读,视野广阔,是一些经典作家的热心读者。

阿克罗伊德同样通过推理和想象得出莎士比亚小时候也善于阅读的结论。他说:“童年的莎士比亚非常爱读书,这一点毫无疑问,后来他在剧本中提到过许多自己早年读过的书。有史以来,有哪位伟大的作家的童年时代不是和书籍一起度过的?”(《莎士比亚传》,46)阿克罗伊德还肯定了莎士比亚小时候在家乡小镇所接受的教育,对那些否定他的阅读经历的观点提出质疑。据他推测,莎士比亚结束在私塾的学习后,进入国王新语法学校。在这里,他了解到西塞罗(Marcus Tullius Cicero, 106 B. C.—43 B. C.)、奥维德(Ovid, 43 B. C.—AD 17/18)、普劳图斯(Plautus, 254 B. C.—184 B. C.)、维吉尔(Virgil, 70 B. C.—19 B. C.)和贺拉斯(Horace, 65 B. C.—8 B. C.)等经典名家,阅读过《伊索寓言》(*Aesop's Fables*)、《圣经》(*The Holy Bible*)和奥维德的《变形记》(*Metamorphoses*, 1480)等名作,并养成他对书籍的热爱。

阿克罗伊德指出,狄更斯的童年也是在经典作品的浸染中度过的。在圣玛丽处的小房子中,狄更斯首次对阅读产生了兴趣:

> 在那间给我无限幸福的小房间里,《蓝登传》(*Roderick Random*, 1748)、《皮克尔传》(*Peregrine Pickle*, 1751)、《亨弗利·克林克》(*Humphrey Clinker*, 1771)、《汤姆·琼斯》(*Tom Jones*, 1749)、《威克菲尔德牧师传》(*The Vicar of Wakefield*, 1766)、《吉尔·布拉斯》(*Gil Blas*, 1735)和《鲁滨孙漂流记》(*Robinson*

> Crusoe, 1719)等等,一一展现在我面前,都是我高尚的同伴。它们赋予我的幻想以生命,激发了我的欲望。(*Dickens*, 34)

正是书籍唤起了在这个不起眼的小房子里的小男孩对书中所描写的世界的无法遏制的追求和向往,使他的理想长出翅膀,超越时空,并最终成就了他的伟大。

张剑曾说,"任何诗人的一部分灵感都来自他的阅读和他对历史的了解"(13)。可以说,这些传主们都是如此。

其次,乔叟、莎士比亚和狄更斯通过创作共同形成了书写伦敦的传统,并使之成为"英国性"的一部分。他们都是典型的伦敦作家,"伦敦创造了他们,他们也在作品中创造了伦敦"(Ackroyd, *Collection*, xxvi)。如布鲁姆曾说:"伦敦的文学遗产如此丰富,以至于任何简短的概括都会有胡言乱语的嫌疑,但是如果我们把伦敦文学史的辉煌归功于莎士比亚和狄更斯,这至少是个真实有益的起点。"(《伦敦文学地图》,3)

再次,虽然三位传主分别是诗歌、戏剧和小说的领军人物,但是他们的作品表现出一个共同的特征是,丰富的浪漫想象,彰显着作者无穷的想象力,成为英语想象源头的一部分,他们的作品已足以证明这一点。

另外,语言的杂糅也是三位传主作品的共同特征,经由后代作家的传承,也发展成为"英国性"的一个重要方面。

最后,乔叟、莎士比亚和狄更斯形成的另一个重要的"英国性"传统是吸收、借鉴和改编经典作品。阿克罗伊德指出,他们既是一个个独立的丰碑,又依次传承并形成传统。例如,乔叟毕生都在向其他民族的文学学习和借用,“在乔叟所有的作品中都能发现大量的借用和改编。他的作品有一半都取材于以前的作品”(*Chaucer*, 39),因为他明白,“通过创造性地改写,旧的东西可以焕然一新,犹如他在《贞女传奇》(*The Legend of Good Women*, 1384—1386)中所描写的熟悉而不断再生的稚菊”(60)。莎士比亚也喜欢改编他人的作品阿克罗伊德说,“如果我们从心底希望把莎士比亚看作一个与众不同,甚至超凡脱俗的英国剧作家,那么有一个现成的证据:莎士比亚对重构历史有着非同寻常的兴趣”(《莎士比亚传》,183)。众所周知,莎士比亚的作品来源极其广泛,在创作过程中,他能灵活借用奥维德、维吉尔、普劳图斯等古典作家的著作,斯宾塞和乔叟等英国作家的作品也是他的灵感源泉。他与乔叟有不解之缘,莎士比亚既得益于乔叟这样一位造诣深厚的前辈给他所需要的艺术源泉,又最好地发展了乔叟的精神及其所开创的英国文学传统,弘扬了英国民族价值的核心。对此布鲁姆曾评价说:

> 他(乔叟)与莎士比亚的关系类似于但丁和彼特拉克之间的关系,区别只在于莎士比亚有着更令人惊异的丰富性,他的博大甚至超过了约翰·德莱顿对《坎特伯雷故事集》的评价:“上帝之丰富多彩莫过于此。”即使把奥维德或“英国的奥维德”马洛都算上,也没有任何作家像乔叟一样给予了莎士比亚如此重大的影响。(《西方正典》,83)

同样,狄更斯在创作中也从经典作品和同时代作品中借用他所需要的任何素材,例如,奥利弗·哥尔德斯密斯(Oliver Goldsmith, 1730—1774)、托比亚斯·斯莫莱特(Tobias Smollett, 1721—1771)、司各特(Walter Scott, 1771—1832)、亨利·菲尔丁(Henry Fielding, 1707—1754)等作家的作品都是他创作灵感的源泉。"古代的故事,英国过去的故事,一直都是狄更斯作品所涉及的主题。"(*Dickens*, 552)狄更斯虽然不是一位莎士比亚式的小说家,然而,他在《远大前程》(*Great Expectations*, 1860—1861)中把《哈姆雷特》(*Hamlet*, 1601)中的复仇故事反转过来,变成皮普的全面宽恕。因此,阿克罗伊德说,乔叟、莎士比亚和狄更斯之间的微妙联系与传承形成一个连续不断的传统,构成"英国性"的坚实基础。

阿克罗伊德还强调,乔叟、莎士比亚、狄更斯所形成的传统在后代作家中得到进一步继承和发展。在弥尔顿、布莱克、华兹华斯(William Wordsworth, 1770—1850)、雪莱(Percy Bysshe Shelley, 1792—1822)、济慈(John Keats, 1795—1821)、叶芝(William Butler Yeats, 1865—1939)、劳伦斯(David Herbert Lawrence, 1885—1930)、丁尼生、简·奥斯汀和乔伊斯等作家的作品中,都能找到前辈作家的影子。如弥尔顿《失乐园》(*Paradise Lost*, 1665)中的撒旦被认为是一个莎士比亚式的人物,赢得读者的同情和感动。简·奥斯汀的小说《傲慢与偏见》(*Pride and Prejudice*, 1813)中的伊丽莎白与《爱玛》(*Emma*, 1816)中的爱玛都不乏莎士比亚式的机智、聪慧和想象力,伊丽莎白(Elizabeth)和爱玛(Emma)会令人想起《无事生非》(*Much Ado about Nothing*, 1598)中的比阿特丽斯(Beatrice)及《皆大欢喜》(*As You Like It*, 1599)

中的罗莎琳德(Rosalind),她们都是"女人之花"。如布鲁姆曾评价说:

> 莎士比亚之后,英语中没有任何一个作家像奥斯汀那样,如此出色地给予我们这样一些人物,他们不管是中心人物还是边缘人物,其各自的言谈和意识都是如此绝对地前后一致,彼此却又如此强烈地各不相同。她的女主人公的强大自我都是用一种精细的个性雕琢而成的,印证了奥斯汀本人的能量储备。……她掌握了莎士比亚最困难的功夫:显露对她所有人物,哪怕是最不敢苟同的人物的同情,同时又超然地与哪怕是她最喜欢的人物爱玛保持距离。(《如何读,为什么读》,171)

同样,柯勒律治(Samuel Taylor Coleridge, 1772—1834)的《古舟子咏》(*The Rime of the Ancient Mariner*, 1798)中的老水手的先人被认为是莎士比亚的伊阿古和弥尔顿的撒旦,并且在一定程度上,柯勒律治的诗在其语调的超脱上也显示出典型的莎士比亚风格。因此,布鲁姆说:"莎士比亚的男人和女人是我们的先驱,如同他们也是丁尼生的尤利西斯的先驱。"(71)和莎士比亚一样,乔叟和狄更斯的作品也经受住了时间的考验,它们如今还经常被改编成现代版或被搬上银幕。

阿克罗伊德不仅梳理出英国作家之间源远流长的"英国性",而且在自己的作品中以不同的方式努力继承和发展这一传统。首先,他像前辈作家一样热爱经典作家和作品,并写出了一系列以经典作家为传主的作家传记。其次,他继承了前辈作家书写伦敦的传统,将多数作品的背景定位在伦敦,通过对伦敦的创造性历史书写探讨“英国性”。再次,阿克罗伊德的作品也都彰显着作者丰富的想象力。另外,他的作品的语言风格也都体现出高度的杂糅特征。最后,他继承了前辈作家改编经典的传统,发表了一系列经典改编作品。因此,阿克罗伊德的作品都蕴含着作者强烈的历史意识以及坚守和发展“英国性”的努力。

通过分析《乔叟传》、《莎士比亚传》和《狄更斯传》可以看出,阿克罗伊德的传记既有历史的真实,又不乏小说的魅力;既表现出历史学家的严谨,又表现出小说家的敏感和洞察力。他对历史材料的重视使其传记具有厚重的历史根基,不同于一些戏说性的传记,有重要的史料价值。同时,作者在历史事实基础上的虚构和想象不但没有破坏传记的历史感,而且使传记蒙上一层神话般的浪漫色彩并富有艺术魅力,让传主的形象更为厚重与丰满。此外,合理的解释又进一步拓展了传记的阐释空间,使其更具开放性。因此,阿克罗伊德的传记创作革新了传记的体裁,实现了“交融中的创新”(尚必武,134),生动地勾勒出传主的形象和心路历程,体现出一位作家的全面艺术修养。杨正润曾说:“‘理想传记’是传记的两种基本要素,即历史性和文学性取得平衡,既准确和完整地叙述了传主的生平,又生动地叙述了他的个性,对他的命运、性格和行为作出了合理解释的传记作品。”(杨正润,12)以此标准衡量,阿克罗伊德的传记无疑是“理想传记”,因为他巧妙地将传记和小说的魅力融合在一起,不仅丰富了传记诗学理论,而且为传记审美作出重大贡献。

此外,阿克罗伊德在传记形式上也做了大胆改革,没有完全延续传统传记写作中严格按日历时间来安排各章节的内容,而是依据传主的个性特征采取不同的分章法。例如《乔叟传》的各章节是在日历时间的基础上按照主题法划分的,很好地凸显出传主在特定时期的生命意义,使乔叟生命中各个时期的主要活动特点形成独特的生命时间,便于将传主的一生与其作品联系起来进行考察。在《莎士比亚传》中,阿克罗伊德采用的也是主题分章法,共分九卷,除第一卷以莎士比亚的出生地“埃文河畔的斯特拉斯福”和第六卷以莎士比亚在家乡小镇购买的一栋豪宅“新坊”(New Place)为标题外,其他七卷分别以莎士比亚到伦敦后所在的剧院或剧团为标题,如“女王臣民剧团”、“斯特兰奇爵士属下剧团”、“彭布鲁克伯爵属下剧团”、“宫内大臣剧团”、“环球剧院”、“国王供奉剧团”和“黑衣修道士剧院”等。同时,他又在这九卷的标题下划分出全书统一的章节,共有 91 章,并附有警句式的小标题,可激发读者强烈的阅读欲望。这样的划分不仅可以突出传主的主要行踪和戏剧成就,也可为读者提供清晰的叙述线索和各章的重点,达到“在最小的范围内包括进尽量多的知识”(Sidney Lee, 55)的效果。在这部传记中,阿克罗伊德还运用了后印象派叙事技巧,简明扼要地概述传主的生活侧面,浓墨重彩其创作经历,使传记重点突出、色彩鲜明,履行了传记作家在资料上“取大略小谋全局”(Woolf, 134)的叙事策略。

阿克罗伊德融入作品中的不仅仅是娴熟的创作技巧和对艺术的执着追求,还有一份对经典执着追求的淡定与从容,对古代大师的遥望与诉求,以及对古人的理解与同情。正如艾德尔所说:

> 传记家也需要进入他的传主的内部,他有时使自己进入另一个时代,有时他改变自己的性别,一眨眼、一耸肩,他就有了别人的经历。但是任何时候他都保留自己的心灵,自己的平衡感和自己的评鉴眼光。传记家必须温情而又冷漠,投入而又疏远。在评鉴的时候如冰一样冷,然而又是那么温情、富有人情味和同情心,这就是传记家的两难处境。(Edel, 41)

阿克罗伊德因为保留了"自己的心灵,自己的平衡感和自己的评鉴眼光"使他对这些传主做出令人信服的评价,还原出一个个生动逼真的传主形象。

郁达夫在《怀鲁迅》一文中曾说:"没有伟大的人物出现的民族,是世界上最可怜的生物之群;有了伟大的人物,而不知拥护、爱戴、崇仰的国家,是没有希望的奴隶之邦。"(郁达夫,1936)阿克罗伊德的所有作家传记足以证明,他是一位懂得爱戴和崇仰伟大人物的作家。他之所以选择众多经典作家为传主,是因为这些传主的成就已达到民族文化的最高境界,他们都是信仰坚挺的强者,永不言弃,不断探索和追求自己的生活目标、人生梦想,身上始终闪耀着勇于实践、不断探求和自强不息的光华,在他们的灵魂深处透射出普遍的人性之光。他们都有超凡的襟怀与眼界,心系家国,胸怀天下,因此,他们的思想和精神可以跨越千年,直指当下。由此,可以说,阿克罗伊德的传记实现了他在《乔叟传》中所说的透过无数个人生平去了解人类生命史的愿望。卡莱尔认为:"历史是无数传记的结晶。"(Carlyle, 50)爱默生甚至认为,传记的作用应该在历史之上:"确切地说,没有历史,只有传记。"(Emerson, 10)斯特拉奇也在《维多利亚名人传》的前言中声明:“人生一场,意义重大,不好只当过眼云烟对待。人生自有独立于时间过程之外的价值。”(2)阿克罗伊德也认为这些经典作家有独立于他们自己时代之外的价值,正如伍尔夫所言:“有些故事每一代人必须重新讲一遍,不是因为我们要往里面添加什么内容,而是因为那些故事本身的某些特别品质使它不仅是传主的故事,也是我们的故事。”(Hermione Lee, 769)阿克罗伊德虽然写的是个人生活史,但他凭借丰厚的知识和不凡的才华对传主进行大胆解释与评价,使个体生命升华,成为人类共同的体验,使古人的故事也成为现代人的故事。因此,作为一整套英国经典作家传记系列,阿克罗伊德的传记不但提供了关于传主的一系列个性不同的肖像画,而且因具有各不相同的叙事风格和节奏,使其如同优美的音乐和史诗,在整一中包含着变化,在变化中又指向整一,共同书写着人类的文明和历史。

在《乔叟传》中,阿克罗伊德曾说:“在世界的舞台上,人人都扮演着一个角色,重要的是要让自己成为一名成功的演员”(*Chaucer* 36)。他认为,乔叟、莎士比亚和狄更斯都是当之无愧的好演员,他们都成功地演好了历史赋予他们的不同角色:诗人、戏剧家、小说家,并成为“英国性”的象征。阿克罗伊德的传记也蕴含着他试图成为像他们那样的好演员的愿望,希望能成功地履行时代赋予自己的历史使命。拜厄特在一次采访中曾说:“现在,海外大部分英国现代文学的课程都是有关后殖民的内容,如果不是关于后殖民,就必定是关于英国对爱尔兰的压迫,这使我开始感到有人需要捍卫英国”(Chevalier, 9)。拜厄特的担忧也是阿克罗伊德极为关心的问题,在一篇谈及“英国性”的演讲中,他公开表示英国人需要捍卫自身文化的正当性。事实证明,阿克罗伊德通过创作不仅捍卫了英国传统文化的精髓,而且继承和发展了这一传统,将 21 世纪人们对“英国性”的探索又向前推进一步,因此,可以说,他也是一名成功的好演员,这也体现在他的改编作品和历史小说的创作中。

第二章 | 经典改编:"英国性"建构

阿克罗伊德的各类创作都有明确的目标,即在历史书写中以不同的形式实现对"英国性"的表征。这不仅体现在他的作家传记中,而且体现在他的改编作品中。如果说阿克罗伊德在传记中旨在梳理"英国性"的话,那么在改编作品中他试图自觉地建构和传承"英国性"。通过运用不同的改编策略,阿克罗伊德努力为原作赋予更明显的英国历史文化特色。因此,改编作品既彰显了他突出的个人才能,又将其纳入前辈作家所开创的改编传统之中。

阿克罗伊德坚信,任何一位伟大的作家在创作实践中都离不开历代作家所形成的文学传统,因此,他非常赞同艾略特的观点:

> 诗人,任何艺术的艺术家,谁也不能单独具有他完全的意义。他的重要性以及我们对他的鉴赏就是鉴赏他和以往诗人以及艺术家的关系。你不能把他单独评价,你得把他放在前人之间来对照,来比较……这不仅是历史的批评原则,也是美学的批评原则。(Eliot, 32)

在阿克罗伊德看来,一位作家会自觉或不自觉地受到前辈作家潜移默化的影响,每个作家都是历史传统中的一部分,文学创作在很大程度上都是传统与个人创新的结合,他甚至说:"写作的灵感来自他人的写作"(*Notes for a New Culture*, 64)。阿克罗伊德认为,为了使英国文化传统充满活力,每一时代的作家都有责任担负起继承和发扬传统的使命,为传统的延续出一份力,因为"每个历史阶段的人,既是他们本身历史的剧中人,同时又是剧作者"(马克思,149)。然而,传统并不是可以轻易拿来或继承的,需要作家的历史意识和时代精神的结合,对此,艾略特曾专门论述,他说:

> 如果传统只是盲目或保守地继承我们上一代的东西,那么这样的"传统"还是没有的好。……创新胜于重复。传统是一个具有广阔意义的东西。它不能被简单的继承。假若你需要它,你必须通过艰苦劳动来获得它。首先,它包括历史意识。……这种历史意识包括一种感觉,即不仅感觉到过去的过去性,而且也感觉到它的现代性。这种历史意识迫使一个人写作时不仅对他自己一代了若指掌,而且感觉到从荷马开始的全部欧洲文学,以及在这个大范围中他自己国家的全部文学,构成一个同时存在的整体,组成一个同时存在的体系。这种历史意识既意识到什么是超时间的,也意识到什么是有时间性的,而且还意识到超时间的和有时间性的东西是结合在一起的。就是这个历史意识使一个作家成为传统的。同时也就是这个历史意识使作家最敏锐地意识到自己在时间中的地位,自己和当代的关系。(艾略特,《传统与个人才能》,2—3)

艾略特在此把自荷马以来的欧洲文学看作一个"同时存在的整体"，所谓的"历史意识"便是对过去作品"现实性"的认识，既意识到自己和过去的关系，又认识到自己和当代的关系。因此，这种"历史意识"是民族文学传统与作家的当代视野的融合，是传统、当代与未来的三位一体。阿克罗伊德正是一位具有这种"历史意识"的作家。

受艾略特的启发和影响，阿克罗伊德重新审视和挑战"传统的创新理念"：认为越与别人不同，越是创新的观点。阿克罗伊德对此提出质疑，他说，"独创性包括对原有思想重新进行美好的组合，而不仅仅是刻意寻找从未有过的思想"(*Chatterton*, 58)，改编也是创造，"模仿名家名作是写作的基本要求，这种模仿不能算是剽窃，而是一种通过改编和消化从而获得启发的行为"(《莎士比亚传》,59)。因此，对名著的模仿和改编不仅成为阿克罗伊德的创作特色之一，而且是他在改编过程中通过历史书写对"英国性"继承和发展的一种方式。阿克罗伊德没有像有些后现代作家那样，为求创新有意避开前辈作家的影响，相反，他始终自觉地从前人的作品中吸取营养，以丰富自己的创作。改编既是阿克罗伊德的一种再创作方法，又是他表达思想的一项策略，他往往能在改编作品中融入个人独到见解，以拓展原作的内涵，因为他明白"仿作如果没有自己的灵魂，就只能成为空洞的回音"(《霍克斯默》,2)。

改编被认为是"互文性的一个分支"(Sanders, 17)。茱莉亚·克里斯蒂娃(Julia Kristeva, 1941—　)曾说："任何文本都是由引语的镶嵌品构成的，任何文本都是对另一文本的吸收和改编。"(36)这里的"另一文本"就是通常所说的"互文本"，用来指涉历时层面上的前人或后人的文学作品，也可指共时层面上的社会历史文本。而"改编"则可以在文本中通过戏仿、引用、拼贴等互文写作手法来加以确立,也可以在文本阅读过程中通过发挥读者的主观能动性或通过研究者的实证分析、互文阅读等得以实现。

狭义之改编,主要指从一种文艺样式到另一种文艺样式,如常指从文学作品改编成电影或电视。广义之改编除了包括不同文艺样式的相互转化外,也包括同种文艺样式间发生的较大变更或增删,如哈琴在其《改编理论》(*A Theory of Adaptation*, 2006)一书的前言中说,"如果你认为改编仅指小说和电影,你就错了"(xi)。根据哈琴的观点,改编主要指"公开承认对其他作品的转换;对借用的一种创造和解释行为;与被改编作品形成一种绵延的互文关系。因此,改编虽然是派生物,但并不缺乏创意,虽然是二度创作,但并不是第二位的或次等的创作"(8)。因此,她指出,改编不是对其他作品的简单指涉和引用,不是没有改编者原创的剽窃。朱莉·桑德斯(Julie Sanders)与哈琴持类似观点,认为"改编往往指从一种文类转换到另一种文类的一个特定的过程:例如从小说到电影、从戏剧到音乐、从叙事散文和小说到戏剧或从戏剧到叙事散文等"(19)。她接下来又指出:"我们也往往在新的语境中重新解读已有文本或把原始文本重新置放在新的文化或时代背景中,这有时不一定会引起文类的变化"(19),因此,"将改编研究仅仅用于由经典戏剧和小说到电影显然是一种误导,虽然它是最常见和最易理解的表现方式"(23)。

事实上,改编一直以来是一种颇有争议的文学创作形式,也是一种年轻而古老的文学创作手法。说它年轻是因为20世纪以后才有了专门研究改编的理论家,如哈琴、桑德斯等,说它古老是因为它的历史可以追溯到古希腊、古罗马时期倡导模仿理念的柏拉图和亚里士多德。然而，不同时代的人们对改编看法不一。在15世纪以前，改编是一种最基本、最普遍的文学创作手段，甚至引用、借用前人作品的多少被视为评判作品价值大小和优劣的标准，鉴于此，引用前人作品越多的作者越被视为学识渊博，其作品也因此被认为越有价值。但是，从16世纪到19世纪，人们对改编持不同见解，改编作品被视为缺乏原创的抄袭而不被接受，模仿者或改编者也往往遭到人们的鄙视，如英国18世纪作家查特顿的不幸遭遇就是一个典型个例，他因模仿而被指控为剽窃者，从而在文学史上受到排斥，英年早逝。进入20世纪，一些评论家对改编有了新的认识和评价。例如，在《影响的焦虑》一书中，布鲁姆说"影响不会使作家失去原创，相反，会使他们更富有原创"(7)。

在后现代文化语境下，改编越来越成为人们关注的热点，在中西方国家都很流行。众多经典作品被搬上银幕，一些专门研究改编理论的专著也相继出版，如哈琴的《改编理论》和桑德斯的《改编与挪用》(*Adaptation and Appropriation*, 2006)。"改编"内涵的不断拓展也引发出一系列新词汇，如"版本，变化，解释，延续，变换，模仿，伪造，歪曲，换位，重估，修订，重写，回声"(Sanders, 18)。同时，一些评论家开始肯定文学改编的价值和意义，认为改编作品也属于创造，哈琴和桑德斯是持这一观点的两位领军人物。在哈琴看来，改编是一种持久而普遍存在的方式，作为一种重要的创作过程，它值得全面研究。桑德斯说："我们需要从更积极的角度来看待文学改编和挪用，要把它看作和原文本一样具有创造新文化和审美的可能性，改编本旨在丰富原文本，而不是'掠夺'原文本。"(Sanders, 41)哈琴也认同这种观点,认为"改编不是吸血鬼:它不是把原著的生命之血吸干而使其消亡,它也不比原著逊色。相反,它可以使原作充满生机,具有更长久的生命力"(*A Theory of Adaptation*, 176)。伴随着改编理论的出现也涌现出一些杰出的改编作品,阿克罗伊德的作品堪称其中的代表作,他通过运用不同的改编策略,创作出一系列与原著一样富有魅力的经典之作。

总体而言,改编主要有三种方式。最常见的一种是"忠于原著"的改编或"还原改编"。接受美学代表人物姚斯(Hans Robert Jauss, 1921—1997)认为,"一部文学作品对它的第一读者的期待视野是满足、超越、失望或反驳"(31)。改编作品也是如此。在通常情况下,"满足性接受带来的是改编者对原著的尊重和敬畏,这导致改编者对原著的理解以还原原著本义为核心。尤其在改编经典性名著的时候,改编者追求还原原著本意的努力更突出——有时甚至不惜放弃自己的艺术个性"(原小平,29)。在改编史上,"忠于原著"往往被奉为一个基本原则。一方面,经典作品的改编者往往是原著的喜爱者或崇拜者,因此,改编者往往会努力再现原著精神和风貌;另一方面,改编者往往利用原著的艺术手法和思想来提升改编本的艺术品位。改编者之所以这样做,主要因为人们评价改编本的标准往往依据改编本是否把握和传达了原著的精神、意蕴。如《哈利波特和魔法石》(*Harry Potter and the Philosopher's Stone*, 2001)的导演克里斯托弗·哥伦布(Christopher Columbus)曾说:"如果我的改编没有忠于原著的话,人们会把我钉死在十字架上。"(Hutcheon, 123)当然,名著改编并非易事。首先,如果改编者过于拘泥于原著,缺少独创性和精神观照,情节重构了无新意,改编自然达不到理想的效果。其次,名著完美而高雅的艺术品位往往会给改编者带来诸多限制和压力,因此,“忠于原著”的改编常被视为“戴着脚镣的舞蹈”(原小平,66)。一般认为,“忠于原著”改编的高级境界是一种“神似”,即指改编者能在紧扣原著意蕴的基础上进行诗意化的改编和个性化的发挥、阐释,能牢牢把握住原著中最深刻、最恒久,引起不同时代人们共鸣的东西。对此,桑德斯曾说:“改编的一个简单动机是通过近似化处理和更新原文本使其与新读者有关,或更容易被新读者理解。”(Sanders, 19)阿克罗伊德的《亚瑟王之死》就实现了这样的动机,作者通过对原著进行重新编排、缩写,凸显重点人物,强化情感和人性,弱化传奇色彩,用现代散文忠实而简洁地传达出原著的风貌和意蕴,使其缩短了与当今时代的距离,更适合当代读者的阅读期待。

第二种改编常被称为“疏离式改编”或“改写”。相对于“还原改编”强调对原著的还原式理解,改写更强调表现原著不曾表现的东西或没有重点表现的东西。有学者认为,“主流的改写和重写,是通过全新的情节和人物,表达一种更为深刻或更为独特的主旨,显示出奔腾不羁的想象力和思想锋芒的穿透力”(原小平,30)。一般而言,在“疏离式改编”中,作者基本上还利用原著的情节框架,原著的思想也有所保留,但有时也会被淡化或背景化处理。相反,原著中次要或本没有的意蕴和思想情感在改编本中被凸显。在评论界,“改编”和“改写”的意义常常混淆,但严格来讲,它们之间有根本差别。简言之,“改编”强调对现有材料的编排,“改写”更强调独创性。在通常意义上,原著和改编本的关系是源流关系,如果新文本超越了这种关系，和原著形成对称关系时就被称为改写。改写可指次要内容增删，例如扩写和缩写，也可指对原文本中的关键内容如人物、情节的变动。改写本与原文本的关系虽然比改编本与原文本的关系更为自由，但它们之间仍有明显的比照关系和密切联系。在《维克多·弗兰肯斯坦的个案》中，阿克罗伊德主要采用改写技巧，使得两部作品之间既有明显联系，又有人物、情节等方面的重要疏离。

第三种改编被称为"颠覆式改编"或"重写"。相对于改编和改写来讲，重写本与原文本的关系最为疏远，往往对原著的人物、情节等进行颠覆和再创造，其精神意蕴和原著往往成对立状态，很难看出与原著的联系。事实上，桑德斯曾说："改编和原著的关系可以是对立的，甚至是颠覆的。在改编中，不同与忠实、颠覆与崇拜的机会一样多。"(Sanders, 9)哈琴也指出，一些评论家坚持认为"真正艺术性的改编绝对要颠覆原著"(Cohen, 255)。阿克罗伊德的《克拉肯威尔故事集》基本上是一部颠覆原著的改编，作者对原著的情节、人物都做了大胆改动和发挥，与原著形成明显对立关系。

虽然阿克罗伊德在不同的作品中采用的改编策略不同，但他的改编意图是一致的，即通过再现和挖掘英国历史、文化特色建构"英国性"。因此，本章将以《亚瑟王之死》、《维克多·弗兰肯斯坦的个案》和《克拉肯威尔故事集》为分析文本，探讨阿克罗伊德如何通过改编实现对"英国性"的表征和自觉建构。

第一节　民族精神的再现：《亚瑟王之死》

当下，对经典作品进行现代改编已成为一种潮流。在一定意义上，对经典作品的改编和再创作，不仅是一个引人注目的当代文学现象，更是一个社会文化现象，既反映出人们对于经典文学传统的重视与传承，也反映出人们对自我与民族文化的重新认识和思考。阿克罗伊德的《亚瑟王之死》(*The Death of King Arthur*, 2010)是这一现象的集中体现，彰显着作者对民族文学传统和文化传承所做的努力。

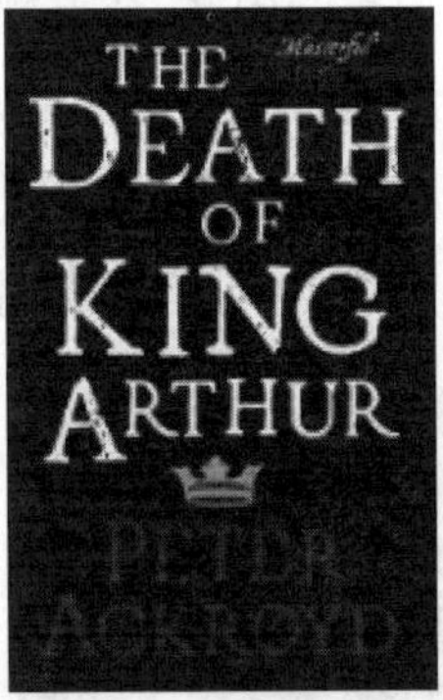

J. 希利斯·米勒(J. Hillis Miller, 1928—　)曾言："我们需要对'同一'故事一遍遍重复，因为这是用来维护我们文化中基本的意识形态的最强大的方式之一，也许是最强大的方式。"(Miller, 72)在米勒看来，经典是民族文化的精髓，需要不同时代人们的重复和延续，而改编是延续经典的重要途径和方式。阿克罗伊德对《亚瑟王之死》的改编反映出作者同样的观点，和米勒一样，阿克罗伊德也认为对同一故事的不断重复有益于文化传承。当然，不同时代作家改编一部作品的目的各不相同，既有经济的、政治的和文化的因素，也有改编者对原著独特的思想观照。阿克罗伊德的《亚瑟王之死》也蕴含着作者对原著的特殊认识，在他看来，这部作品承载着民族文化传统的思想精髓，因此，他试图通过改编挖掘出其中所蕴

含的民族精神内核，对他来说，亚瑟王和他的那些圆桌骑士们不只是浪漫传奇人物，更是英国民族精神和民族身份的象征。阿克罗伊德在评论丁尼生的诗史《国王之歌》（*Idylls of the King*，1885）时曾说："这是亚瑟王的真正意义：他不但没有死，而且还会重生，并代表英国人的理想。……这部史诗表明，亚瑟王传奇不只是传说，实际上是伟大民族神话和象征的源泉。因此，在追溯国王的悲剧人生时，丁尼生同时也是在追溯民族文学的源泉。"（*Albion*，123）这样的评价也适用于阿克罗伊德本人的创作实践，他的改编不仅是在复现一个古老的故事，也是在追溯英国民族精神和民族文学的源泉。

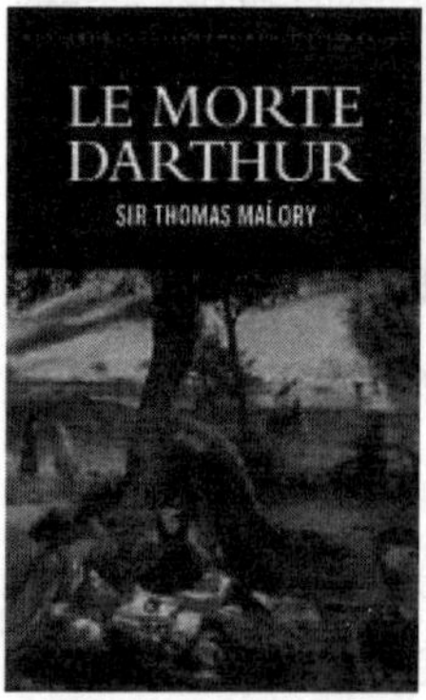

《亚瑟王的故事》从最初的历史传说到最后马洛礼故事的出现经历了300多年的演变。1469年，托马斯·马洛礼[Sir Thomas Malory，1415（1418）—1471]在前人基础上，通过汇集各种庞杂凌乱的亚瑟王传奇故事，在狱中完成散文体《亚瑟王之死》（*Le Morte d'Arthur*，1649），1485年，出版商威廉·卡克斯顿（William Caxton，1422—1491）将此书出版，是一本里程碑式的著作。马洛礼的《亚瑟王之死》是欧洲骑士文学中的一朵奇葩，英国文学中的经典之作，流传之广仅次于《圣经》和莎士比亚的作品。《亚瑟王之死》充满了冒险、屠杀、奇迹、打斗场面，以及男女之间的爱情描写等。从它见诸文学版本到今天，亚瑟王的形象在流传过程中逐渐演变为一种英国文学和文化的象征。在众多有关亚瑟王的故事中，马洛礼的《亚瑟王之死》最完整地保留了亚瑟王及其圆桌骑士的传说，为后代的文学

创作提供了重要的材料来源。

经典文学作品在传播过程中都往往会被改编为不同的艺术形式,《亚瑟王之死》也是如此。自问世以来它影响了其后的许多佳作,不仅成为由著名导演杰瑞·布鲁克海默(Jerry Bruckheimer, 1943—)导演的好莱坞大片《亚瑟王》(*King Arthur*, 2004)的经典蓝本,而且成为后来许多作家创作的灵感源泉,取材于亚瑟王传说的作品从古至今不绝如缕。如意大利诗人但丁在《神曲》的《地狱篇》(*Inferno*)第三歌中曾提到特里斯坦(Tristan)骑士、兰斯洛特(Lancelot)骑士和寻找圣杯的骑士加拉哈(Galahad)以及桂乃芬(Guinevere)王后。16 世纪英国著名诗人斯宾塞的《仙后》(*The Faire Queen*, 1596)、19 世纪英国诗人丁尼生的《国王叙事诗》(*The Idylls of the King*, 1885)、威廉·莫里斯(William Morris, 1834—1896)的《桂乃芬辩》(*The Defence of Guenevere*, 1858)以及阿尔杰农·查尔斯·史文朋(Algernon Charles Swinburne, 1837—1909)的《郎纳斯的特里斯坦》(*Tristram of Liones*, 1882)等都采用了亚瑟王传说的素材。19 世纪后半叶的德国作曲家和诗人威廉·理查德·瓦格纳(Wilhelm Richard Wagner, 1813—1883)曾创作脍炙人口的歌剧《特里斯坦》(*Tristan*, 1865)和《帕西法尔》(*Parsifal*, 1882)。到了 20 世纪,众多英美作家都从中获得创作灵感,如美国诗人埃德温·阿林顿·罗宾逊(Edwin Arlington Robinson, 1869—1935)曾在诗歌创作中运用亚瑟王传说的素材创作出《特里斯坦》(*Tristan*, 1927)、《梅林》(*Merlin*, 1917)和《兰斯洛特》(*Lancelot*,1920),马克·吐温(Mark Twain, 1835—1910)的小说《亚瑟王朝廷的美国佬》(*A Connecticut Yankee in King*

Arthur's Court, 1889)也取材于亚瑟王传奇的故事,艾略特则在他的《荒原》(*The Waste Land*, 1922)中以寻找圣杯作为构架诗歌的一个重要原型。这些都见证着《亚瑟王之死》对西方文学的深远影响。

21世纪的今天,阿克罗伊德的《亚瑟王之死》在当代语境下对马洛礼原著的创造性再现是改编领域的一部力作。阿克罗伊德认为,好的改编要挖掘出经典作品中那些在当下仍有意义的东西,不是单纯膜拜或颠覆,也不是无度的乱改,而是要以能延续经典的生命力为指向。可以说,阿克罗伊德的《亚瑟王之死》将几个世纪以来的"亚瑟王热"推向高潮,将原著的精髓充分展现,挖掘出了其中对当下仍有启示意义的元素。作者以苍凉美丽定格历史人物的一生,以深层的心理剖析展现人物的内心世界,引发当代读者对历史、人生、爱情的重新审视与思考。在改编过程中,阿克罗伊德能超越意识形态的束缚,以艺术审美为价值参照,既尊重原著,又遵循去芜存精的艺术准则,对情节、人物、结构等进行巧妙整合与提炼,并通过融入现代人生体验,为原著注入新的生命活力。作者通过重现《亚瑟王之死》中亚瑟王和兰斯洛特两个重要人物的伟大而悲剧的一生,使读者体味到值得深思与感悟的内容。

在改编《亚瑟王之死》的过程中,阿克罗伊德所运用的改编策略基本上属于"忠于原著"的改编或"还原改编"。通过从人物到情节、从时间到空间对原著的再现,阿克罗伊德生动而简洁地传达了原著的精神风貌,通过重述使得《亚瑟王之死》这一神话叙事传统得以在当下进一步延续。

The Death of King Arthur **by James Archer (1823－1904), who began painting Arthurian subjects in about 1859.**

The Round Table experiences a vision of the Holy Grail. By Évrard d'Espinques (1475)

阿克罗伊德主要通过缩写、重组的方式再现和表征马洛礼作品中所描写的有关亚瑟王时期的各种精彩故事。主要包括亚瑟王的黄金时代,寻找圣杯的冒险故事,桂乃芬和兰斯洛特,特里斯坦与伊索尔德的爱情悲剧,以及亚瑟的儿子莫俊德的背叛等。在阿克罗伊德的笔下,原著的历史风貌虽已改变,其内涵却并不因此而衰减,也没有失去原作的风采和意义。如英国当代著名作家菲利普·普尔曼(Philip Pullman, 1946—)说:“我认为阿克罗伊德的《亚瑟王之死》十分精彩。这部作品最让我钦佩的是叙事的清晰。这个故事要求叙事风格既简洁又庄重,兼顾好这两种技能并非易事,但阿克罗伊德非常娴熟地做到了这一点。我认为,他可以做好任何事情。我非常欣赏这个版本。”(*The Death of King Arthur*, 2011)

经典文本得以延续的主要原因在于它的永恒性,因此人们在不断的解读和阐释中,往往积淀为一定的审美定势,在阅读改编作品时,也往往以其读过的原文本为参照物,以其对经典文本的审美经验或定势来理解、判断和评价改编作品。根据这一审美接受心理,可以说,阿克罗伊德的《亚瑟王之死》基本上传达出马洛礼原著的阅读和审美体验。具体而言,阿克罗伊德对原著的改编主要体现在题目、语言、叙事结构、内容和主题方面。作者本人对此曾明确表述:

> 在我的改编本中,我将题目从法文的《亚瑟王之死》(*Le Morte d'Arthur*)改为英文的《亚瑟王之死》(*The Death of King Arthur*),这样可以更准确地传达原著的内容。这个改编并没有完全拘泥于原著的形式,我已将马洛礼原著的中世纪散文改为当代散文。为了达到简洁

> 的效果,我对原著进行了缩写。我希望通过采取这些方法,亚瑟王和他的骑士们的故事精髓能被清晰地呈现,并使人物更令人信服。马洛礼原著中有一些杂乱而重复的内容,这虽然可能会使中世纪的读者感兴趣,但并不适应现代读者的期待视野。我还修改了马洛礼作品中相互矛盾的部分。尽管我对原著作了这些改动,我希望我依然能传达出这部伟大著作的庄严和悲怆。(*The Death of King Arthur*: A Note on the Text, 2011)

这段话基本概括了阿克罗伊德的改编策略和意图:通过对语言的现代改编和对原故事的缩写,以简洁的形式呈现亚瑟王故事的精髓,最大限度地传达出原著的庄严和悲怆,让现代读者产生共鸣,使民族精神和神话叙事传统得以更好地延续。

马洛礼原著中的题目采用的是法语,因为这部作品并不是作者的原创,它起源于法文故事。在法国,早在12世纪,就有形形色色的亚瑟王传奇故事流传,马洛礼在借鉴和吸收这些故事的基础上,以亚瑟王为主线将其重新编排成一系列独立的故事,并使之形成一个有机的整体。阿克罗伊德将原著的题目由法文改为英文,看似简单的改动却使文本意义发生重大改变,因为语言转换既强调了这部作品作为英国民族史诗的地位,又肯定了亚瑟王的英国身份。同时,阿克罗伊德简洁而优美的英国散文风格不仅证明作者驾驭中世纪散文和现代散文的娴熟能力,而且说明现代英语语言完全可以承载并展现经典文学的魅力。

除题目和语言外,阿克罗伊德对叙事结构和内容也做了大胆调整。叙事结构关系着改编作品的好坏,因为改编者不能毫无保留地照搬原作,否则改编将失去个性、缺乏新意,对此,阿克罗伊德有准确的把握。

由于原著的情节庞杂而繁复,因此,阿克罗伊德在最大限度地保存原著面貌的基础上做了适度调整,使主要故事情节得以更合理地呈现。面对原著庞杂的情节布局,阿克罗伊德在改编时非常谨慎,严格把握原作的悲剧精神,把亚瑟王的生死、兰斯洛特和桂乃芬、特里斯坦和伊索尔德之间的情感作为情节枢纽,集中展现他们的悲剧与爱情以及他们身上所蕴含的典型的英国性格特征。阿克罗伊德使用精心剪接的方法,通过有意删减掉那些穿插场面和情节以及一些无关紧要的线索来加快叙事节奏,推动情节发展。这种精心修剪,在使主要情节线索更为自然显明,叙事更加流畅、紧凑的同时,更好地凸显了诱人的故事和精彩的场面,使作品具有更大的可读性。阿克罗伊德对亚瑟王、兰斯洛特与桂乃芬、特里斯坦与伊索尔德情感世界的着力刻画不仅完全贴合浪漫传奇的本体生命和艺术特色,而且是贴合现在观众品位和期望的明智之举。

通过梳理和分析两部作品的故事架构可以看出,阿克罗伊德对原作进行了精心调整和压缩,把整个故事的长度从800多页减至300多页。同时,为使删减后的情节连贯、意义明确、形象鲜明厚实,作者在对人物刻画时也适当补充了一些细节和心理描写。

马洛礼的《亚瑟王之死》有21卷之多,卷下又分若干回,整个内容分为四大部分:1至5卷写亚瑟王的出生和经历,叙述其建立亚瑟王朝,组织圆桌骑士集团,平定各地诸侯叛乱,统一英格兰、苏格兰、威尔士以及远征罗马的功绩。6至12卷主要叙述兰斯洛特骑士的冒险经历和特里斯坦与伊索尔德的爱情故事。13 至 17 卷为圆桌骑士寻找圣杯的故事。18 至 21 卷主要描写兰斯洛特骑士与桂乃芬的爱情悲剧以及亚瑟王之死。不可否认,马洛礼的《亚瑟王之死》最完整和全面地讲述了亚瑟王系列的各种传奇故事,是一部当之无愧的经典。但是,这样长达 800 多页的巨著为当代读者带来阅读上的不便,相比之下,阿克罗伊德的改写本弥补了这一遗憾。当然,要把 800 多页的浩瀚篇幅和丰富的思想内容都容纳在 300 多页的文本里实属不易,因为马洛礼《亚瑟王之死》中的原始事件琳琅满目,这对改编者的艺术选择眼光和表现力都是考验,然而,阿克罗伊德娴熟地做到了这一点,以创作实践证明了他不凡的改编才华。

和马洛礼一样,阿克罗伊德在几个明确的主题之下串联故事,以原著中几个核心人物和事件,如亚瑟王、特里斯坦与伊索尔德、寻找圣杯、兰斯洛特与桂乃芬等作为故事的主要线索。同时,和原著一样,故事以亚瑟的出生开始,以亚瑟王朝的毁灭终结。具体而言,阿克罗伊德将原著的 21 卷压缩成 6 部分,依次是:(1)“亚瑟王的故事”(The Tale of King Arthur);(2)“兰斯洛特的冒险”(The Adventure of Sir Lancelot);(3)“特里斯坦与伊索尔德”(Tristram and Isolde);(4)“圣杯传奇”(The Adventure of The Holy Grail);(5)“兰斯洛特骑士与桂乃芬”(Lancelot and Quinevere);(6)“亚瑟王之死”(The Death of Arthur)。通过比较阿克罗伊德的改写本与原著会发现,阿克罗伊德的《亚瑟王之死》的六个部分中,如果把第二和第三部分、第五和第六部分合在一起,整个结构就会正好对应着原作中的相应四大部分,可见其结构的重心并未太大转移。然而,阿克罗伊德的叙事结构比原著更清晰、更有层次感,结构对称而完整,给读者以简洁而唯美的审美体验。如第四部分是“圣杯传奇”,在整个结构中居于中心位置。第一部分以亚瑟王出生开始,第六部分以亚瑟王之死结束,首尾两部分形成前后对称和呼应。第二部分和第五部分都以兰斯洛特为题目,两部分不仅前后呼应,而且与有关亚瑟王的章节形成对称和并列。同时,第三部分和第五部分所讲述的两对爱情故事也形成对称,这样,作者可以通过比较两对爱情,更好地彰显兰斯洛特的人格魅力。事实上,阿克罗伊德建构故事的风格体现出典型的英国教堂建筑的模式:层次分明,重点突出,结构严谨,各个部分之间形成一个有机的整体,显示出严肃而端庄的美,使作品具有很强的艺术感染力。细心的读者会发现,阿克罗伊德试图让整个作品从内容到形式都体现出典型的英国文化特色。

阿克罗伊德的《亚瑟王之死》有许多独到的优点。首先,文本风格的简洁不仅没有削弱原作的风貌,反而使故事有一个更清晰的开始、发展和结局的脉络。其次,简洁的风格也使故事节奏加快,从而加速了故事中人物最终悲剧命运的到来,在形式上更好地传达出人生短暂的命题,使叙事更加有力,如哈琴所言,“当情节被浓缩和精选之后,它们有时会更为有力”(*A Theory of Adaptation*, 36)。另外,扎迪·史密斯(Zadie Smith, 1975—)在谈到她的长篇小说《白牙》(*White Teeth*, 2000)被改编成电视时也提及改编中浓缩的优点,她说:

为了使这部臃肿而凌乱的作品更美,削减是必要的,至少其中的一个变化是启迪性的……篇幅虽然缩短了,但嵌入了改编者的动机,最终达到的是艺术简洁的效果。在看到它的那一刻,我大吃一惊,因为我情不自禁地想到,如果在写小说时我能运用同样的策略,那么我会写得更好。(Smith, 10)

阿克罗伊德的改编可谓达到了史密斯所说的这种效果,不仅简洁地再现了原著的精彩内容,而且嵌入了改编者的动机。重要的是,阿克罗伊德的文本风格虽然简洁,但传达的信息和原著的内容一样丰厚。

在第一章中,作者着重再现有关亚瑟王的重要情节。潘德雷根王(Uther Pendragon)怎样同康沃尔公爵(Cornwall)开战,怎样采用梅林(Merlin)的计策去同公爵夫人亲近,使她受孕而生下亚瑟;亚瑟怎样表演从石台里拔出宝剑的惊人奇迹;亚瑟王怎样得到湖上仙女(Lady of the Lake)的神剑(Excalibur);亚瑟王怎样命令全国,凡出生在5月1日的孩子,一律送交政府处理,而莫俊德(Mordred)怎样逃脱;亚瑟王怎样娶桂乃芬(Guinevere)为妻,并得到她父亲的圆桌(Round Table)。除此之外,作者还简要描述了梅林怎样为亚瑟王献计,拯救亚瑟的性命,怎样痴爱湖上仙女的一位同伴并被其压在一块磐石底下而最终死在那里;亚瑟王的姐姐怎样叛逆并设法陷害亚瑟王等。在第二章中,阿克罗伊德侧重讲述兰斯洛特(Lancelot)的冒险故事。例如,兰斯洛特怎样同陶昆骑士相斗并救出所有的俘虏,以及怎样解放一个城堡等。第三章主要讲述郎纳斯的特里斯坦(Tristram)骑士和爱尔兰的伊索尔德(Isolde)的爱情故事。如特里斯坦骑士怎样爱上伊索尔德;马克尔王怎样派特里斯坦到爱尔兰去迎接伊索尔德;亚瑟王怎样被一个女人带到“危险森林”里并被特里斯坦营救;特里斯坦怎样精神失常;马克王怎样找到赤身裸体的特里斯坦;特里斯坦怎样携带着美更·拉·费送给他的一面盾牌同亚瑟王比武;特里斯坦和兰斯洛特怎样在墓碑旁边相遇并因互不相识而决斗;特里斯坦和伊索尔德怎样在兰斯洛特的快乐城堡团聚,等等。第四章讲述寻找圣杯(Holy Grail)的故事,以兰斯洛特和其儿子加拉哈为主线,侧重描写兰斯洛特如何见到异象、加拉哈怎样领受圣杯和加拉哈之死。第五章主要描写兰斯洛特和桂乃芬的爱情故事。如王后怎样驱逐兰斯洛特离开朝廷,如何在设筵招待骑士时被陷害;兰斯洛特怎样为王后同马杜尔骑士决斗;桂乃芬王后被麦丽阿干斯骑士掳走后兰斯洛特怎样乘战车去营救她。最后一章是整个小说的高潮,讲述兰斯洛特怎样和朋友一起营救桂乃芬王后脱离火刑;亚瑟王怎样听从高文(Gawain)骑士的要求对兰斯洛特发动战争;教皇怎样吩咐他们讲和;兰斯洛特骑士怎样带着王后来到亚瑟王面前;高文和兰斯洛特为何决斗;莫俊德骑士怎样自立为英格兰君王而且想同桂乃芬王后结婚;亚瑟王和莫俊德怎样战死;桂乃芬王后怎样到奥姆斯伯里修道院做修女;兰斯洛特怎样和桂乃芬王后痛苦诀别后做了修士;桂乃芬王后和兰斯洛特先后死去。综观整部小说,虽然这是一部简写本,但是经过阿克罗伊德的精心选材和安排,完好地保留了原著的精髓。细读文本会发现,阿克罗伊德虽然减少了对打斗场面的过分渲染,更多地关注事件和人物本身,然而并没有削弱作品的文学韵味,整部作品引人入胜、生动有趣。

当然,阿克罗伊德的改编绝不只是删除情节上的各种枝蔓这么简单,他立意明显高远,蕴含着独到的意旨和动机。作者对历史和传统的独特认识,使他能在作品中更注重挖掘和彰显民族精神内核,饱含着对“英国性”的重要思考。在亚瑟王故事可被利用的众多元素中,选择突显哪些元素,与不同时期的主流文化诉求和作者本人的创作思想有直接关系。当代社会距离马洛礼笔下的那个骑士的时代已很遥远,已从一个游侠历险、宗教忠君的时代演变为一个世俗化的消费社会。在这样的语境下,阿克罗伊德选择这部作品改编似乎显得过时,但他本人并不这么认为,对他而言,不仅不过时,还很有必要,因为他要传达的思想正是当下消费文化语境中所缺失的东西。在他看来,经典承载的传统文化思想值得人们认真思考和回味。虽然骑士制度已经衰落,但骑士文学所倡导的忠诚、宽容、诚实、勇敢等品质却跨越了千年万月而得到了不同时代人们的肯定,那些可敬的骑士形象也成为后世读者所敬仰的审美对象,阿克罗伊德正是想在当下语境中复现这些可以穿越时空的不朽形象。因此,他不是只想再现一个浪漫传奇故事,而是旨在最大限度地传达出这部作品中所包含的“民族魂”。阿克罗伊德一再强调这样一种理念,即任何一个民族都有自己世代传承下来的文化传统,因为它是凝聚一个民族并产生民族身份认同的力量。对他而言,马洛礼的《亚瑟王之死》是民族身份和民族精神的象征,因此才诱惑着不同时代的英国作家用各种艺术载体对其进行改编。阿克罗伊德进一步推动了这一改编传统的延续,并通过对悲剧人物的塑造挖掘出原著中所蕴含的民族性格和民族精神。

阿克罗伊德对原著中的悲剧精神有深刻领悟,并通过再现亚瑟王、兰斯洛特和特里斯坦等几位悲剧人物形象,传达出原著中深沉的悲剧意识,引发人们对人类命运的终极思考。

作者对亚瑟王和兰斯洛特的抒写恢宏而又不失细腻,始终关注人物情感的动态发展,而不是满足于对人物情感作纯然静态的欣赏、观照和感受,不断发掘出人物行动的内在动机,促使改编后人物之间的矛盾冲突更为集中。

在阿克罗伊德的笔下,亚瑟王是"世上最高贵的国王和骑士,最爱戴他的那些圆桌骑士们"(*The Death of King Arthur*, 299—300)。由于具有皇室血统,亚瑟王是唯一能从巨石中拔出宝剑的人,因此被推举为新国王。在此后的几年内,亚瑟王凭借其勇敢、胆识、威望征服了整个北部地区和苏格兰。后来,当五位王爷率兵前来侵犯亚瑟王国时,亚瑟王与他们英勇交战并大获全胜,五位王爷被杀,亚瑟王随后在战场上建起一座漂亮的寺院,取名"丰功寺"(Abbey of Good Adventure),以纪念他的丰功伟绩。不久亚瑟王回到凯姆莱特城堡(Camelot),挑选八位优秀的骑士替补在战争中牺牲的八位圆桌骑士。此时,他已成为人们心目中所有国王里最伟大、最讲信义的国王。

阿克罗伊德对兰斯洛特更青睐有加,认为他是"骑士之花",因此对他着墨最多。他说,"从来没有任何骑士赢得过如此多的荣誉。整个世界都在赞美兰斯洛特爵士"(88)。在作品中,作者还借不同人物之口频频赞扬兰斯洛特的人格魅力和高尚品格。如亚瑟王的姐姐把兰斯洛特囚禁后对他说:"我们知道你是世界上最高贵的骑士,最爱桂乃芬,但她现在已嫁给我弟弟亚瑟。所以你必须从我们其中选一位做你的情人。"(70)塔昆爵士(Sir Tarquin)的弟弟虽然被兰斯洛特杀害,但是他在和兰斯洛特交战时说"你是和我交过手的最强大的骑士"(75)。有一次特里斯坦问兰斯洛特的侄子勃里奥伯勒斯

(Bleoberis):“你是兰斯洛特的侄子?那我不会再和你打了。我太爱那位盖世无双的骑士了。”(107)桂乃芬也曾在加拉哈面前赞扬兰斯洛特:“兰斯洛特是世界上最好的骑士,并且有高贵的血统。你和他很像。”(179)深爱着兰斯洛特并为他殉情的艾斯特罗特少女伊莱恩(Elaine)曾表白:“上帝保佑,他是最完美的骑士。他是我在这个世上爱过的第一个人,也是最后一位。”(241)高文也表示羡慕伊莱恩:“小姐啊,你真好福气,他是世上最勇敢、最尊贵的骑士。”(242)在小说的结尾,作者借鲍斯(Sir Bors)骑士之口再次高度赞扬兰斯洛特的一生,书中写道:

> 兰斯洛特啊,您是我们所有基督徒骑士的领袖,您如今虽已躺在这里,但我还是要说,人世间没有一个骑士是您的对手。在持盾的骑士中,您是最谦逊的;在骑马的武士中,您是最诚实的;在跟女人相爱过的有罪的男人中,您是最忠心的;在佩剑的骑士中,您是最仁慈的。普天下所有的骑士,没有人能比您更善良!在聚宴厅陪伴贵妇人的男人群中,没有人比您更温和、更优雅!在手持长矛与仇敌作战的骑士中,没有人比您更威武、更豪迈!(315—316)

阿克罗伊德不仅通过这些人物之口多侧面地展现出兰斯洛特如何受众人爱戴,而且通过兰斯洛特的具体行为赞扬他的忠诚和伟大。例如当亚瑟王和高文征讨兰斯洛特而他又不得不应战时,兰斯洛特却命令自己的手下人不惜一切代价保护亚瑟王和高文的性命。作品中写到,鲍斯骑士与亚瑟王交手时将国王挑落马下,然后拔出宝剑问兰斯洛特:“要不要让我现在就结束这场战争?”(285)他的意思是说,他是否可以立刻杀死亚瑟王。兰斯洛特连忙制止说:“千万别杀他,你如果再敢碰他,我就要你的命。我决不能眼睁睁看着敕封我为骑士的高贵的国王被你杀死或蒙受耻辱。”(285)说完这话,他立刻从马背上跳下,将亚瑟王扶上马,然后对国王说:“我的国王啊,请我们别再战了。您在这里不会赢的。我已命令我的人不要伤害您和高文的性命,而您却让您的人置我于死地。国王啊,我请求您想想我以前对您的好吧。”(285—286)

然而,阿克罗伊德指出,亚瑟王和兰斯洛特这两位最伟大、最高尚的骑士最终都未能摆脱悲剧的命运。早年亚瑟王在不知情的状况下与同父异母的胞妹发生关系并生下莫俊德。后来当亚瑟王离开王宫去和兰斯洛特交战时,莫俊德趁机造反,亚瑟王战死,从而导致亚瑟王朝和他的圆桌骑士的最终毁灭。兰斯洛特与王后的爱情也以悲剧收场。在小说的结尾,当兰斯洛特在修道院找到桂乃芬后,他们最后诀别之前的对话和场面凄美感人。小说中写到,兰斯洛特最后来到一座修道院,桂乃芬一眼就认出他,并当场昏厥在侍女的怀里。醒来后,桂乃芬当着众人指着他说:

> 这场战争及世上那么多优秀骑士的死亡都因眼前这个人和我而起。正因为我俩相亲相爱,才导致我的高贵的夫君死于非命。兰斯洛特啊,我告诉你,如今我已下定决心要赎清自己的罪孽!我相信,只要上帝慈悲,我死后仍能见到基督的尊荣。尽管我先前罪孽深重,但在末日审判那天,我仍能像圣人那样坐在上帝身边。兰斯洛特

> 啊,看在我们曾经相爱的分上,我衷心恳求你,以后再也别来见我。我以上帝的名义要求你离开我,回到你自己的王国去,好好管理它,使它免遭战争和灾难。正因为我爱过你,我的良心不允许我再见到你。由于你和我的爱,最伟大的国王和最高尚的骑士都已遭到灭顶之灾!兰斯洛特啊,快回到你自己的王国去吧,在那里娶一位好妻子,与她好好过日子吧。我由衷地恳求你,请你为我向主祈祷,求主宽恕我的罪过。(311)

听完王后的这些话,兰斯洛特问道:“亲爱的王后,你是要我现在就回到自己的王国,娶一个女子为妻吗?不,王后,不可能,我今生决不违背对你的诺言。我也要像你一样,从今以后过修士的生活。我会永远为你祈祷。”(311)然后兰斯洛特接着说:

> 你不相信我的话?难道以前我违背过对你的诺言吗?我会像你一样与世俗世界一刀两断。在寻找圣杯时,如果不是因为你,再也没有第二个人能比我更多地得到上帝的恩惠。好吧,王后,我也会和你一样去修行。如果你愿意享受人间的欢乐,我会将你带回到我的王国。但我发现你变了。我向你保证,只要我活在世上一天,我就一定会虔诚地祈祷。我会找到一个修士,做他的信徒,过简朴的生活,赎自己的罪孽。(311—312)

他们自此分手,各自在修道院的忏悔中度过余生。

小说中还描写了另一对恋人特里斯坦和伊索尔德,他们的命运同样以悲剧告终:“他们的命运很不幸”(167)。在小说的后文中作者借兰斯洛特和鲍斯骑士之间的对话使读者了解到他们的不幸结局:

> 兰斯洛特:如果我救出王后,你们说我得将她安置在哪里呢?
>
> 鲍斯骑士:这一点用不着担心。当年您是如何帮助特里斯坦骑士的?您不是将他和伊索尔德安置在你的快乐园将近三年时间吗?
>
> 兰斯洛特:我不认为特里斯坦的例子是个值得效仿的好榜样。你们难道忘了当他将伊索尔德交还给马克王后,那位伪善的国王用利剑杀了他吗?趁他在伊索尔德面前弹琴时,他用一把利剑刺进了特里斯坦的心脏。(274)

阿克罗伊德通过展示古人不得不接受的悲剧命运和生命之重使读者意识到他们不得不化为历史的人生悲凉,从而使作品达到强烈的悲剧效果。罗伯特·麦基(Robert Mckee,1941—)曾说:“一个讲得好的故事能够向你提供在生活中不可能得到的那一样东西:意味深长的情感体验。”(麦基,132)可以说,在《亚瑟王之死》中,阿克罗伊德通过重述古人的爱情故事和人物之间的各种冲突给予读者不断的感情积累,使读者经历一场场震撼人心的情感体验。在阿克罗伊德的笔下,这些人物已不是完全由中世纪文明滋养的浪漫传奇式人物,作者更多地赋予这些人物以现实的人性之美,让他们更鲜活,与读者的时空距离更近,更可知、可感。在此,亚瑟王、兰斯洛特与桂乃芬、特里斯坦与伊索尔德等人物以及他们的悲剧已被作者处理为一种隐喻,给予读者无限联想和回味,这正是阿克罗伊德在改编过程中遵循的一个美学原则:试图通过改编将英国传统文化中的悲剧元素复活,使当代人体验到它的力与美。因此,阿克罗伊德对马洛礼悲剧故事的再现不只是对艺术本身的一次探索,而是试图再现和传承民族文化传统、民族精神的努力,因为这也是“英国性”的一个重要组成部分。

在这部作品中,阿克罗伊德还借助“地方影响论”来表征“英国性”。爱默生在谈到英国人的“才能”时就已注意到环境和民族性格的关系,他说:

> 一批伟人出现在英国历史上,因为这里人杰地灵,谁来到这块充满魔力的土地,都将脱胎换骨。荒芜的沙滩、恶劣的天气,令每个探险者都不自觉地变成了劳动者,他们拼命地改造自然,为生存奋斗。这些人的品格令人钦佩,性格中有种猛犬般刚毅、暴躁的气质。(52—53)

爱默生认为,英国人之所以被认为是一个具有忧郁性格的民族是因为这个岛国的潮湿气候,同时,在阴冷严寒气候的洗礼下,又造就他们性格中勇敢和忍耐的一面。和爱默生一样,阿克罗伊德也相信气候在国民性格和民族文化的形成过程中扮演着重要角色,他赞成弥尔顿的“一方水土养一方人”(Ackroyd, *Collection*, 328)的说法,同时,他也认同查尔斯·孟德斯鸠(Charles Montesquieu, 1689—1755)的思想,即“英国温和的气候适合于诗人和音乐家,但因太潮湿和寒冷而不太适合画家”(328)。在改编《亚瑟王之死》中,阿克罗伊德能自觉地将作品中所渗透的民族性格和民族精神与英国地方特色联系起来思考，强调其本土化特征。桑德斯曾说："神话作为原型无疑关注那些能穿越文化和历史时期的主题：如爱情，死亡，家庭，复仇等。这些主题可能在某些情况下被视为'普遍的'，然而，改编的本质是使神话原型变得具体化、本土化、现代化"（Sanders，71）。据此，阿克罗伊德对《亚瑟王之死》的改编实现了"具体化、本土化、现代化"的目的。在这部作品中，阿克罗伊德通过结合地域文化特征着重再现和渲染作品中所弥漫的英国精神、国民性格。地域文化被认为是在一定的地域环境中形成和发展的一种独特的文化，以时代积淀的集体意识为内核形成的一种文化状态。地域文化的书写是文学民族化的一个重要标志和手段，事实上，当一位作家试图把握和反映现实生活时，往往借助他最熟悉的某一区域的现实生活和文化风俗来实现，历史上许多伟大的作家都是如此。例如，奥诺雷·巴尔扎克（Honoré de Balzac，1799—1850）说过，他要写的小说是"许多历史家忘记写的那部历史，就是风俗史"（巴尔扎克，168）。列夫·托尔斯泰（Leo Tolstoy，1828—1910）也说："'小说家的诗'是'基于历史事件写成的风俗画面'"（托尔斯泰，200—201）。和这些作家一样，阿克罗伊德也坚信，一个民族的文学要想获得新的生命力，必须从地方性，即地域文化方面寻求突破。事实证明，书写地域文化已成为阿克罗伊德自觉的艺术追求，因此他才选择了《亚瑟王之死》这部承载着英国民族性格和气质的作品作为再现与表征"英国性"的载体。

阿克罗伊德认为，英国的典型地域环境滋养了亚瑟王和他的圆桌骑士的民族性格特征："庄严和悲怆"、"无常和失落感”、“忧郁、勇敢、耐心”、“责任、牺牲、奉献”,等等。在作品中,阿克罗伊德利用不同人物的独白说出《亚瑟王之死》中所蕴含的这些典型的民族性格特征、民族精神和民族情感。例如,兰斯洛特的儿子加拉哈在临死前对鲍斯骑士说:“请传达我对我的父亲兰斯洛特的问候和爱,并提醒他在尘世上的生命是短暂的。”(Ackroyd, *The Death of King Arthur*, 222)又如,当兰斯洛特将王后送还给亚瑟王后不得不离开亚瑟王宫时说:“命运无常。命运的车轮不停地转动。没有永恒之地。运气不会青睐一个人太久。对我也是如此。”(291)虽然他们相信命运的无常,但是他们并不是悲观的宿命论者,而是能在命运的无常面前表现出超凡的勇气。例如,兰斯洛特去寻找圣杯前对亚瑟王说:“所有的人都得死,陛下,但我们要死得荣耀。”(178)阿克罗伊德认为,这些人物身上都彰显出典型的民族性格和民族情感:“亚瑟同他的王国的悲剧命运和民族情感是一致的”(*Albion*, 115)。因此,渗透在《亚瑟王之死》中的“忧郁性情”以及伴随这一性情的勇敢、耐心、牺牲、奉献等都是阿克罗伊德着力表现的民族情感的一部分。通过再现这一传奇故事,阿克罗伊德旨在阐明,那些骑士虽然已成为古人,但他们身上所体现出的民族精神将永远不朽。例如,在小说中被公认为最完美的骑士加拉哈在临死前说:“我的身体将死亡,但我的灵魂将永生。”(Ackroyd, 220)作者对亚瑟王之死的描述也传达出这一信念:“一些人说亚瑟王并没有死,当我们需要他时,基督会派他回来。我不知道这是不是真的[1]。

[1] 这句话在马活礼的原著中是“我不同意这种说法”,阿克罗伊德的这一改动更好地传达出作者的历史观,他相信,亚瑟王所代表的民族精神长存。

我只能说他已经转世去了,在他的坟墓上写有这样的碑文:亚瑟王长眠于此,他将来还会转世为王。"(308)阿克罗伊德说,"亚瑟王可能仅仅是民族想象的一个虚构形象。然而,它是马洛礼的天才发明,因为亚瑟王和他的圆桌骑士在英国人的情感中已占据一个牢固而永久的地位"(xv),所以说,《亚瑟王之死》是"英国民族想象的核心"(Ackroyd, *Albion*, 115),亚瑟王和他的骑士们是英国民族形象的象征。

以上分析表明,阿克罗伊德对原著情节的浓缩虽然使作品少了一些细节描写,"但赢得的却是被压缩的情节使故事结局快速到来时的那种缩命感"(Hutcheon, *A Theory of Adaptation*, 157),从而更好地传达出作品的悲剧意识。同时,简洁的风格又使阿克罗伊德的叙事犹如凡·高的画,给读者留下的是言有尽而意无穷的印象和感觉。阅读阿克罗伊德的《亚瑟王之死》可以发现,它既具有原文本的精髓,又不像原著那样包罗一切,而是懂得制造留白,给读者提供无限的想象、回味、思考的空间和余地。这种风格又颇似海明威所倡导的"冰山创作论",即创作要像海上漂浮的冰山,有八分之七应该隐藏在水下,因此,"获得的是一种言外之意,趣外之旨"(朱维之,521)。

改编后的作品使得阿克罗伊德既能把对于人类悲剧命运的思考化在古人的故事中,又能利用古人的故事传递出对现世的人生体验和心灵感悟,充分体现出作者能把过去生活提高到当下存在的鉴赏能力和融合能力。同样,通过改编,阿克罗伊德巧妙地继承了英国文学中的悲剧意识,并能用历史的眼光来审视当今社会,例如,小说中有这样的句子:

今天,一个男人爱上某个女人仅仅一周,便要求她为

> 他献身。一切都显得既不牢固,又不真实,既卑微,又不稳定。爱情热得快,冷得更快。古人的爱并非如此。那时的男女,即使相爱七年,在此期间,相互间绝无苟且之事。在亚瑟王时代,相爱的人之间最看重真情和忠诚。(Ackroyd, *The Death of King Arthur*, 251)

又如,在作品的另一处,当作者叙述亚瑟王的儿子莫俊德背叛亚瑟王时写道:“英国人缺乏的就是稳定和真诚,总爱喜新厌旧。没什么能使他们长久地得到满足。”(300)这些句子显然承载着作者的忧患意识和对“英国性”的历史思考。

桑德斯说:“尽管受多种习俗和传统、受以前知识和以前文本的约束,但是每一时期的人们对同一文本的接受是各具特色、相互不同的,在此意义上,古老的故事成为新故事,好像是首次被讲述和阅读。”(Sanders, 81)阿克罗伊德的故事也一样,虽然阿克罗伊德和马洛礼讲述的是同样的故事,但因为语境和读者都发生了变化,因此他的作品可以利用当代读者的新阐释产生出原著中所难以企及的新意,使古老的故事成为新故事。

从《亚瑟王之死》的改编中可以看出,阿克罗伊德既是纯美的理想主义者,也是个清醒的现实主义作家。他通过融合理想与现实,使得笔下的人物既有历史的味道,又有理想的唯美,流露出对民族文化传统的珍视和对现实的人文关怀,将过去与现在通过“英国性”紧密地联系在一起。阿克罗伊德认为,马洛礼的《亚瑟王之死》是英国民族身份和民族精神的源头、象征,因此值得不同时代的作家用各种艺术载体对其进行阐释。亚瑟王和他的骑士们是英国民族精神的代表,值得一代代人的继承和发扬。

第二节　本土化构建：《维克多·弗兰肯斯坦的个案》

玛丽·雪莱(Mary Shelley, 1797—1851)的小说《弗兰肯斯坦》(*Frankenstein*,1818)被认为是世界上公认的第一部真正的科幻小说。哈琴曾说:“科幻小说最难改编”(Hutcheon, *A Theory of Adaptation*, 127)。阿克罗伊德知难而进,凭借其对原著精神的准确把握和对人性的深刻洞察与理解,为原著赋予独特的想象与艺术个性,将其从科幻的世界召回英国的现实生活,将理想、理性与人性完美结合,创作出改编小说中的杰作《维克多·弗兰肯斯坦的个案》(*The Casebook of Victor Frankenstein*, 2008)。

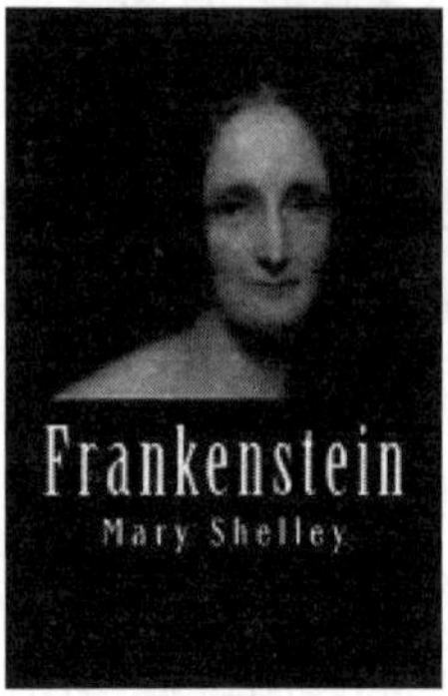

阿克罗伊德敏锐地发现用纯粹科学的眼光来看待人类世界有很大的局限性,并在作品中对科学和人类社会进步的关系进行重新审视。阿克罗伊德曾多次表示对未来科学发展的担忧,他甚至预言,科学会走到不该走的程度,反过来会对人类报复。当然,他对科学所取得的惊人成就表示认可,但他认为社会和人类的发展不能完全依靠科学与理性,情感和责任同样重要,在《维克多·弗兰肯斯坦的个案》中,他借助改编再次阐明这一思想。

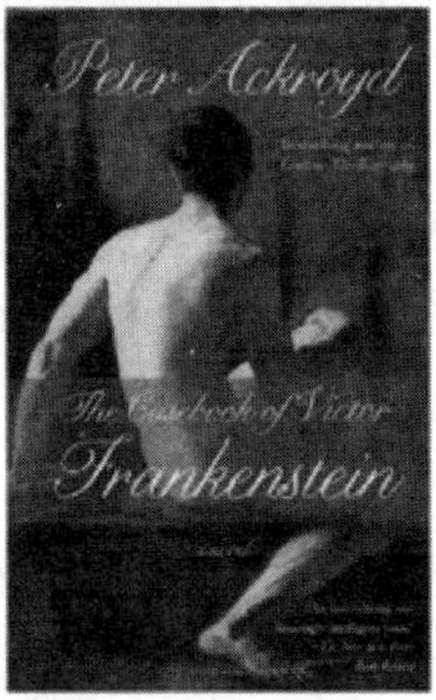

何成洲在谈到改编外国戏剧时曾说："改编外国戏剧往往不是为了再现外国的生活场景，传达原剧作者的意图，而是为了向本土的观众讲述一个与他们的生活密切相关的故事。"（何成洲，21）虽然这里谈的是戏剧，但同样适合阿克罗伊德的《维克多·弗兰肯斯坦的个案》，作者并不是为了重复一个以前的故事，而是旨在将其转换成一个地地道道的本土故事，事实上，创造发明这一行为本身就是英国人的性格特征之一，如爱默生所说："美国的制度更民主、更人道，却没有养育出比英国更多的天才，也没有流传比英国更多的发明创造。"（爱默生，206）为了将这部作品的背景最大限度地置放在英国文化语境中，阿克罗伊德在改编时选择了与《亚瑟王之死》不同的改编方法。作者没有采用"忠实于原著"的改编策略，而是运用了"疏离式改编"，即哈琴所说的"不是复制的重复"（Hutcheon, *A Theory of Adaptation*, 149）。"疏离式改编"是既参照原作，又与原作不完全相同，既与原作有一定的疏离，又不是旨在颠覆原著的一种改编。这种改编往往通过改变原作的语言、时间、地点、人物、情节等对其进行"跨文化"或"本土化"转换，以达到凸显民族文化特色的效果。在《维克多·弗兰肯斯坦 的个案》的改编过程中，阿克罗伊德充分发挥这一方法的长处，不仅赋予作品典型的"英国性"特征，而且流露出作者对科学与人性的现实思考。虽然作者基本上采用的是原著的情节框架，改编作品和原著之间也仍有明显的比照关系，但它们之间因语境不同意义也产生明显差异，因为

“语境可以改变意义,无论何时何地。”(哈琴,147)

不可否认,经典具有超越时间和空间的永恒价值,但并不是说,经典表达的就是永恒不变的“真理”。经典文本所承载的传统文化只有融入当下的语境中,通过不同时代的读者对其作出新的诠释,才能具有持久的生命力。对此,姚斯曾说:

> 一部文学作品,并不是一个自身独立、向每一时代的每一读者均提供同样的观点的客体,它不是一尊纪念碑,形而上学地展示其超时代的本质,它更多地像一部管弦乐谱。在其演奏中不断地获得读者新的反响,使文本从词的物质形态中解放出来,成为一种当代的存在。(姚斯,26)

阿克罗伊德也表达过类似的观点,因此,在改编过程中,他不仅最大限度地还原故事的背景,即 18 世纪时的英国社会和生活状况,以加重作品的历史维度,使小说的英国地域文化特色更为明显,而且通过将其融入当下语境,使原作的主题得到进一步深化和拓展。此外,阿克罗伊德在改编中尤为注重表现人物的心理变化和思想发展,将一个复仇故事转换成对生命意义的探寻和形而上的哲学沉思,淡化了原作的科幻和恐怖色彩,增加了写实的成分。阿克罗伊德的改编本与原著相比,虽然体裁和题材都变化不大,但观照主题的视角和用意大相径庭,让人有焕然一新之感,引发人们无限联想和思考。

阿克罗伊德借鉴和保留了玛丽原著中主要人物的原型及部分情节。两部小说中的主人公弗兰肯斯坦都是一位从事人类生命科学的研究者,有远大的抱负和雄心,相信科学,充满

幻想,力图利用科学创造生命、挽救生命。例如,原著中的弗兰肯斯坦说:

> 在我看来,生和死完美地结合在一起,这是我应首先攻克的难关,把一道亮光注入我们黑暗的世界。一个新的物种将奉我为创造者,从而赞美我,很多快乐和优秀的生灵也会感谢我给了他们生命。没有任何一位父亲比我更值得享有孩子们全心全意的感激。于是我想,如果我能赋予无生命的物体以生命,那么我以后就能(现在我认为这是不可能的)使腐烂的尸体起死回生。(玛丽·雪莱,71)

在阿克罗伊德的作品中,弗兰肯斯坦也表达过同样的理想,他说:“给死亡带来生命,恢复失去的灵魂和人体的功能,什么还能比这更仁慈呢?”(Ackroyd,109)

两部小说中的科学怪人或创造物也有类似的性格发展轨迹。刚开始时,虽然他们相貌丑陋、令人恐惧,但是都秉性善良,对人类充满好感、善意和感恩之情,愿意与人类交往,渴望得到他人的理解和关爱。例如,原著中的科学怪人对弗兰肯斯坦说:

> 我过去经常在夜里偷一点他们的东西吃,但是当我发现这样做增加了他们的痛苦,我就不再那么做了,而是到附近的树林里找浆果、坚果和根茎来充饥。我还发现了可以帮他们的方法。我见那个年轻人每天花很多时间打柴,我很快就学会了使用他打柴的工具,经常在夜里拿

着他的工具打来够他们烧几天的柴火。(玛丽·雪莱,169)

这里讲述的是科学怪人在他刚开始找到一处栖身之所后的生活情形。由于他相貌丑陋,人见人怕,所以他偷偷地在一家农舍找到一个矮小的小木屋住下。后来,科学怪人慢慢了解到,这家人虽然过着简朴的生活,但是他们善良、快乐、互相关爱,因此,他开始羡慕这一家人,并曾无数次幻想自己出现在他们面前而受到欢迎的情景。为此,他尽最大努力改变自己,想通过自己的文雅举止和言谈不让他们嫌弃他,从而赢得他们的好感和爱。可是他最终也无法被他们所接受。当处处受到他的创造者以及所有其他人的嫌恶和歧视时,他感到极度痛苦,因为他只能孤零零一个人忍受严冬的残酷和人情的冷漠,于是他最终变得憎恨人类,特别是他的创造者,并对其实施报复,直至两人同归于尽。和在原著中一样,阿克罗伊德作品中的创造物刚开始时也心地善良,对人类充满希望,渴望被人理解,但后来的发展与原著不尽相同。

爱德华·沃第尔·萨义德(Edward Wadie Said, 1935—2003)在《起源:意图和方法》(*Beginnins: Intention and Method*, 1985)中说,文学"是一种重复而不是创新的秩序,——但是,这是一种特殊的重复的秩序,而并非完全一模一样"(12)。作为文学的一种创造形式,改编也是如此。对于一位有艺术追求、认真严谨、有创新意识的改编者而言,改编并不是照搬原著的一切或刻板的模仿,而是一种特殊的、有创新的重复,不仅要展示原作的特点,还要有能力去深化原作的立意,将原作的精神发展。阿克罗伊德做到了这些,他虽然依附原著,但并没有教条地遵循原著,而是对原著作了一些重要改动,达到理想的艺术效果和思想高度。总体来讲,原著的基调阴森恐怖,而阿克罗伊德小说的色调则主要是暖色的、人性的。在写作技巧上,和原著相比,《维克多·弗兰肯斯坦的个案》的结构更严谨,叙事更生动,更富有层次感。粗略地阅读,《维克多·弗兰肯斯坦的个案》似乎是对玛丽原著的翻版,然而细读文本可以发现,阿克罗伊德对原著中的一些情节、人物、叙事视角、人物的称谓等都做了较大改动,具体而言,主要包括以下几个方面:人物和情节的增减、叙事视角的转换、创造物的名称等。

阿克罗伊德增添了一些情节,将作品置放在一个特定的历史时期,并通过穿插一些真实的历史事件,使整个故事真实可感。对于某些情节,改编作品的描写要比原作详细得多,特别是弗兰肯斯坦创造人的经过。在原著中作者只是粗略地概括弗兰肯斯坦的造人过程,粗线条地勾勒出情节的发展。读者只了解到,当弗兰肯斯坦在德国的英格斯塔(Ingolstadt)大学读书时,瓦德曼教授使他对化学产生了兴趣,并对他说:“如果你付出努力并且能力相当,我敢肯定你一定会成功。化学是自然科学中已经并且还会取得更大成功的学科。”(玛丽·雪莱,63)后来作者又说,在这里,弗兰肯斯坦进步飞快,两年后在改进化学仪器方面取得新发现,随后又对人体结构产生兴趣,想探索生命的起源。他认真研究和分析从生到死、从死到生的过程中体现出的微妙因果关系,直到有一天,黑暗中灵光一闪,充满自信:坚信自己能创造出和人一样复杂、神奇的生命。接下来,作者指出,因为人体构造非常精细,妨碍他的进度,于是他又决定不按原计划,而是造一个巨人出来,身高约八英尺,其他部分也按比例相应放大。决定之后,他又花几个月时间成功地收集材料,然后就着手实验,通过无数次的探索,弗兰肯斯坦成功了,创造出一个面目可憎、奇丑无比的怪物。小说中是这样写的:

> 那是个阴郁的十一月之夜,我目睹了我辛苦研究的成果。带着近乎痛苦的焦急,我把工具放在身边,准备给躺在我脚下的无生命的东西注入生命的火花。已经是凌晨一点钟了,雨打在玻璃上,我的蜡烛也快燃尽了,这时,在昏暗的微光中,我看到那个家伙混沌的黄眼睛睁开了,艰难地呼吸着,在一阵痉挛中四肢乱抖起来。我该怎样形容在这场灾难面前的感受呢?或者我该怎样描述这个我经历无数苦痛、费尽心思才造出来的可怜的人呢?他的四肢很成比例,我在选材时想把他造得漂亮些。漂亮!天哪!他黄色的皮肤几乎盖不全下面的肌肉和血管组织,他的头发乌黑发亮而且飘逸,他的牙齿珍珠般洁白,但是这些配上看起来几乎和眼眶一样苍白发黄的水汪汪的眼睛,皱巴巴的皮肤和僵硬的黑嘴唇,使他显得更加可怕。(77)

这种粗线条的描写读起来虽然有趣,但是轻飘、缺乏真实感。不过,正是原著留下的一些细节空白为阿克罗伊德重构弗兰肯斯坦故事时提供了丰满弗兰肯斯坦形象的美好契机。

为了增强作品的现实主义维度,阿克罗伊德对弗兰肯斯坦的造人过程进行了重度渲染,使其比原著的描写更细腻、生动、扎实、可信。作者首先描写了弗兰肯斯坦如何做前期的准备工作。例如,作者描写弗兰肯斯坦如何从海曼工程师(Mr.

Francis Hayman)那里定购实验室设备,如何拜访他在巴黎遇到的一个叫阿米蒂奇(Armitage)的小伙子,并向他父亲打听有关外科医生约翰·亨特(Mr. John Hunter)以前所做的用电流激活人体的试验,以及如何了解到有关盗尸者(Resurrectionist)的情况。后来他和三个盗尸者做成交易,让他们帮他不断地提供尸体,以满足他做实验所需。接下来,作者详细描述他首次用两具尸体做试验的每一个细节和过程,并指出,弗兰肯斯坦对自己的实验很满意,因为第一次试验就使他看到生命复活的迹象,坚定了他取得最后成功的信心。他不厌其烦地、夜以继日地进行大量试验,当他对结果有完全把握时便决定创造出一个完美的人。

两部小说中主人公造人的方法也不尽相同。玛丽笔下的科学怪人是由弗兰肯斯坦把从解剖室和屠宰场找到的材料拼凑在一起而创造的,因此他“赋予了无生命的东西以生命”(玛丽,71)。阿克罗伊德笔下的弗兰肯斯坦是让真人的尸体起死回生,因为对他来说,让死者复活是一项对人类有益的事业。小说中写到,当弗兰肯斯坦正为找不到供他做试验的尸体发愁时,一个偶然的机会使他从盗尸者那里了解到有一个叫杰克·基特(Jack Keat)的年轻人,是圣·托马斯医院的一名学生,得了不治之症,并将不久于人世。这位年轻人为了在临死前给他唯一的亲人,即他可怜的姐姐留下一点钱竟亲自找到三个盗尸者和他们做成交易,并承诺如果他们可预付他二十几尼,那么他一断气他们就可以把他的尸体带走。通过三个盗尸者的安排,弗兰肯斯坦被允许在他们与年轻人交易过程中在一旁先暗地里观察一下这位年轻人。看完后,弗兰肯斯坦对年轻人的相貌和身材都非常满意,并立即答应盗尸者预

先买下这具活尸体。一周以后,断气不到一小时的杰克的尸体就被盗尸者送到弗兰肯斯坦的试验室。弗兰肯斯坦这样描述道:

> 他是我见过的最漂亮的尸体。脸颊上的红光似乎还没有消退,嘴巴弯曲成微笑时的弧线。脸上没有悲伤或恐怖的表情,相反,是一种庄严而温顺的表情。身体健美、匀称,肺痨已耗除了一切多余的脂肪,胸部、腹部和大腿都很完美。腿部纤细、健壮,手臂优美、对称。头发浓密,在背后和两侧卷曲,我还注意到左眉上有一个小疤痕,这是我能看到的唯一缺陷。(Ackroyd, 153)

弗兰肯斯坦迫不及待地想趁尸体僵硬之前激活这位学生。他说:"我怀着愉快的心情在手术台上整理着他,好像我是一个正要完成自己作品的雕塑家或画家。"(153)然后他接着说:

> 我用颤抖的手接通两个电柱,痴迷而兴奋地看着电流在年轻的身体中流动。有轻微的鼓动,后来,使我吃惊的是,暗红色的鲜血从他的鼻子和耳朵中流出。然而,我自我安慰道,这是一个很好的动脉运动迹象。如果血液正在他体内循环,这表明试验的第一步已成功完成。他的心脏开始快速地跳动,当我把手放在他的胸部时,能明显感觉到体温。可怕的是,我闻到一股烧煳的味道。他的下肢冒烟了,我立刻看到他的脚底起了可怕的疱。我想降低电荷,但发现高潮已经过去,烟和煳味都消失了……他用力咬着牙齿,嘎嘎作响,我担心他会把舌头咬掉,便

把一个木铲放在他嘴唇之间。……然后,眼泪顺着他的脸颊流下。(154)

读完这段后,会使人感到,作者对弗兰肯斯坦这些试验的细节描写,既没有使作品结构松散、文本膨胀,也没有使人感到“琐屑”、“拖沓”,因为正是这些细节描写做足了铺垫,不仅生动感人、充满悬念,而且使读者对后面高潮的来临不会感到突兀或者不真实,并和主人公一样期待着最后的试验结果,书中写道:

在接下来的几分钟内发生的一切给我造成如此深刻而可怕的影响,使我永生难忘,日夜萦绕着我,简直是一种难以忍受的恐怖。我注意到的第一个变化是,他的头发从光亮的黑色逐渐变成可怕的黄色,从卷曲状变得平直而无生机,是一种死者复活的恐惧。但接下来的变化更可怕,顷刻之间,我面前的尸体在复活之前经历了各种变形。他的皮肤似乎像波浪一样在颤动,后来逐渐平静下来,现在他的外貌就像柳编品。他的眼睛睁开了,但之前的蓝绿色已变成现在的灰色。身材本身没有变形,和以前一样结实、健壮,但质地已完全不同,看起来好像是被烤过一样。脸部仍然有美好的轮廓,但颜色已完全改变。这一切变化都是瞬间发生的。我恐惧地向后退,他的眼睛跟着我移动。……这个人不再是杰克。(154—155)

读者读了这样的试验过程后,会觉得自然、可信、生动有趣,产生更强烈的阅读欲望。

除情节外,阿克罗伊德还增添了一些真实的历史人物,如雪莱、乔治·戈登 ·拜伦(George Gordon Byron, 1788—1824)、柯勒律治、玛丽·雪莱和他的父亲威廉·戈德温(William Godwin, 1756—1836)、雪莱的第一位妻子哈利特·韦斯特布鲁克(Harriett Westbrook)等。阿克罗伊德有意让这些人物都与弗兰肯斯坦有直接或间接的联系,特别是雪莱和柯勒律治,都对弗兰肯斯坦的思想发展有直接影响。通过他们之间的关系发展,作者让故事情节不断向前推进,形成一个个悬念、冲突和高潮,不仅能吸引读者的兴趣,而且可以通过将主人公置于一定的思想、文化和历史语境之中,引发人们对时代问题的现实思考。例如,小说中的弗兰肯斯坦在牛津大学和雪莱相识,后来雪莱因写了一篇题为《论无神论的必要性》(*The Necessity of Atheism*, 1811)的反对教会的小册子而被学校开除后回到伦敦,弗兰肯斯坦一直与他保持联系,直到 1822 年雪莱在意大利海岸因遇到一次暴风雨而溺死。雪莱对科学的兴趣和他的无神论思想对弗兰肯斯坦影响极大,例如,雪莱曾对他说:“我亲爱的维克多,路易吉·阿洛伊西奥·加尔瓦尼(Luigi Aloisio Galvani, 1737—1798)已证明我们周围有电,自然本身就是电。通过运用一根简单的金属线,他就让一只青蛙重新复活。他为什么不能在人体方面取得同样的成就呢?”(9)雪莱还认为,“最小的东西也有生命和能量……肉体和灵魂有什么不同呢? 在闪电中,它们是一样的”(10)。正是受雪莱这些思想的影响,弗兰肯斯坦越发对电感兴趣并开始考虑“如果我能将闪电转化为实际的、有利的用途,我就是人类的造福者。不仅如此,我还会被认为是一个英雄”(10)。怀着极大的希望和热情,弗兰肯斯坦开始用最小的动物做实验,观察周围的一切事物,把自己看作“人类的解放者”(57)。他试图把世界从牛顿和洛克的机械哲学中解放出来,因为他坚信,“如果我能从对各种生物的观察中发现一种定律,如果在对细胞组织的研究中可以发现一种重要元素,然后我就可以系统阐述所有生命的一般生理学”(57)。同样,柯勒律治的想象力也对弗兰肯斯坦的思想有关键影响。小说中写到,弗兰肯斯坦在牛津大学读书期间,柯勒律治曾到牛津做关于“英国诗歌”的演讲:

> 牛顿声称,他的理论是由实验和观察创造的,不是这样的。它们是由他的思想和想象力创造的……在想象力的影响下,自然本能地被赋予激情和变化。……所有知识都依赖于生命统一体中主体与客体的融合。我们必须发现所有事物的本质。(86—87)

柯勒律治对想象力的强调与阐释使弗兰肯斯坦深受启发和鼓舞,使他相信凭借想象力有时也可以创造奇迹。

其他历史人物如拜伦、玛丽·雪莱等也都与弗兰肯斯坦有一定的联系,因此这些英国文学人物的加入,不仅为作品增加了文学品格,而且使整部作品的人物更加丰富多彩,拓展了主人公的活动空间,有助于从不同侧面了解主人公的思想发展轨迹。此外,作者借助几个真实的历史人物对 18 世纪英国社会的描摹,使作品中的空间维度较之原作更为广阔和纵深,为小说增添了恢宏的气势与广阔的社会生活画面,在客观上起到勾勒主人公所处的时代背景的作用。同时,这些历史人物的登场不仅使得阿克罗伊德能通过错综复杂的人物关系来表现弗兰肯斯坦,使人物塑造更加丰满、个性更为突出,而且有助于推动故事情节的发展,从而增强整部作品的戏剧性效果,使小说情节跌宕起伏。例如,雪莱与哈利特私奔,以及哈利特被科学怪人杀害等,都为小说增添了冲突的场面。

在增添一些情节和人物的同时,阿克罗伊德也删减了原著中一些枝蔓的情节和削弱作品"英国性"特征的一些人物,避免了情节发展的缓慢和偏离。例如,作者去掉了原著中第一层结构的内容,即罗伯特·沃尔顿(Robert Walton)船长给其姐姐写的书信部分。原著第一章中详细描述弗兰肯斯坦父母的婚姻以及收养伊丽莎白的情节也被删去。另外,在原著中,科学怪人藏身之处的那家人是由父亲德莱赛、儿子菲力克斯、女儿阿加莎和儿子的女朋友萨菲组成。玛丽·雪莱通过借科学怪人之口让读者了解到:

> 老人的名字叫德莱赛,他出生在一个背景不错的家庭。他在那里生活了很多年,生活富足,深受上层人士尊重和同阶层人士的爱戴。他的儿子为国家服务,女儿也是地位最高的淑女阶层。我到来之前他们居住在一个叫巴黎的奢华的大城市里,朋友众多,拥有美德、文化修养、优雅的品位和相当的财富,所有这些都使他们享尽生活的快乐。萨菲的父亲破坏了他们的生活。他是一位土耳其商人,在巴黎住了很多年,但是由于不明原因得罪了政府,被判监禁,而那天萨菲正好从君士坦丁堡来巴黎和父亲会面。后来他被判死刑。对他的判决非常不公,整个巴黎都愤愤不平,因为,导致他被判死刑的真正原因是宗

教和财富而不是他被指控的罪行。(玛丽·雪莱,187)

后来老人的儿子菲力克斯把他救出去,然而不幸的是,商人不懂知恩图报,甚至还后悔在狱中临危关头为让菲力克斯竭尽全力救自己而将女儿许配给他。更不幸的是,后来菲力克斯因救商人的事败露连累父亲和妹妹进了监狱,五个月后才等到判决结果:被没收财产并永久被驱逐出法国。后来他们在德国找到一个破旧的农舍住下,即科学怪人发现他们的地方。小说中还叙述了商人的女儿萨菲不愿随其父亲一起逃走,而是想法找到他们,以履行她和菲力克斯之间的婚约。这些枝蔓的情节在阿克罗伊德的作品中都被删除,创造物(阿克罗伊德作品中的科学怪人)藏身之处的那家人只包括父亲和女儿。事实上,通过对比可以发现,其他人物与作者所要表达的主题关系不大,对创造物的改变来说,有父亲和女儿的在场已足够,因此,作者对这些人物和其他许多细节描写的删除,不仅对小说的主题无损,而且可以使人物之间的关系更加紧凑集中。可以说,阿克罗伊德小说中所出现的每个人物都以弗兰肯斯坦为中心发散开来,并重点突出弗兰肯斯坦和创造物之间的冲突与最后和解,使其成为小说的灵魂,强化了小说所要体现的人与科学、理智与情感、现实与理想之间关系的主题。

阿克罗伊德不论增加或删减人物和情节都服务于一个意旨:对原著进行最大程度的本土化改编。哈琴在谈到跨文化改编中的语境问题时说:“改编作品和原著一样,总是发生在一定的背景之中——如时间和地点、社会和文化,它不可能存在于真空中。”(Hutcheon, *A Theory of Adaptation*, 142)在她看来,“背景决定意义”(145)。“地方意识”是阿克罗伊德所有作品的共同特征,他的改编作品也是如此,彰显着典型的英国地域文化特色。为完成本土化改编,阿克罗伊德对小说发生的背景做了重要改动。例如在原著中,主人公弗兰肯斯坦只在德国的英格斯塔大学接受教育并在那里进行发明创造。在阿克罗伊德的作品中,弗兰肯斯坦离开英格斯塔大学后进入牛津大学,并在这里开始对人体生命科学产生兴趣,最后又来到伦敦,在杰明街(Jermyn Street)住下。为秘密研究人体科学,他在"莱姆豪斯"(Limehouse)找到一个因破产而被废弃的旧陶器厂,并将其买下,作为自己进行秘密研究的实验室。作者对这些地点的改动意义重大,使这部作品和其他作品一样具有了鲜明的阿克罗伊德风格:通过书写伦敦历史表征"英国性"。同时,为了增强作品的地域特色,阿克罗伊德在增加一些英国历史人物的同时也有意删掉一些其他国籍的人物或改变作品中一些人物的国籍。例如,作者删去了原著中弗兰肯斯坦的日内瓦朋友亨利·科勒威尔(Henry Clerval)。在原著中,科学怪人所讲到的他藏身的那家人原籍是法国人,后来居住在德国,而在阿克罗伊德的作品中,创造物的隐身之所是地地道道的英国农民之家。阿克罗伊德还指出,创造物的性格形成和演变也与他所居住的地方环境有密切关系。在他的作品中,创造物后来独自一人长期居住在距弗兰肯斯坦的实验室几英里之外的泰晤士河口处,是一片荒凉的沼泽地。这一地点显然是作者的匠心安排,作者旨在强调创造物的性格是由环境所致,是被异化的结果。阿克罗伊德认为,不同的地域可以塑造人的不同性格,创造物后来变得沮丧和厌世,主要因为他长期居住的这一地区的阴暗和郁闷的氛围所致,也是一种典型的英国性格特征。作者让弗兰肯斯坦在从瑞士回

到英国的途中讲出这一观点:

> 旅行既缓慢又辛苦,在第一周结束时,我们都已精疲力竭。然后我们面临海洋的严酷,我们在那里停泊两天后遇到一股顺风才使我们能驶向英格兰。当我们开始泰晤士河上的短暂航程时我无比欣慰。在我们的周围是两岸河口的平地,当然我特别留意观察我认为我的创造物可能居住的地方,那里的一切看起来似乎都很荒凉。这和我们所来的阿尔卑斯山地区对比相当明显:在这里没有宏伟、没有崇高,只有阴暗和消沉。也许这就是那个被囚禁在沼泽里的创造物对生活厌倦的主要原因。(327)

这样的描写和小说的开头作者对弗兰肯斯坦所看到的宏伟、美丽的阿尔卑斯山的描写形成鲜明对比和呼应,如弗兰肯斯坦自豪地说:

> 我出生在瑞士的阿尔卑斯山地区,我的全家住在父亲所拥有的日内瓦和夏蒙尼乡村之间宽敞的领地内。我最早的记忆是那些雄伟的山峰,我相信我的勇气和雄心是因为对高远之物的观察而滋长。我能感觉到大自然的力量和伟大。……我看到暴风雨时会欣喜若狂。没有什么比陡峭的岩石中呼啸的风声和我家乡那些峭壁和洞穴使我更着迷。当风卷烟雾而起时,松树和橡树林充满音乐般的呼啸声。空中飘浮的云朵似乎希望能触摸到美的源头。此刻,我的个体已经消失,我感到自己好像已融入周围的宇宙中,或者说宇宙已被吸收进我的身体中。像

子宫里的婴儿一样,我与自然融为一体。这是一种诗人渴望达到的境界,这时世界上的一切都化为"一树之花"。不过,我已经被自然之诗赐福。(1—2)

对比这两段描述可以发现,作者对地域环境的重视流露出强烈的"地方意识"。可见,阿克罗伊德通过将小说置于英国背景之中为小说赋予了明显的英国特性,巧妙地实现了其对原著进行"本土化"改编的目的。

另外,为了更好地表现主题,阿克罗伊德也转换了原作的叙事视角。在叙事学中,"叙事视角指叙述时观察故事的角度"(申丹,88),它不仅为观众和读者提供观看的角度、立场,还为他们提供观看或遮蔽的内容。叙事视角是文本意义生成的主导因素,当叙事视角发生转变时,文本的意义也随之转变,在马克·肖勒(Mark Schorer, 1908—1977)的《作为发现的技巧》(*Technique as Discovery*, 1948)中,"视角甚至跃升到界定主题的地位"(Schorer, 387—402)。目前,越来越多的学者认为,视角是传递主题意义的一个重要工具,视角的变化会直接影响意义的生成。如申丹说:"无论是在文字叙事还是在电影叙事或其他媒介的叙事中,同一个故事,若叙述时观察角度不同,会产生大相径庭的效果。"(申丹,88)

从叙事视角层面来讲,玛丽·雪莱和阿克罗伊德的作品从表面上看似乎没有太大区别,因为两部作品都采用双层结构或框架结构叙事,并且都在第二层故事中采用第一人称叙事视角,即让主人公本人作为故事的叙述者。但细读文本可以发现,两部作品的第一人称叙事视角并不完全一样,具体而言,一个是外视角,一个是内视角,因此产生的效果和意义也截然不同。在玛丽·雪莱的《弗兰肯斯坦》中，第一层结构讲述的是沃尔顿船长给其姐姐写的书信的内容，第二层结构是弗兰肯斯坦被沃尔顿船长救起后在船上给沃尔顿讲述他造人的经历，并被嵌入沃尔顿船长给姐姐写的信件中，沃尔顿以旁观者的身份倾听弗兰肯斯坦讲述自己的故事。对于弗兰肯斯坦所讲述的故事，玛丽采用的是"第一人称主人公叙述中的回顾性视角"。这种视角是指"作为主人公的第一人称叙述者从自己目前的角度来观察往事。由于现在的'我'处于往事之外，因此这也是一种外视角"（申丹，95）。小说中有多处可以表明作者采用的是外视角叙述，因为弗兰肯斯坦在叙述自己的经历时，不断地从往事的回忆中回到目前的情景，例如在讲到自己的不幸时他对沃尔顿说：

> 我亲爱的朋友，你的眼神中充满了期待、惊讶和希望，你知道我的秘密。但是不行，耐心听到故事的结尾，你就会明白我为什么会有所保留了。我不会把你引上毁灭和痛苦之路，虽然你和我当年一样热情，毫无戒备。请从我的身上得到教训，掌握知识是一件多么危险的事！一个把自己的家乡当作整个世界的人比一个一心想超越自己命运的人不知要快乐多少！（玛丽·雪莱，69）

在讲到科学怪人把他的好友科勒威尔杀死后，弗兰肯斯坦又说：

> 科勒威尔，我亲爱的朋友，他现在已在天堂了，但此时想起他说的话，我仍然充满快乐。他是天生具有"诗

> 意”的人,他的情感敏锐,想象力极为丰富,他的心灵充满热烈的爱,他的友谊忠诚而伟大,只有在人们的想象之中才能找到。……他现在在哪里?这个温柔可爱的人永远消逝了吗?他的心中充满神奇而伟大的思想和想象,而如今他的心灵真的不复存在,只存在我的记忆中吗?不,不是这样的,你健美的身躯不复存在了,可是你的精神还留在世上,时时安慰你不幸的朋友。请原谅我过分的悲伤,这些无用的话是献给无与伦比的亨利的,也安慰一下我那因他而伤痛的心。我接着讲我的故事。(245)

小说中还有许多类似这样的段落,这充分表明弗兰肯斯坦是从目前的角度来观察往事的,在讲述时,他早已知道故事的一切。

阿克罗伊德的《维克多·弗兰肯斯坦的个案》虽然采用的也是双层结构,但不同的是,为了凸显主人公的经历,作者没有在故事的开头,而是在小说的结尾用简短的一句话注明故事的来源:“1822年11月15日星期三,病人维克多·弗兰肯斯坦赠予我,有霍克顿精神病院院长弗里德里克·纽曼的签名。”(Ackroyd, 353)这样的安排可以使读者读完故事才知道读的是故事中的故事,在此之前可尽情享受同主人公一起体验故事的激情和魅力,大大增强了小说的可读性。另一个与原著不同的是,阿克罗伊德采用的是“第一人称叙述中的体验视角”,即“叙述者放弃目前的观察角度,转而采用当初正在体验事件时的眼光来聚焦。因为当时的‘我’处于故事之内,因此构成一种内视角”(申丹,97)。阿克罗伊德采用弗兰肯斯坦正在体验事件时的眼光来叙事,不仅可使作者从全知的视角以细腻的笔触描写主人公当时的心理变化和微妙感觉,追述他经历的全过程,而且可以使读者跟着弗兰肯斯坦一起体验、一起激动、一起受惊吓、一起去发现科研的秘密,始终能融入主人公的世界,获得在外视角叙述中难以获得的人生体验。从叙事学的视角重新审视《维克多·弗兰肯斯坦的个案》可以发现,故事还是原来的故事,但叙事视角的变化不仅产生了较强的戏剧性效果,而且改变了作品的意义。例如,主人公自述中对科学实验的激情描述使得他的性格更符合英国人的性格,因为“英国人在追寻公共目标上有着极大热情,比如那些科学探索者和考古探险家”(爱默生,51)。阿克罗伊德甚至认为“英国哲学史就是经验主义和科学实验的历史”(*Albion*, 463),因此,在他的笔下,主人公也被赋予更多的英国人的典型性格,特别热衷于创作发明。此外,作者通过第一人称内视角叙述使整个故事从以德国为背景的浪漫主义描写中转为以英国为背景的现实主义的叙事中,让整个作品更切合实际,更符合英国文化,因为“英国人一直以来是一个讲究实际的民族”(463)。

《维克多·弗兰肯斯坦的个案》与原著的不同还在于它没有像原作那样着重渲染恐怖成分,而是融入作者对人类与科学、人类与自然、人与人之间的关系、人性异化的现代性思考,比原著更具人文关怀。这些改动是阿克罗伊德对于经典作品现代化所做的重要尝试与努力,更贴合当代观众的审美趣味与审美期待。莱文森(Michael Levenson)曾说:“我们如何能够在接受科学浸染的同时仍然保留希望的信念和对美的想象?”(Levenson, 168)阿克罗伊德的小说显然也蕴含着这样的思考,他也希望科学能永远与情感、希望和美同在。通过分析阿克罗伊德作品中的主人公及其创造物之间的关系可以更好地理解这一点。

对比两部小说可以发现,两位作者用来称呼创造物的名字是不一样的。在原著中,作者用的词汇是“wretch”和“monster”。在字典中“wretch”的意思主要是“可怜的人”、“恶棍”、“坏蛋”,而“monster”是“怪物”、“恶魔”、“恶人”的意思。作者选择这两个词本身就已经暗示这个“科学怪人”是异类,甚至是人类的敌人,因此在小说中,弗兰肯斯坦和“科学怪人”的关系是死敌,他们相互憎恨、相互仇视。“科学怪人”虽然在诞生之初表现出善良的美德,但在遭到人类和他的创造者的鄙视后,为引起弗兰肯斯坦对他的关注而杀害了弗兰肯斯坦的小弟威廉,并嫁祸于弗兰肯斯坦家的女仆贾丝廷,使她被判为绞刑。起初,弗兰肯斯坦在科学怪人的恳求下答应为他创造出一个配偶,可是当科学怪人看到弗兰肯斯坦因后悔而毁掉为他创造女伴的材料时,便威胁弗兰肯斯坦说:

> 你毁掉了自己的作品,你到底想干什么?难道你敢食言吗?我已经饱受艰难困苦,跟随你从瑞士出发,一路潜伏在莱茵河畔的岛屿和山上,我已经在英格兰的树丛和苏格兰的荒漠中待了几个月,我受尽了无数的磨难、寒冷、饥饿,而你竟敢毁灭我的希望?……卑鄙的家伙,以前还和你讲道理,但事实证明你根本不值得我这么做。记住,我有能力让你变得更加不幸,你会连阳光也讨厌。你创造了我,但是我是你的主人,你要服从我!(玛丽·雪莱,261—263)

后来,科学怪人因遭到弗兰肯斯坦的憎恨和鄙视而变得冷漠与残忍,并开始报复,他首先杀死弗兰肯斯坦最亲密的朋友科勒威尔,接着又在弗兰肯斯坦的新婚之夜杀死他的新娘伊丽莎白。当知道弗兰肯斯坦几个月来一直跟踪他,想毁灭他时,科学怪人为激起弗兰肯斯坦的怒火故意在石头上刻下这些字:

> 你只要活着,我就是无所不能的。跟着我,我会去北方,那里有终年不化的冰雪,在那里你会饱受严寒之苦,我却不会有什么不适。如果你走得不是太慢,你会发现离你不远的地方有一只死兔子,吃了它,打起精神来。来吧,我的敌人,我们要决一死战,但是在此之前你还要尝尽苦痛。……做好准备!你的艰难困苦刚刚开始。穿上毛皮,带上干粮,我们马上上路,那时你的苦难将使满怀仇恨的我得到快感。(325)

看到这些后,弗兰肯斯坦陷入极度痛苦之中,他感到深深的自责,他说,“威廉和贾丝廷是我那亵渎神灵的研究所造成的第一批牺牲者”(129),“悔恨和罪恶感将我牢牢抓住,将我推向地狱,接受无以言表的痛苦的折磨”(133)。因此,弗兰肯斯坦对科学怪人充满仇恨,并发誓说:“可恶的魔鬼!我再次发誓,我要让你这个恶魔受尽折磨,我要消灭你!除非我俩有一个死去,我绝不会停止搜寻。”(325)在临死前,弗兰肯斯坦对沃尔顿船长说:“他的灵魂和外貌一样可怕,丑陋而邪恶。别听他的,呼唤着威廉、贾斯廷、科勒威尔、伊丽莎白、我的父亲和可怜的维克多的名字,把剑插进他的胸膛。我会盘旋在你周

围,引导着你的剑准确地刺中他。”(331)

与原著不同,在阿克罗伊德的《维克多·弗兰肯斯坦的个案》中,作者没有用“monster”,而是改用“creature”来称呼弗兰肯斯坦的“创造物”。这个词的意思主要包括“生物”、“动物”、“人”、“创造物”等。阿克罗伊德选用这个词已暗示出弗兰肯斯坦和他的“创造物”之间的关系将不再是原著里那种相互痛恨的死敌关系,而是可以互相沟通和理解的同类。虽然和在原著中一样,刚开始时他们也相互仇视,但和原著不同的是,他们最终达成和解。例如,当创造物杀害了雪莱的妻子哈利特和女仆玛莎后感到既自责又痛苦,甚至想自杀。当尝试多种自杀的办法失败后,他亲自找到弗兰肯斯坦,请求他帮助自己结束生命,因为他无法摆脱自己的困境:

> 我潜入河中,我的肺部虽然充满水,可是我没有死。我从悬崖上跳到大海,然而我还是安然无恙地浮出水面。所以我才回来找你帮我结束痛苦。……我一直在考虑我的困境。我不知道你使我复活的确切方法,但我推测过。我花了几天几夜的时间思考这事件,我知道电流的能量,我想那一定是你所采用的方法。你肯定可以相应地改变电流方向使其朝着与激活我时相反的方向流动,你说呢?你肯定有办法,是吗?(Ackroyd, 321—322)

听到创造物的这些话后,弗兰肯斯坦开始反省自我,认为自己应对自己的创造物负责,因此不再讨厌他,并开始理解他、同情他、接受他,甚至赞美他的智商,如小说中这样写道:

> 令我吃惊的是,创造物竟然能得出类似于我自己所得出的结论。我们之间有了一种超出普通同情力量的关系。他现在似乎愿意接受让自己毁灭的想法,为此,我感到既惊讶又高兴。因为已经没必要再用给他创造一位女性伴侣的承诺来欺骗他了。于是我回答说:“我可以试试,让我先研究一下,先做个试验。”(322)

这段话不仅说明了主人公和其创造物之间已开始和解与合作,而且说明创造物和人类一样充满智慧,而不是像在原著中一样是异类和邪恶的象征。最后,当弗兰肯斯坦认为对试验有把握时,创造物从容地找到弗兰肯斯坦并同意进行试验。他们在实验室里的对话,特别是创造物的话,可怜、可爱、真诚、感人,引人反思:

> “你来了。你希望怎样?”
>
> “你知道的。结束生命,忘记一切。”
>
> (……像个水手一样,他穿着一条短裤,一件棕色的夹克和一件衬衫,黄色的头发披在胸前,仍然赤着脚。可见他在河口的沼泽地生活得很艰苦。)
>
> “你还有什么话要对我说吗?”
>
> “我为自己犯下的罪感到痛苦。我希望结束这种痛苦。”
>
> (……他脱下衣服,躺在我指定的位置上。我用皮带固定住他的手腕和脚踝,他身上散发出一股污泥味。)
>
> “我身上有污泥味,”(他说,好像明白我的心思。)“我会很安静地躺着。你不用把我绑得太紧。”

……

（我只能到此为止。……过了一会儿，他来到我跟前，坐在我身边的椅子上，身上有皮肤被烧焦的味道，但我没有感到厌恶和鄙视。毕竟，我应对他负责。……)

“我死不了?”

……

“让我们一起面对我们的命运吧。”(349—351)

经过试验，弗兰肯斯坦没能将“创造物”杀死。于是他决定与创造物共同面对将来的一切，因此，“让我们一起面对我们的命运吧”这句话意味深长，令人深思。阿克罗伊德所设计的与原著不一样的结局使原著中复仇的主题得以转移，暗示出科技、理性与情感、责任同样重要，科学家不应从一个审美者渐渐变为一个审美感觉和人性缺失的“麻木者”，否则未来的人类世界将会变得冰冷而可怕。事实上，阿克罗伊德对未来人类社会提出过令人警醒的预言，如在《飞离地球》(*Escape from Earth*, 2003)中，他虽然赞颂人类在太空探索中所取得的惊人成就，但是，也不无担忧地说:“遥远的将来又会如何呢?”(129)因此，阿克罗伊德对这部作品的改编不仅暗示着作者的忧患意识，而且可使读者反思自问这些问题:科技的迅速发展会不会带来人类的异化?科技成果会不会真的能成为人们最终掌握的工具和方法?

名著改编被认为是一个重新创造的文化过程，是将名著加工并艺术化的过程，也是改编者表达个人意图的过程。阿克罗伊德的改编也是如此，因此，他没有简单重复过去的故事，而是从多种维度对原著进行本土化构建，使作品体现出明显的“英国性”,因为他相信“我们精神和文化生活中任何有价值的东西都源于我们自己的国土”(*Albion*, 458)。《维克多·弗兰肯斯坦的个案》既承袭了原作的精华,又有创造性发挥。阿克罗伊德以其对世界、对人生的生命体验,在依据实事的基础上,将主人公置于当时那个宗教、理性和想象之间正处于相互论争的时代背景之中,使整部作品具有了历史的厚重。同时,他又利用充分的想象填补了原作的空白,拓展了原著的时空维度和主题意蕴,讲述了一个更温情的英国式弗兰肯斯坦故事,使作品凸显出“诗”和“情感”的特性。

第三节　解构与重构:《克拉肯威尔故事集》

在改编经典的过程中,阿克罗伊德能以后现代视野凭借大胆想象和历史学素养在重构名著中挖掘并表征其所隐含的深层的英国历史、文化内容,这充分体现在作者根据乔叟的《坎特伯雷故事集》(*The Canterbury Tales*, 1387—1400)改编的《克拉肯威尔故事集》(*The Clerkenwell Tales*, 2003)中。

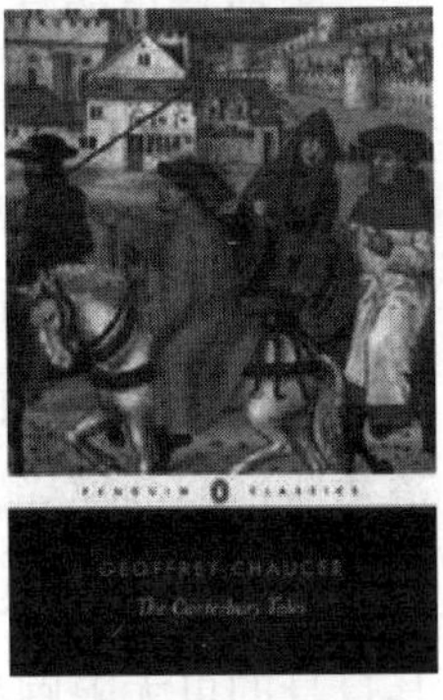

《克拉肯威尔故事集》属于“重写”或“颠覆式改编”,然而,阿克罗伊德保留了乔叟《坎特伯雷故事集》的框架和人物,因为他赞同布莱克的观点,认为“乔叟作品中的那些人物可以象征所有时代和民族的人”(Ackroyd, *The Clerkenwell Tales*, vii)。他虽然借用了乔叟的人物,但是他通过运用陌生

化手法,对原著作了较大改动,使两部作品在情节、人物塑造和主题等方面都形成一定张力,使被感知对象变得复杂而艰涩,与读者原有的阅读体验完全相反。因此,阿克罗伊德的改编不仅依附经典,而且为经典加入历史和时代元素,有利于经典的进一步传承与发展。

颠覆式改编主要分为两种形式:一种是翻案式的,即改编本也许还运用原著中的故事情节,但所阐释的意蕴会和原著截然相反;另一种是指改编本和原著的关系有时只限于人物的名字,而情节和命意都同原著相背离。阿克罗伊德的《克拉肯威尔故事集》体现出颠覆式改编的一些特征,具有较大的独立性,是一部极具原创性的改编,因为"通常正是那种不忠于原著的改编才是最具有原创性的改编"(Sanders, 20)。

需要指出的是,阿克罗伊德虽然采用的是"颠覆式改编",但他无意颠覆原文本,而是旨在以后现代视角通过运用陌生化手法对其进行拓展和深度挖掘。英国文艺评论家弗兰克·克默德(Frank Kermode, 1919—2010)曾说:"事实上,被我们看重并称之为经典的作品,只是这样一些作品,它们就像它们流传所证明的那样,复杂和不确定性足以给我们留出必要的多元性。"(马丁,209)阿克罗伊德也认为,名著的魅力就在于其自身的可无限阐释性。然而,阿克罗伊德反对那些毫无历史根据的阐释,对他而言,名著巨大的阐释空间并不意味着改编者可以随心所欲。例如,在评价当代一些学术研究时他曾明确表达过这一观点:

> 昨日的英雄可以变成今日的恶棍。昔日赫赫有名的大人物到后来可能被发现原来只是奸诈小人。例如,琼斯(Terry Jones)在《乔叟的骑士》中指出,乔叟的《坎特伯雷故事集》中的那个被视为高尚美德典范的骑士就是一个残酷的、不能令人信赖的雇佣兵,一个从事抢劫和杀人的 14 世纪青年而已。(Ackroyd, *Collection*, 68)

阿克罗伊德认为,在一个倡导多元文化的时代,这种与众不同的阐释不可避免,因为学术研究本来就应是开放和包容的。他赞成从多种视角对以前的作品进行多维阐释,然而,后来的阐释不应以推翻或解构以前的解读为旨归,而是应以丰富和深化原来的解读为导向。因此他说,如果琼斯把乔叟解读为一个愤世嫉俗和极尽讽刺挖苦之人的话,那么很可能导致对作品理解的简单化倾向,因为:

> “旧”乔叟无疑是一个充满悖论的诗人,创作过一首长诗,并将多种语言杂糅,如同一架钢琴上的音符。琼斯可以证明总序里描写的骑士是一个常见的雇佣兵,但这不一定就意味着乔叟在有意戏仿或讽刺。乔叟不是普劳图斯,也不是斯特拉奇。如果以此来看待他就会使其语言失去光彩而变成“现实主义”的呆板工具。(Ackroyd, *Collection*, 69)

阿克罗伊德不认为琼斯不可以对乔叟作品中的骑士形象做出独到解释,而是认为他不应该徒劳地证伪原来的骑士形象,这不是文学批评的应有态度。阿克罗伊德的观点是:“乔叟笔下的骑士既可能是品德高尚的,也可能是奸诈的;既可能是唯利是图的,也可能是勇敢侠义的。”(69)这样的观点看似平常却耐人寻味,因为它表明,不同的观点往往取决于不同的读者从何时、何地、以什么样的视角去解读一部作品。正如我国宋代张择端的《清明上河图》,它之所以能成为国宝并吸引着中外学者的原因就在于它可能有完全相反的解释。如果一个欣赏者单从构图布局和笔法上欣赏这幅画,那么它看起来是千岩竞秀,万壑争流,宫院巍峨,民屋纵横,男女百姓比肩接踵,整个画面之中日丽风和,淑气迎人。相反,如果一个欣赏者能走进那个时代,了解那个时代的社会背景,他可能不只是从笔力和结构上去欣赏这幅画,而会从一个整体的印象去把握画者的抱负与情操,会看出其他欣赏者难以看出的画中所隐藏的杀气。因为这幅画作于 12 世纪宋徽宗统治年间,此时正值宋金对峙时期,“靖康之变”之前,整个社会动荡不安。了解这些之后,一个能居安思危、防患于未然的欣赏者,很可能会把眼前的日丽风和与一团淑气看成瞬间即逝的海市蜃楼,会认为张择端要告诫世人的不是巍峨的宫院和纵横的民房,而是隐藏在背后的残垣断壁和烽火战乱。这两种截然相反的解读不应被认为非此即彼,而应是相互补充、相互丰富,同样,欣赏乔叟的《坎特伯雷故事集》也应如此。阿克罗伊德可谓一个既能把握作者的技巧又能了解作者用意的欣赏者,既能欣赏乔叟用巧妙的结构和细致的笔法所描写的欢快与和谐的画面,又能在深入了解作者时代背景的基础上,从后现代视野洞察作品中所暗示的阴谋和矛盾。因此,阿克罗伊德的改编与后现代一些对经典的毫无根据的无度阐释和戏说有根本区别。

经典往往是指“那些能够产生持久影响的伟大作品,它具有原创性、典范性和历史穿透性,并且包含着巨大的阐释空间”(黄曼君,150)。《坎特伯雷故事集》是乔叟对英国文学的巨大贡献,也标志着他自己毕生创作的顶峰,被认为是一座文学宝库,无疑是一部经典。作为经典,它代表了一个时代、一个民族的文化高度,凭借其丰富而深刻的内涵赢得了长久生命力,因此提供给人们的东西是丰富灵动和无比深刻的,阿克罗伊德的《克拉肯威尔故事集》可以充分证实这一点。

乔叟的《坎特伯雷故事集》与阿克罗伊德的《克拉肯威尔故事集》既有渊源关系又截然不同,一个是中世纪的经典诗篇,一个是后现代小说,虽然后者以前者为蓝本,但作者力图在最大限度内依据历史和想象再塑和重写经典。通过对两部作品的地点、主题、情节和人物的比较分析可以发现,二者在创作上既存在明显联系和承接,又表现出差异、疏离甚至颠覆。在改编过程中,阿克罗伊德既保持了乔叟作品的艺术魅力,又融入英国历史知识和作者本人的丰富想象,使改编作品在内容上与原作形成对照和互补,呈现出“英国性”的另一面。可以说,阿克罗伊德的《克拉肯威尔故事集》的最大魅力就在于它与原作之间的不同和张力。他之所以能做到这一点,是因为他具有独到的阐释能力和不凡的学识、胆识。首先,阿克罗伊德的改编表明,改编者对原著的阐释是文学作品改编的核心问题。改编者的艺术素养从根本上决定了改编者阐释空间的大小和改编本艺术成就的高下。一般而言,作品的阐释主要包括主观性和客观性两个方面,不同改编者的阐释方式和角度常常有明显差异,从而导致名著改编结果的巨大差异。西方当代解释学先驱海德格尔认为:

> 理解作为此在在世的基本方式,总是从人的既有之"此"(人生存的时间性和历史处境)出发的,这既有之"此"在理解中表现为"先行结构或先行之见长",因此理解是一种在时间中发生的历史性行为,不存在由客观解释学所设想的那种超越实践和历史的纯客观理解。(朱立元,272)

这就是说,任何读者对一部文学作品的阐释都不可避免地带有个人主观性的因素。因此,改编者对名著的改编往往是包含改编者个性色彩的改编。阿克罗伊德的改编也是如此,也彰显着他的个性色彩及其对原作的独到阐释。其次,好的改编还需要改编者具有一定的胆识。名著改编并不因有原著现成的艺术资源可以利用就成为一种相对简单的创造。事实上,在原著给改编者提供艺术形式的同时,也提出更多的限制和更高的要求,因为人们总会把改编本和原著进行比较,这对改编者的能力和胆识都是一种挑战。如魏明伦说:

> 凡是改编,都得再创造,但再创造的幅度或大或小,效果或好或坏,就要看原著情况怎样,改编者胆识如何了。无胆无识的改编,必是照搬原著,搬又搬不完,流汤滴水,反而遗漏精华。有胆无识的改编,不吃透原著的精神,为改而改,横涂竖抹,增删皆误。有识无胆的改编,明知因地制宜的道理,刚举大刀阔斧,复又慑于名著声望,不敢越过雷池。有胆有识的改编,熟谙原著得失,深知体裁之别,调动自家生活积累丰富原著,敢于再创造,善于再创造。(魏明伦,6)

从这段话可以看出，有胆有识的改编是敢于再创造、善于再创造的改编，而绝不是对原著的刻版重复或再现。据此标准，阿克罗伊德的《克拉肯威尔故事集》显然是一部当之无愧的有胆有识的改编，因为作者对原作既有结构上的继承，也有人物和内容上的颠覆、创新，还能运用自己的生活积累和知识丰富原著，因此，其主题的深刻性和复杂性都可与乔叟的原著相媲美。

在改编中，为了更好地达到陌生化效果，阿克罗伊德仍然借用乔叟《坎特伯雷故事集》的结构框架和人物。乔叟所运用的框架结构源于他对薄伽丘的《十日谈》的模仿。这种结构的优点在于能把众多的小故事纳入一个更大的故事之中，不仅可使所有故事形成一个有机整体，而且可以保持每个故事的独立和完整。阿克罗伊德很欣赏这种结构，因此他在改写本中将其保留下来，以便在每一章的叙事中能使用不同人物的视角，从而达到复线叙事的效果。阿克罗伊德对《坎特伯雷故事集》的人物和结构风格的保留使读者能自然地把两部作品联系起来，在重复中找到阅读的乐趣，"这种乐趣可以比作一个儿童听到同样的童谣或重复阅读一本书所感觉到的快乐。如同仪式一样，这种重复可以带来一种令人熟悉的舒适感，深解和自信"(Hutcheon, *A Theory of Adaptation*, 114)。同时，阿克罗伊德也保留了原作的人物，因为在他看来，这些人物不仅是乔叟时代的人物，而且可以被视作整个人类的象征，正如布莱克曾说："乔叟作品中的那些人物可以代表所有时代和所有民族的人：因为一个时代一旦结束，另一个时代就会开始，对于凡人来说是不同的，但对于不朽的上帝来说是一样的。"(Ackroyd, *Chaucer*, 157)这段话说明，不同时代的人在历史的长河中都是一个短暂的存在,相互不同,然而同样作为人类,他们又具有共同的人性。阿克罗伊德正是从乔叟作品中的人物身上看到了人的共性,因此才将他们移植在自己的作品中,用同样的人物叙述了不同的故事,从特定的历史时期中揭示出人类的普遍性。

然而,《克拉肯威尔故事集》这部作品的艺术和思想价值更多地体现在它与原著的差异方面。美国著名剧作家、音乐和电影编导特伦斯·麦克纳利(Tarrence McNally, 1939—)曾说"歌剧和音乐剧的成功在于如何重新使用熟悉的材料并使其更具活力"(McNally, 19)。哈琴认为麦克纳利的这一说法对任何一种改编都适用,"因为只专注于重复,仅能启发观众对改编做出保守的反应……真正的乐趣不在于重复,而在于以各种不同的方式去重新理解一个主题"(Hutcheon, *A Theory of Adaptation*, 115)。阿克罗伊德的作品虽然借用了乔叟的人物和故事结构框架,实现了改编中的"重复"给读者带来的期待视野,然而,他并没有满足于重复,而是在借助原著的历史背景下,通过运用陌生化、解构、重构等方法,传达出与原著不同的历史文化意蕴,挖掘出伦敦历史所暗藏的恐怖,揭示出原作轻松与友善的基调下所遮蔽的紧张和阴谋,拓展了原著的内涵,使两部作品之间形成一定的张力。具体而言,主要表现在语言、故事情节、人物塑造和主题方面。

改编有同一艺术形式内的改编和不同艺术形式之间的改编之分。如玛丽·雪莱的小说《弗兰肯斯坦》被改编成阿克罗伊德的小说《维克多·弗兰肯斯坦的个案》属于同一艺术形式内的改编。主流的改编往往是不同的艺术形式、不同的文体和不同的传媒形式等之间的改编。如《理智与情感》(*Sense and Sensibility*, 1811)、《苔丝》(*Tess of the d'Urbervilles*, 1891)、《飘》(*Gong with the Wind*, 1936)、《卖花女》(*Pygmalion*, 1912)等众多小说、戏剧被改编成影视作品都属于不同艺术形式之间的改编。从乔叟的诗歌《坎特伯雷故事集》到阿克罗伊德的小说《克拉肯威尔故事集》应被视为不同文体之间的改编,这种改编的关键问题之一就是文体转换。原著同改编本之间的艺术形式和文体转换虽然给有才华的改编者提供了自由施展才华的空间,但同时也意味着改编者应能熟练地穿插于不同艺术形式或文体之间,这要求改编者对相关的艺术形式或文体有足够的驾驭能力。缺少对原著艺术形式或文体的熟悉,将难以准确把握原著的精髓,对其作出恰当分析与合理取舍。同样,如果缺乏对改编本拟采用的艺术形式或文体的精通,也难以将原著的艺术成果充分利用和恰当发挥。此外,一位好的改编者还需要具有丰厚的生活积累和人生经验。阿克罗伊德的改编同样必须面对这些难题。

阿克罗伊德所解决的首要问题是要转换原著的语言和文体。乔叟的《坎特伯雷故事集》是英国文学史中第一部用英语写成的故事集,是英国民族文学的源头。然而,它采用的是古英语,并且在 24 个故事中,除《梅利比的故事》(*The Tales of Sir Thopas and Melibee*)和《牧师的故事》(*The Parson's Tale*)采用的是散文体以外,其余各篇都采用不同的诗体,例如有双行体、七行体、八行体等。要想将所有这些转换为当今的散文体难度可想而知,对任何作家都是一种挑战。实践证明,阿克罗伊德娴熟地将乔叟的古英语诗体改编成了他那富有魅力的当代散文体,这主要在于他集众多能力于一身,特别是他本人在诗歌、散文方面深厚的功底和修养。因此,改编后的作品行文流畅、优美、简洁、生动,更适合现代读者的阅读期待。

当然,阿克罗伊德的改编不只局限于语言和文体的转换,而主要在于其对原著故事情节和人物的创造性颠覆。在改编过程中,阿克罗伊德有意使被感知对象变得复杂而艰涩,使它和读者对原著的体验不一致,甚至完全相反,从而延长了读者体验对象的过程,维克多·什克洛夫斯基(Victor Shklovsky, 1893—1984)曾把这个感知过程称为"陌生化",他说:

> 艺术的存在就是为了使人能够恢复对生活的感知,为了让人感觉事物,使石头具有石头的质地。艺术的目的是传达事物的视觉感受,而不是提供事物的识别知识。艺术的技法是使事物"陌生化",使形式变得困难,加大感知的难度和长度,因为感知过程就是审美目的,必须把它延长。艺术是体验事物艺术性的途径,而事物本身并不重要。(朱刚,6)

"陌生化"强调由事物的新鲜感受引起的奇异感,其目的在于让读者去"感受"作品所描述的内容,而不是仅仅"了解"这些内容。"陌生化"效果最突出地表现在文学作品中,不仅可以发生在语言层面,还可以发生在如视角、背景、人物、情节、对话、语调等其他层面。阿克罗伊德的《克拉肯威尔故事集》通过在原著的情节和人物层面上运用"陌生化"手法,使作品有了新意,从而引起奇异感,便于引领读者探讨新的主题。

乔叟的《坎特伯雷故事集》包括一个 858 行的"总引",各故事前的小引、开场语和收场语等共 2350 多行,此外便是朝圣者讲的各种类型的故事24篇。《坎特伯雷故事集》主要讲述30位朝圣客从英国各地来到伦敦南岸萨得克的泰巴客店，然后结伴到圣·托马斯·贝克特(St. Thomas a Becket, 1120—1170)圣地坎特伯雷朝圣的故事，伴随这一旅程的是他们讲的24个故事。这些朝圣客来自社会各阶层，每人都可以根据自己的兴趣讲故事，因此故事类型各种各样，涉及范围极广。整体来讲，乔叟的作品读起来轻松、欢快、生动、有趣，有幽默，有讽刺，具有很强的戏剧性。例如，在故事的开篇有这样的描写:“当四月的甘霖渗透了三月枯竭的根须，沐濯了丝丝茎络，触动了生机，使枝头涌现出花蕾；当和风吹香，使得山林莽原遍吐着嫩条新嫩芽，青春的太阳已转过半边白羊座，小鸟唱起曲调，通宵睁开睡眼，是自然拨弄着它们的心弦。”(乔叟，1)作者对春天甘霖、花蕾、和风、小鸟等景色的描写暗示出整个作品的创作基调:轻松、明快。

然而，《克拉肯威尔故事集》阴郁的风格和恐怖的情节与原著明快的基调和幽默风趣的故事形成鲜明对照。阿克罗伊德在作品中描绘的是一个混乱而令人恐怖的伦敦，因为他描写的时代正值亨利四世(Henry Ⅳ)在密谋篡夺理查二世(Richard Ⅱ)的王位。小说中写到，在1399年2月，当英王宝座背后的真正当权者——亨利的父亲刚特的约翰去世后，亨利被流放到法国。一个来自克拉肯玛丽修道院的名叫克拉丽斯(Sister Clarice)的疯修女因预言死亡、末日、毁灭而使伦敦处于混乱和恐怖的氛围中。当理查二世前往爱尔兰平息骚乱时，亨利趁此机会回到英格兰，并集结军队逐渐向南推进，最后将理查控制住并俘虏。同年10月，议会提议亨利为国王，自此，兰开斯特王朝在英国建立，并最终导致天主教在英国的彻底崩溃。在阿克罗伊德的小说中,叙事线索主要聚焦于代表理查和亨利的两个对立派别:先知派(the Foreknown)和上帝派(Dominus)。先知派声称自己是上帝选民,反对现有的宗教,期待第二个基督的降临,并决定"对圣地连续制造五起恐怖事件,以加速末日的到来"(Ackroyd, *The Clerkenwell Tales*, 38)。他们之所以设计5次纵火事件,是因为5是一个与基督身上的5处伤有关的具有神秘意义的数字,因此在每个发生恐怖事件的现场都能发现一个5连环符号。先知派通过制造一系列纵火案达到他们预期的目的,使伦敦充斥着恐怖与混乱,但他们并不知道另有一个秘密组织一直在支配着他们的一切行动。小说中的威廉·伊克斯密(William Exmewe)实际上是一个"双重间谍"(Lewis, 129),除了操纵先知派之外,他还为"上帝派"的秘密组织服务,其成员主要包括一些上层特权人物,如骑士、教士、高级律师等,这些人都想推翻理查二世的统治,并在远处暗中操纵伦敦爆炸事件,因为理查二世为资助爱尔兰远征曾向他们征收过重税。这一派希望通过先知派对教会攻击所造成的混乱来增加民众对亨利上台的支持率。小说中还提到有一个名叫刚特的医生发现了这些阴谋,由于他不小心将其透露给两个不同派别的成员,即牧师和高级律师,结果被秘密杀死。在小说的结尾,亨利四世被成功加冕后,一个更大的秘密被揭开,原来散布恐怖预言的年轻女尼克拉丽斯控制着所有秘密组织。可见,阿克罗伊德的故事充满阴谋和谋杀,与原著的内容形成鲜明对比。

Richard Ⅱ Portrait at Westminster Abbey, mid-1390s

16th century imaginary painting of Henry Ⅳ, National Portrait Gallery, London

在《克拉肯威尔故事集》中,人物形象的塑造也与原著中的人物形象形成鲜明反差,乔叟笔下的一些人物形象几乎被彻底颠覆,如骑士(The Knight)、巴斯婆(The Wife of Bath)、赦罪僧(The Pardoner)、教会法庭差役(The summoner)和牛津学者(The Clerk)等。在乔叟的作品中,骑士是骑士精神的象征和骑士阶层的完美典范,例如,乔叟在《坎特伯雷故事集》的总引中写道:

> 有一个骑士,是一个高贵的人物,自从他乘骑出行以来,始终酷爱武士精神,以忠实为上,推崇正义,通晓礼仪。为他的主子作战,他十分英勇,参加过许多次战役,行迹比谁都辽远,不论是在基督教国家境内或在异教区域,到处受人尊敬。(乔叟,2)

然而在《克拉肯威尔故事集》中,这个在乔叟作品中最受人尊敬的骑士却变成一个政治阴谋家。阿克罗伊德写道:

> 这是一个高层会议,但奇怪的是,骑士而不是助理执行官在主持会议。……这些人被称为"上帝派",他们在18个月前曾秘密聚会,目的是密谋废黜理查二世。这个秘密组织中有著名的神职人员、议员和伦敦的一些显要人物,如助理执行官和两位杰出的市议员。骑士本人被国王理查二世任命为沃灵福德和切尔吞领地的治安官,是一个有年薪的挂名好差事。但现在由于国王的干涉,他们的土地和财富都失去保障,因为理查要征收新税,并找借口没收财产,所以他们愿意冒一切危险废黜他,也正是他们同意资助亨利入侵的原因。……骑士接着说:"将会有更多的火灾和破坏。亨利将返回英国并召见一个伟大的主人。如果亨利可以击败理查,他肯定会被视作教会的救主……同时我们必须稳如磐石,你们不必知道我们的全部计划,不用知道我们在做什么,但要知道我们不应该做什么。"(Ackroyd, 73—75)

在此,骑士成为一个操纵秘密组织的领导者和伦敦教堂纵火案密谋者之一。

在阿克罗伊德的笔下,教会法庭差役和赦罪僧也与乔叟作品中的人物形象截然不同。乔叟对他们这样描述:

> 和我们一起的还有一个教会法庭差役,火一样红的天使般的脸,长了满头脓疱,眼睛只剩下两条线,黑眉上

> 生了很多痂,稀朗朗几根胡须,他热情,好色,好似一只麻雀。小孩们看到他的脸就害怕。……他是一个好心眼的痞子,我从未见过一个更温良的人;只要有了一大杯酒,他就可能装聋作哑让这位朋友蓄娼一年,满不在意,而同时他自己也好照样去偷鸟儿……同他在一起骑行的有一个赦罪僧,是伦敦查令十字寺庵的一员,这次才从罗马教廷回来。他和法役两人是至好朋友。赦罪僧高唱,“这里来,心爱,到我这里来”,而法庭差役以坚强的低音伴唱着,喇叭也吹不到他俩一半的响声。……赦罪僧的口袋里有一个枕套,他说是圣母的面巾,还有一小块船帆,他说是圣彼得在海面行走被耶稣基督擒住并救助的时候所用。他有一个黄铜十字架,上面嵌着许多假宝石;在一只玻璃杯里他装了许多猪骨头。他带着这些宝贝,往往在乡间碰到穷牧师,就施展起他的伎俩,一日之间,他所搜集的钱币,可以超过那穷牧师两个月的所得。他甜言蜜语,欺诈诡谲,牧师乡民,哪个不上当。(乔叟,13—14)

在乔叟的作品中,由于虚伪和贪婪,教会法庭差役和赦罪僧是常常遭人唾骂的朝圣者和神职人员。

在《克拉肯威尔故事集》中,教会法庭差役和赦罪僧的形象被彻底颠覆。阿克罗伊德以同情和欣赏的眼光描述他们,说他们都是有同情心、有正义感的人。例如,教会法庭差役好心地向医生透露一些重要信息,告诉医生在祈祷室附近和圣·保罗发现的“奇怪的五环图案”的谣言,并提醒他伦敦暗藏的阴谋。同样,赦罪僧出售赎罪券被公民看作有价值的事业,而不是作为教会贪婪的例子被责骂。他还好心提醒冈特医生说:“冈特医生,在这个城市里有一些帮派和组织,他们深藏不露,伪装得很巧妙,白天看起来像是诚实的公民。这个世界太复杂了。”(Ackroyd, 118)后来,当无意中听到修士和教士之间的谈话,了解到他们在密谋杀害医生和高级律师时,他感叹道:“耶路撒冷啊!耶路撒冷!哪里有同情?哪里有谦恭?”(181)

另外,阿克罗伊德笔下的巴斯婆形象也被解构。在乔叟的作品中,她被认为是一个坚定的女权主义者,竭力捍卫女性在婚姻生活中的平等权利和地位。如乔叟写道:“她一脸傲态,皮肤洁净红润。她一生煞有作为,在教堂门口嫁过五个丈夫,年轻时其他有交往的人不计在内。……她足迹遍及各地,扩大了见闻。”(乔叟,10)这样一位女性形象在阿克罗伊德的小说中却被描写成妓院的老鸨:

> 爱丽丝女士,也就是人们所熟知的巴斯婆,是这个城市最臭名昭著的老鸨。她经营了一家叫“破损的小提琴”(Broken Fiddle)的酒馆,然而由于其所经营的行业性质,人人都称其为“破损的小姑娘”(Broken Filly)。……尽管受到过各种惩罚,如被游街示众,但是多年来爱丽丝女士依然从事她的行业。近来,她只被获准在市外经营。无论如何,她现在掌握着太多的秘密以至于没法对她提起公诉。据说,如果她说出自己所知道的一切,修道院和修女院就会被清空。(Ackroyd, *The Clerkenwell Tales*, 141)

从这一段描写中可以看出,这个无视女性地位和尊严的巴斯婆是对乔叟笔下的那个主张维护女性地位和权力的巴斯婆形象的颠覆。

阿克罗伊德对这些人物的颠覆使人们在阅读《克拉肯威尔故事集》时会因乔叟式原型记忆而干扰对作品中相应人物的理解,并不由自主地将他们和原作中的人物对照,这是作者有意为之,旨在达到陌生化效果,描述一个与乔叟笔下所营造的那个轻松、快乐的社会氛围相对照的紧张、黑暗的中世纪社会,从而达到与原作之间在情节、人物、基调和主题等方面都形成一种张力,拓展了原著的阐释空间。

库切曾说:“在每一个故事中,都有缄默,有视觉隐蔽,有些未说出的话。”(Coetzee, 141)对比《坎特伯雷故事集》和《克拉肯威尔故事集》两部作品可以发现,阿克罗伊德的小说虽然以乔叟笔下的朝圣者所生活的中世纪为背景,但是他讲述了与原著完全不一样的故事,说出了原故事中“未说出的话”,揭示出原著中被隐蔽的历史事件,因此,阿克罗伊德所渲染的政治阴谋、宗教狂热、恐怖主义主题与乔叟笔下所描写的那个轻松、幽默的朝圣之旅形成鲜明对比。然而,作者的这种后现代改编并不是旨在颠覆原著,而是“旨在改变我们对已经在西方文化中形成经典的权威叙事的阅读……使我们意识到有不同的创作和观察故事的方法”(Zipes, 157)。据此,阿克罗伊德的改编在证明经典文本具有跨文化和跨时空的流动性时,开启而不是关闭了经典流动的可能性,提供的“不只是复原而是变化”(157)。

在《克拉肯威尔故事集》中,阿克罗伊德同样表现出对地方的重视。他将故事背景定位在伦敦的克拉肯威尔并以其作为小说的题目有特殊用意,因为它具有重要的象征意义,承载着特殊的文化内涵。阿克罗伊德借助一系列历史事件梳理出克拉肯威尔在历史上曾是一个臭名昭著的地方,是各种各样宗教和政治异端分子的聚集地。例如他指出,连接女修道院和附近的圣·约翰修道院之间的地道因僧侣同尼姑之间的私通关系享有"淫乱的名声"(Ackroyd, *Clerkenwell Tales*, 4),年轻女尼克拉丽斯就是尼姑艾莉森(Alison)和僧侣奥斯瓦尔德(Oswald)私通的结果。在克拉丽斯出生的同年,即1381年,泰勒的军队攻击并烧毁了圣·约翰修道院,修道院院长就在克拉肯威尔被斩首。显然,阿克罗伊德旨在揭示出克拉肯威尔是伦敦一个具有黑暗和邪恶传统的地方,是阴谋和邪恶的象征。为了更好地突出伦敦的典型特色,在改编中,阿克罗伊德还通过对不同气味的描写和使用中世纪语言生动地重现了中世纪伦敦的生活氛围。如"史密斯菲尔德屠宰动物的气味"(18),"沃特林街头乞丐的臭味"(115),以及更令人愉快的香味,如饭馆中那些"鲈鱼,韭菜,豆类,绿色无花果和白菜的味道"(148)。同时,阿克罗伊德通过使用英国中世纪伦敦语言的风格使其对伦敦的描写更逼真,如叫醒某人时要说的"Torolly-lolly",请人拦截被追赶的人时要喊的"Give good knocks!",结束一个陈述时要说"quoth Hendyng"等都是典型的中世纪伦敦用语,这些词汇的运用使小说中描写的历史时刻更加生动可信。

不难看出,《克拉肯威尔故事集》既保持了乔叟作品的艺术魅力,又融入了英国历史知识和作者的想象,揭示出乔叟时代英国历史的另一面。阿克罗伊德能按照自己的理解对材料进行重释,知道如何为其作品灌输新鲜内容,因为他明白,"一部文学作品,如果仅仅受到大众欢迎,而实际上并没有包含任何新的内容，这样的作品的新颖性不久就会消失：这是因为后一代的读者宁愿读具有独创性的作品，而不愿读模仿它的作品，当二者都已成为历史上的陈迹时，尤其是如此"（艾略特，263）。因此，阿克罗伊德的改编不只是把前人的作品翻新，也没有停留在单纯的故事层面上，而是通过"对照"、"陌生化"等手法，把大量来源不同的材料组成新的艺术整体，挖掘出更深刻、更复杂的伦敦历史，揭示出中世纪英国社会的宫廷阴谋与背叛，丰富和深化了原作的历史与文化底蕴。事实上，在阿克罗伊德的作品中，始终贯穿着一个 21 世纪观察者对过去的审视和深思，因为作者能以后现代视野挖掘出新的主题，绘制出另一幅能表现时代风貌的现实主义图画。阿克罗伊德对改编的大胆尝试，不仅为改编艺术提供了重要的参考和借鉴，而且让人们在改编中看到"重述"和"重建"的可能性与重要性，从而获得知识和审美上的愉悦。

哈琴说，"改编作品本身也必须是一部完整的作品"（Hutcheon，*A Theory of Adaptation*，127）。在哈琴看来，改编作品往往会面对两种读者：其一，了解原著的读者；其二，没有读过原著的读者。对于不了解原著的读者来说，改编作品本身的完整与否至关重要，如果过于依附原著，不仅会给读者带来阅读上的困难，而且有时会使他们失去兴趣。阿克罗伊德的《克拉肯威尔故事集》是一部独立性较强的作品，了解和不了解原著的读者都可以把其作为一部独立的作品来阅读，并可给读者带来第一次阅读一部作品的新鲜体验。对于了解原著的读者来说，《克拉肯威尔故事集》所产生的"陌生化"效果不仅会使读者获得新鲜感和阅读兴趣，而且可以使他们从两部作品的比较中发现作品之间的异同，对两部作品进行重新思考。正如哈琴所说:“像经典的模仿一样,改编为读者理解作品之间的相互影响和文本的互文性效应增添了知识和审美的愉悦。改编和被改编的作品在读者对其复杂关系的理解中融合。”(117)

改编本与原著的关系往往是一种“主体间性”的“间性互动”的关系,是一种互为文本的再创造关系。《克拉肯威尔故事集》也是一次明显的再创作,想象丰富、构思新奇、挖掘较深,寄寓着作者对英国中世纪历史文化的深刻认识与思考,实现了对原著的现代性重写,升华了原著,具有经典性和示范性。

概而言之,在《亚瑟王之死》、《维克多·弗兰肯斯坦的个案》和《克拉肯威尔故事集》三部改编作品中,阿克罗伊德通过“忠实性原则”、“疏离式改编”和“颠覆式改编”等策略对英国文化传统进行了自觉再现、构建和挖掘。哈琴曾说,改编者可以根据不同的目的将一部著作进行“本土化”(indigenization)改编,即改编成适合本土或本民族文化需要的作品,例如“莎士比亚的作品所承载的文化力量可以被英国人以弘扬爱国主义和民族文化为旨归进行改编。但对于美国人、澳大利亚人、新西兰人、印度人、南非人或加拿大人来说,那种文化力量在被转换成新的作品之前必须被改编成不同的历史语境”(151)。阿克罗伊德在三部作品中都作了不同程度的“英国化”或“本土化”改编,使作品更具有英国文化意蕴。当然,作者强调的并不是狭隘的“英国性”,对此,他曾明确说明:

> 我不想采用某种小英格兰立场的文学形式,对我来说,没有比上世纪50和60年代的英语诗歌和小说在法

> 国文学的创新和美国文学的活力面前选择保守和狭隘更令人沮丧了,我希望表达更宏大的目标,我想追溯的是贯穿英国文学传统的连续性。(Ackroyd, *Collection*, 330—331)

显然,作者的目标更远大、更开放,他想梳理的是英国文化源远流长的历史和文脉。事实上,通过书写历史,他发现了许多惊人的可以表征“英国性”的连续性,例如,他说:

> 在英国文化中有许多惊人的连续性,如从过去的两千年中英国诗歌的头韵到普通英国人房子的形状和大小。但最主要的联系都与地方有重要关系,因为一个地方往往影响在其中居住的人,如伦敦就是典型的例子。但“地方性”也可以用来指“民族性”。英国作家和艺术家,英国作曲家和民间歌手都有“地方感”,因此他们之间所形成的传统往往使得一个地方变得神圣。传统的力量无疑还可以在其他地方和国家发现,但在英国,传统与地方是密切联系在一起的。(Ackroyd, *Albion*, 464)

因此,通过地方或伦敦历史传统表征“英国性”是阿克罗伊德所有作品的共同特征。

阿克罗伊德的改编对于改编理论和实践以及英国文学改编传统的延续都具有重要意义。一方面,他通过创作实践证明改编作品也是创造,不是派生或二流的作品,因为它同样彰显着作者的创作才华。如果说哈琴和桑德斯在改编理论方面有突出贡献的话,那么可以说,在改编实践方面,阿克罗伊德的贡献最突出。另一方面,阿克罗伊德的改编有助于英国文学改编传统在当下的延续。桑德斯认为:“改编既需要经典,也可以使经典长存。”(Sanders, 8)德里克·阿特里奇(Derek Attridge, 1945—)也曾说“任何经典的不朽都在一定程度上依赖于后人对前人的提及”(Attridge, 169)。在阿特里奇看来,经典的文本之所以经典,不是在于文本的固定形式,而是在于它的价值和意义的无限生成,因此每一代人都有义务去传承经典,而改编也是延续传统的一种方式。鉴于此,可以说,阿克罗伊德通过改编完成了传承经典的义务,给经典注入了时代元素,从而使经典在流动和不断兼容的过程中得以继续延续。他用创作实践证明,经典在流动中既有传统经典的焕发活力,也有新经典的成长,因此,他的改编是经典的延续与延续的经典。在他的作品中,过去通过艺术形式复现,现在则同样通过艺术形式与历史联系在一起,因此,他的作品既拥有当代读者的现实经验意义,又具有传统文化的精华,是古典美和现代思想的有机融合。同时,阿克罗伊德的改编作品还具有经典作品所特有的恢宏气势,展示出历史的连贯与宏大,从一己之感传达出人类历史的普遍经验,体现出丰沛的历史意识。他没有像有些后现代改编者那样,仅仅满足于戏说、调侃和解构,他明白,仅仅追求语言和情感的狂欢与宣泄是肤浅的做法。作为一位严肃作家,他不仅忠实于自己独特的艺术个性、艺术风格和艺术气质,而且能站在民族文化的高度,懂得沐浴在文学史的长河中,尽力吸取传统的营养,将人类文化优秀成果和前人作品的精华化为自己作品的元素,使作品既渗透着经典作品所特有的恒久魅力和价值,又闪耀着作者本人的智慧和思考,因此,阿克罗伊德是一位沉浸在前辈作家之中,但仍然保持着自己个性的作家。他善于挖掘出经典名著中能引起当代人共鸣的元素,体现出作者穿越文化的能力和动态的历史观。

阿克罗伊德发现,最杰出、最具独创性的作家往往向别人学习和借用最多。如乔叟、莎士比亚、斯宾塞、弥尔顿、狄更斯等都是如此。桑德斯发现,“改编永远在进行”(Sanders, 24)。的确如此,从整个英国文学史来看,经典改编是一个历史的问题,是文学史和艺术史上的一个永恒现象。因此,阿克罗伊德对经典的改编、改写、重写这一创作行为本身也是对前辈作家所开创的“英国性”的创造性继承和发展。

阿克罗伊德的改编作品证明,传统不是按系谱学的方式理解为一种消极的传递过程或者后一代作家对前一代作家的“胆怯的遵循”(timid adherence)。相反,现存的艺术经典构成的理想的文学秩序并不是一成不变的,“这个秩序由于新的作品被介绍进来而发生变化”(Eliot, 33),并且新作品的加入也会重新阐释和修正它先前的文学传统。因此,阿克罗伊德的改编不仅依附于传统和以前的作品,而且在一定程度上改变了以前的作品,实现了对传统的创造性继承。阿克罗伊德对改编文本的选择具有一定的代表性,它们不仅承载着自己时代的精神,也蕴含着英国文化的精髓和人类共同关心的问题,因此,他认为,值得不同时代的人不断重读。

第三章 | 历史小说:“英国性”反思

阿克罗伊德对“英国性”的关注和思考还见于其十多部历史小说中。在小说创作领域阿克罗伊德同样取得重要成就,不愧有“历史小说大师”的称号。阿克罗伊德对历史小说有独到见解,例如,他在评论麦克尔·摩考克(Michael Moorcock, 1939—)的历史小说《迦太基的笑声》(*The Laughter of Carthage*, 1984)时曾说:“摩考克有历史想象的天才,我指的是他有本能地创造或重现过去的天赋,而不是诉诸多数历史小说家所通常使用的手段。摩考克之所以能洞察过去,是因为他能明察现在,他书写过去时,同时也在书写现在。”(Ackroyd, *Collection*, 161)这也是阿克罗伊德的创作理念。

在历史小说中,阿克罗伊德再一次将目光锁定在伦敦,把他对伦敦历史的思考和情感编织到故事中,并转化成对“英国性”的反思。通过历史书写,他挖掘出一种根深蒂固的英国文化传统,一种连接过去、现在和未来的神秘力量,体现出作者构建本民族叙事的决心。通过描写几位典型的英国文化人物的人生经历,阿克罗伊德探讨了“英国性”的“构建性”、“双面性”和“杂糅性”等复杂内涵,并指出“英国性”不是单一性、排他性和纯粹性,而是融合性、包容性和流动性,是“一个常鲜、常新的喷泉”(Ackroyd, *Albion*, xxvii)。阿克罗伊德在历史小说中对“英国性”的审视与反思使英国人可以真切地感受到自己民族的历史,他对“英国性”的开放性阐释为后人留下更多的阐释空间,有利于其内涵的不断丰富和发展。

在后现代语境下,文学创作的一个突出特点是崇尚个性和创作风格的自由,追求多种叙述的可能性,因此,出现了众多解构传统叙事的作品。置身后现代语境中,阿克罗伊德没有被这种颠覆传统的思潮所淹没,也没有像新历史主义者那样给历史祛魅,而是凭借其深厚的文学和历史功底,追溯历史、反思历史,并为其注入新时代元素,将过去与现在融合。阿克罗伊德始终坚持独立的文学品格和个性,写出一部部具有历史深度和生活厚度的作品,并结合对“英国性”的探索传达出对全人类的关注与思考。阿克罗伊德的历史小说是对历史题材的深度艺术加工,富有现代性的审美意蕴,彰显了历史小说的美学魅力,引领了英国当代历史小说的创作风潮。

历史小说有丰富的内涵和外延。《简明文学术语词典》对历史小说的解释是“对历史人物和历史事件进行想象性重构”(Shaw, 133)。乔治·卢卡奇(George Lukacs, 1885—1971)认为,历史小说需以“典型事件表现典型人物”(Lukacs, 1983)。日本作家菊池宽对历史小说的定义是“将历史上有名的事件或人物作为题材的那种小说”(菊池宽,2)。郁达夫曾说:“现在所说的历史小说,是指由我们一般所承认的历史中取出题材来,以历史上著名的历史人物和事件为骨干,再配以历史背景的一类小说而言。”(郁达夫,283)王守仁指出:“历史小说是指取材于历史的小说……作为一种叙述文本,历史小说中历史与文学虚构共存。历史小说以历史为根据,表现历史人物和事件。另一方面,作家拥有合理'想象'的权利,可以进行虚构。"(王守仁,《论格雷夫斯的小说和诗歌创作》,28)马振方认为:"它是以真实历史人事为骨干题材的拟实小说"(马振方,118),"千差万别的小说形态实际只有两大类:现实性的拟实类和超现实的表意类。历史小说无论有多少虚构成分,也是以模拟历史现实的形态出现的,属前一类"(117)。综合以上学者对历史小说的各种定义,可以得出如下结论:历史小说是指以反映历史人物和事件为核心的小说,一般以史有所载的人物和事件为题材,但也可以虚构人物和事件,拟实是历史小说的基本形态,但有时也会有超现实表意成分。阿克罗伊德的历史小说是典型的历史与虚构、拟实与表意的结合。

历史小说在中西方文学中都占有重要的地位,且源远流长。人们往往把历史小说分为三个时期,即传统历史小说、现代主义历史小说和后现代主义历史小说。在西方,批评界一致认为严格意义上的历史小说出现在19世纪初,由被称为"西欧历史小说之父"(侯维瑞,457)的英国作家沃尔特·司各特(Walter Scott, 1771—1832)开创,其《威弗利》(*Waverley*, 1814)的出版标志着历史小说的诞生。司各特是第一个在小说里以令人信服、细腻的笔触来再现历史氛围的作家,他的历史传奇小说中的现实主义元素显示出从浪漫主义过渡到现实主义的迹象,在当时就取得巨大成功,影响了所有欧洲国家和美国的文学,因此从19世纪后半叶到20世纪初,欧洲许多作家开始把创作热情倾注于历史小说。如亚历山大·普希金(Alexander Pushkin, 1799—1837)的中篇历史小说《上尉的女儿》(*The Captain's Daughter*, 1836)、列夫·托尔斯泰

(Leo Tolstoy, 1828—1910)的长篇历史小说《战争与和平》(*War and Peace*, 1863—1869)、维克多·雨果(Victor Hugo, 1802—1885)的《九三年》(*Ninety-Three*,1873)、获得诺贝尔文学奖的波兰作家亨利克·显克微支(Henryk Sienkiewicz, 1846—1916)的《十字军骑士》(*The Knights of the Cross*,1900),以及英国的历史小说如萨克雷的《亨利·埃斯蒙德》(*The History of Henry Esmond*,1852)和狄更斯的《巴纳比·拉奇》(*Barnaby Rudge*, 1841)、《双城记》(*A Tale of Two Cities*, 1859)等都是这一时期的重要历史小说。一般认为,以司各特为代表的传统历史小说主要有三个特点:

> 第一,它们尊重已经被认可的历史人物和事件,为了避免与历史记录发生冲突,这些历史小说倾向于聚焦那些史学家没有注意到或者史学界没有定评的人物和事件,这样可以运用想象力来比较自由地填充空间。第二,不管是表现普通的人类生存境遇还是特定的历史时代,它们都竭力避免时间的错位,不会出现莎士比亚在《尤利乌斯·恺撒》中让恺撒看墙上的闹钟这样的错误。第三,它们注重内容的逼真性和现实性,力图模仿历史,也就是说这类小说在本质上都是现实主义的。(高继海,2)

这一时期的历史小说大都延续了司各特所开创的表现出“历史意识”的历史小说模式,即以历史为背景,通过描写历史事件或塑造某一时期的历史人物来展示时代精神和风貌,因此它们多为传统的现实主义历史小说。

进入20世纪前半叶,英国涌现出一些重要的现代主义历史小说。代表作品主要有福特·马多克斯·福特(Ford Madox Ford, 1873—1939)的三部曲包括《第五个王后》(*Fifth Queen*, 1906)、《御玺》(*Privy Seal*, 1907)和《第五个王后的加冕》(*Fifth Queen Crowned*, 1908),以及罗伯特·格雷夫斯(Robert Ranke Graves, 1895—1985)的《我,克劳迪斯》(*I, Claudius*,1934)和《克劳迪斯神和他的妻子梅萨利纳》(*Claudius the God and His Wife Messalina*, 1934)和《贝利萨里乌斯伯爵》(*Count Belisarius*, 1938)等。此外还有艾尔弗雷德·杜根(Alfred Duggan, 1903—1964)的《待赎的夫人》(*The Lady for Ransom*, 1950)、《小皇帝》(*The Little Emperors*, 1951)、《豹与百合花》(*Leopards and Lilies*, 1954)、《魑魅魍魉》(*Devil's Brood*, 1957)和《杰弗里勋爵的幻想》(*Lord Geoffrey's Fancy*, 1962)等,这些小说都以丰富翔实的历史资料著称。希尔达·普雷斯考特(Hilda F. M. Prescott, 1896—1972)也创作了一些历史小说,如《骑驴的人》(*The Man on a Donkey*, 1952)、《悠闲的追逐》(*The Unhurrying Chase*, 1925)、《失败的战斗》(*The Lost Fight*, 1928)和《泥土之子》(*Son of Dust*, 1932)等。同时,维朗妮卡·韦奇伍德(Veronica Wedgwood, 1910—1997)的《国王的和平》(*The King's Peace*, 1955)和《国王的战争》(*The King's War*, 1958),杰克·林赛(Jack Lindsay, 1900—1990)的《罗马出售》(*Rome for Sale*, 1934)、《恺撒之死》(*Caesar Is Dead*, 1934)、《1649年,一年的历史》(1649, *A Novel of a Year*, 1938)、《我们会回来》(*We Shall Return*, 1941)和《被出卖的春天》(*Betrayed Spring*, 1953)等都是这一时期的现代主义历史小说。以格雷夫斯等为代表的现代历史小说有以下特点:

> 第一,在历史时期的选择方面,现代历史小说并不追忆昔日的荣耀,而是热衷于表现充满社会动荡和文化变革的时代。第二,瓦尔特·司各特式的历史传奇小说充满英雄气概和浪漫气氛,给历史抹上一层英勇的色彩。从格雷夫斯起的现代历史小说舍弃了这种历史观念,它用现实主义眼光把历史人物看作与现代普通人一样有奋斗、有失败、有高兴、有痛苦的人。第三,现代小说以丰富的历史知识为基础,而不任意编造历史。第四,以格雷夫斯作品为始的真正的历史小说,总是尽量使人物的思想保持历史和时代的本来面目。(侯维瑞,482)

像瓦尔特·司各特的同类作品一样,现代主义历史小说既有历史事实的依据,也有虚构幻想的成分,只是在不同作品中侧重面有所不同。

到了20世纪后期,“重构历史”成为小说创作的一大趋势,与这一时期社会和文化转型息息相关的西方后现代主义历史小说或哈琴所说的“历史编纂元小说”大量涌现,带来历史小说的又一次繁荣。例如,约翰·福尔斯(John Fowles, 1926—2005)的《法国中尉的女人》(*The French Lieutenant's Woman*, 1969)、萨尔曼·拉什迪(Salman Rushdie, 1947—　)的《午夜之子》(*Midnight's Children*, 1981)、安吉拉·卡特(Angela Carter, 1940—1992)的《瀑布河城的斧头凶杀案》(*The Fall River Axe Murders*, 1981)和《丽兹的老虎》(*Lizzie's Tiger*, 1981)、朱利安·巴恩斯(Julian Barnes, 1946—　)的《福楼拜的鹦鹉》(*Flaubert's Parrot*, 1984)和安东尼娅·苏珊·拜厄特(Antonia Susan Byatt, 1936—　)的《占有:一个浪漫故事》(*Possession: A Romance*, 1990)等都被认为是后现代主义历史小说中的佼佼者。在这一时期，随着人们对“历史”认识的不断深化，历史小说的创作思想和表现手法也发生明显变化。这些历史小说大都在后现代语境下构建历史，试图模糊历史与虚构之间的界线，与传统历史小说有根本区别，因此，这类小说有时被称为“反历史实事小说”，因为它们往往设计尽可能多的历史版本，虚拟被官方意识形态淹没的历史。人们对后现代主义历史小说的定义众说纷纭，但总体来讲，它们具有如下一些共同特征：一是题材更加丰富多样。如性、犯罪、同性恋等题材被融入创作之中。二是借鉴了后现代主义文学的多种技巧。如拼贴、戏仿、反讽等新颖的创作手法。三是反历史事实，对历史实事做出相反的假设，让小说参与对历史的构建。这些表明，后现代主义历史小说的创作模式已超越传统历史小说的“反映论”(李维屏，89)。当然，这些特征不能涵盖所有的后现代作品，事实上，在创过程中，虽然同样处于后现代语境中，但是在回归历史、书写历史时，不同作家的创作旨归和方法也不尽相同，阿克罗伊德便是一个典型的例子，在历史小说创作方面与同时代作家有明显差别，表现出明显的独特性。

阿克罗伊德对传统历史小说、现代历史小说、后现代历史小说的优势和局限性都有清醒的认识。在他看来，传统历史小说对时代风貌和英雄人物的描写有时趋于类型化、程式化，未能摆脱“英雄美人”的俗套，影响了作品的艺术性价值，而后现代历史小说满足于从历史书籍的字里行间捕捉人物或事件，有时甚至脱离历史事实进行任意杜撰，刻意标新立异，从而失去历史小说的味道。作为一位尊重传统，具有强烈历史意识的作家，阿克罗伊德没有采用过多新奇的后现代艺术方法，而是善于将传统历史小说，现代历史小说和后现代历史小说创作技巧融合，取各家之长来丰富自己的创作。一方面，阿克罗伊德的作品在很大程度上继承了英国文学的写实传统，采用了大量现实主义的拟实书写，以史有所载的人事为题材，最大限度地保持了作品的历史性。另一方面，在推崇现实主义原则的同时，阿克罗伊德也能自觉采用后现代历史小说的多种叙事技巧，用表意之笔塑造了一些虚构人物和事件，使历史小说既避免了故事化与类型化模式的僵化和机械，又具有了较强的艺术性和可读性。因此，在阿克罗伊德的创作中，为了更好地表现"英国性"的复杂性，他善于将各种方法融于一体，在保持个性特色的基础上集众家之长。阿克罗伊德认为，历史小说不是历史挂图，其目的不只是普及历史知识，而是在依据历史实事的基础上创造富有美感和艺术魅力的历史意象，以激发人们对历史的兴趣、追问和深思。因此，他的历史小说既有对社会与人生的拟实书写，又不乏奇幻表意之美；既是一个被"陌生化"的文本世界，又是一个如当代学者梅雅·鲍文（Merja Polvinen）所说的"读者似乎可以栖居之中"（Polvinen, 3）的现实世界。

阿克罗伊德以卓然不群的创作态势，为历史小说赋予新的形式与内涵，表现出强烈的历史意识和现代主义情怀。本章选取了最能代表阿克罗伊德历史小说成就的《查特顿》（*Chatterton*, 1987）、《霍克斯默》（*Hawksmoor*, 1985）和《一个唯美主义者的遗言》（*The Last Testament of Oscar Wilde*, 1983）作为分析文本，因为它们不仅能代表阿克罗伊德历史小说在叙事策略和主人公塑造方面的最高成就，而且最好地体现出作者对"英国性"的反思。此外，这些历史人物还与作者的内在生命激情有一定程度的交融,这对于历史小说的创作相当重要,因为"主客体遇合、默契、交融的程度越高,作家的潜能就发挥得愈好,题材蕴藏的意义就得到更深广的开掘,作品成功的可能就愈大"(雷达,14)。正是在这种交融中,阿克罗伊德通过对几位典型的英国文化人物的历史书写,探讨了"英国性"的复杂内涵,引出令人深思的问题。

第一节　浪漫先驱与古今桥梁:《查特顿》

阿克罗伊德在 1987 年出版的曾获布克奖提名的历史小说《查特顿》(*Chatterton*, 1987)取材于英国 18 世纪的少年天才查特顿(Thomas Chatterton, 1752—1770)。在《查特顿》中,所有叙事围绕查特顿展开,并使他成为连结不同世纪作家和艺术家的桥梁。在创作方法上,阿克罗伊德充分运用了历史书写和历史想象相结合的杂糅技巧,在叙述查特顿的身世和创作经历时采用历史叙事,在描写查特顿之死和他的影响时运用大胆的虚构、想象,使整部作品既有历史的厚重,又有艺术的轻灵与唯美。

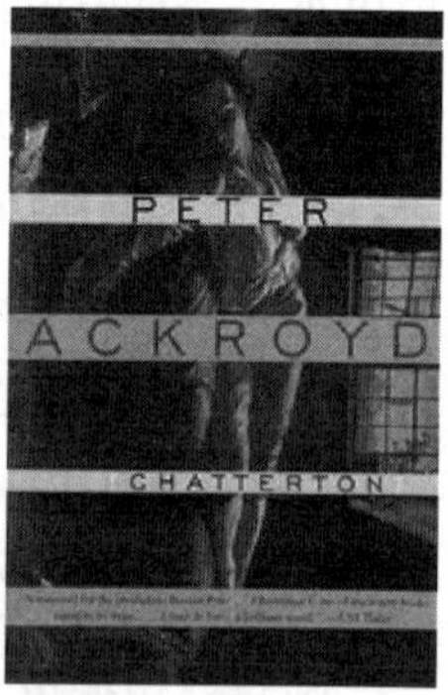

阅览查特顿的生平、评论和影响可以发现,作为一位文学敏感人物,查特顿在英国文学史中的地位经历了一个从天才、剽窃者到最后的英国浪漫主义诗人先驱的过程。查特顿的多重身份及其演变过程使得阿克罗伊德对其产生浓厚兴趣。一

方面,阿克罗伊德从这一演变过程中看到以查特顿为代表的英国作家身份的流动性和"英国性"的构建性特征。查特顿的多元身份反映出不同历史时期的人们对他的不同认识和评价,他最终的"英国浪漫主义诗人先驱之一"身份的确立是历史演变的结果。另一方面,阿克罗伊德还发现了查特顿身上所具有的典型的"英国性"特质,如模仿、尚古情怀、古典想象力等,认为他和乔叟、莎士比亚、狄更斯一样是承上启下的作家,影响了不同时代的作家和艺术家,将自己纳入英国文学传统之中,并且已幻化成一种源远流长的英国精神,成为"英国性"的象征。

据历史记载,查特顿生于英国西部港口城市布里斯托尔,并在那里长大。父亲是一位贫寒的教师,也是一个古文物研究者和旧货收藏者,在查特顿出生前便已离世。查特顿和母亲相依为命,小时候只在一个免费的学校读过几年书,并曾跟一位在教堂里当司事的叔叔生活了一段时间。他从小敏感,想象力丰富,《圣经》和《仙后》培养了他的阅读兴趣与能力。同时,教堂的生活经历激发了他想象 15 世纪僧侣的生活情形,并把对中世纪的幻想用文学形式表现出来,开创了"古典想象"(*antiquarian imagination*)的英国文学传统。后来,查特顿声称他在布里斯托尔的圣玛丽·雷德克利夫教堂后面的一间屋子里发现了 15 世纪的布里斯托尔僧侣诗人托马斯·罗利(Thomas Rowley)的诗歌。他把它们交给一名律师看,后者认为这是真正的 15 世纪作品,便买下来。这大大激励了渴望成功的查特顿,于是,他声称发掘出更多的"罗利诗篇"。事实上,这些诗歌都是查特顿模仿罗利的诗歌所作,其中最优秀的仿作是他在 1768 年间所写,时年不足 16 岁。查特顿的作品里有一些田园诗,其清新的文风、独特的立意引起批评界关注。在1769年,查特顿把“罗利诗篇”里的几首寄给英国著名学者和文学家贺拉斯·沃波尔(Horace Walpole, 1717—1797),沃波尔很欣赏这些诗作,真以为这是15世纪的作品,因为这些诗歌的确有中世纪诗歌的魅力。后来沃波尔把这些诗拿给诗人托马斯·格雷(Thomas Gray, 1716—1771)看,格雷却断定其为伪作,沃波尔把它们退还给查特顿。1770年,年轻的查特顿来到伦敦,决心靠自己的努力和实力成为一名伟大的作家,然而,未能如愿以偿。他在伦敦举目无亲,穷愁潦倒,5个月后,陷入极度贫困之中,但因不愿向人借钱或乞讨,在绝望中写下一首告别诗后便服毒自杀,年仅17岁。查特顿的超常才华使他早年就声名鹊起,但最终又过早地陨落,留给世人的印象是在英国画家亨利·沃利斯(Henry Wallis, 1830—1916)以小说家乔治·梅瑞狄斯(George Meredith, 1828—1909)为模特所作的油画《查特顿之死》(*The Death of Chatterton*, 1856)中的形象,即17岁的查特顿服毒后陈尸在凌乱不堪的床上的情形。

***The Death of Chatterton* by Henry Wallis, Birmingham version, for which George Meredith posed in 1856**

查特顿作品的价值后来得到认可，并被尊为英国浪漫主义诗人的先驱之一。几乎所有重要的浪漫主义诗人都曾以不同的方式表示对他的钦佩，在他们的心目中查特顿是一名英雄。例如布莱克深受其影响，始终表示对他的敬慕。华兹华斯的诗歌《决心与自主》（*Resolution and Independence*，1807）中所写的"我想起查特顿，这了不起的孩子，怀着自尊而泯灭的失败者"（Wordsworth, 177）成为有名的句子，至少已有两本查特顿传记借用"了不起的孩子"（"The Marvelous Boy"）作为书名。柯勒律治比查特顿小20岁，从小喜欢他的作品，后来写了一首诗《哀查特顿之死》（*Monody on the Death of Chatterton*，1790），为他的遭遇鸣不平，痛惜他身怀绝才而过早夭折。柯勒律治对此诗十分重视，并不断加以修订，足见他对查特顿的惋惜和仰慕之情。约翰·济兹（John Keats, 1795—1821）也在其《致查特顿》（*To Chatterton*，1814）中伤悼查特顿的"悲惨命运"（Keats, 283），认为他两眼"刚闪过天才和雄辩的光焰"（283），并在诗的结尾写道，世上的好人会保护他的名誉，不让小人诋毁。另外，"济兹还把长诗《恩底弥翁》（*Endymion*，1818）题献给他"（常耀信，639），认为查特顿是"最纯粹的英国作家"，并表示喜欢他作品中的"英国本土语言"。雪莱在悼念济慈的长诗《阿多尼斯》（*Adonais*，1821）中也赞扬了查特顿。拜伦也曾说"查特顿从来不庸俗"，罗伯特·骚塞（Robert Southey, 1774—1843）也为他的作品编著了全集。

在《查特顿》中，阿克罗伊德在运用历史叙事的同时能充分运用浪漫叙事手法，不仅加强了小说的艺术性，而且更有利于表达主题。虽然作者以查特顿这一真实的历史人物为支柱,但对虚构人物的刻画,对查特顿之死的解释,都闪耀着理想的光华,有丰富的写意成分。正是由于这些虚构成分的加入,《查特顿》往往被评论界定性为“元小说”。持这种观点的学者认为,这部小说通过叙述查特顿的生平,旨在揭示所谓创新天才从来不存在,文学史像历史一样,是一个剽窃、赝品积累的过程。为此,阿克罗伊德才在小说中设计了关于查特顿之死的不同版本:一,人们普遍接受的说法,即查特顿剽窃古代诗人的作品,造假被揭穿后羞愧自杀。二,诗人之死纯系伪造,目的是隐姓埋名,以便继续借其他诗人之名进行创作。现代诗人查尔斯·威奇武德(Charles Wychwood)在一家古董店发现一幅画,并在教堂里发现一些手稿。画里画的是查特顿中年时的模样,而手稿是查特顿写的回忆录。查特顿在回忆录里写道,他为了继续行骗伪造了自己自杀的现场,以便可以不受干扰地继续写作。查尔斯的发现在批评界产生很大影响,他决定写一部查特顿的传记以恢复历史的本来面目。三,根据查特顿本人的叙述,为了治疗一种致命的疾病,他误服过量的医治淋病的砒霜和鸦片而中毒身亡。四,据查特顿的销售代理人约翰逊的儿子说,查特顿的确是自杀身亡,查尔斯发现的画和回忆录都是他为获得商业利益而伪造的。

综观以上原因,将《查特顿》解读为元小说似乎不无道理。不可否认,《查特顿》的确包含元小说的一些成分,特别是作者对查特顿之死的大胆猜测和设想。但是,是否因此就将其归类为元小说还需斟酌,因为阿克罗伊德并不赞成后现代叙事学的某些观点。例如,他不认为“历史叙事和文学叙事本质上都是虚构的,历史叙事是扩展的隐喻象征结构,其话语是比喻性的,历史修撰风格、历史的情节编排与文学没有多大差别”

（怀特，170—171）。在阿克罗伊德看来，如果把文学叙事与历史叙事等同，那么文学借助历史重建象征世界的努力就成为多余，文学对历史的"戏说"也将被视为历史文本。有学者认为，果真如此，那么对于那些有过屈辱过去的民族来讲，后现代叙事学家所声称的"历史叙事＝文学叙事＝虚构杜撰"等式意味着曾经遭受的灾难只不过是修辞运作的结果。事实上，已经有一些学者深刻地洞见到这一等式的不可靠，因为"它无法经受住'大屠杀'的检验"（赫尔曼，181—183）。和一些具有强烈历史意识的作家一样，阿克罗伊德也认为，文学与历史之所以能构成互文本关系，主要在于它们属于有着本质差别的两套叙事系统，即前者侧重审美的维度，后者侧重阐释的维度，文学和历史有时可以互释，却有本质的区别。

阿克罗伊德的小说叙事和后现代一些元小说叙事有本质差别。事实上，细读文本会发现，在《查特顿》中，阿克罗伊德无意颠覆历史，更无意盲目追随后现代主义创作模式，和在他的传记及改编作品中一样，通过历史书写探讨"英国性"才是这部小说的核心。对此，阿克罗伊德曾明确表示：

> 如果查特顿认为过去和过去的语言是可以复活的，那么，在此意义上，他是正确的。通过运用15世纪那种充满激情的节奏和华丽的词汇进行写作，查特顿超越了他生活其中的那个对想象力极力抑制的时代。他既不是牛顿，也不是洛克，他是一个能借助神话和传说了解现实世界的预言家。这就是为什么他备受威廉·布莱克敬佩的原因。（Ackroyd, *Collection*, 392—393）

阿克罗伊德认为,查特顿不只是抗拒抑制想象力的理性时代的一个典型例子,更重要的是,查特顿具有深远的历史意义,对"英国性"有重大贡献:

> 在复兴,或者可以说在实际创造中世纪的文学中,查特顿是在恢复一种传统,即佩夫斯纳(Nikolaus Pevsner,1902—1983)在《英国艺术的英国性》(*The Englishness of English Art*, 1956)中所描述的一种英国人不可或缺的情感。几百年来英国的艺术家和作家一直运用杂糅的历史风格作为理解过去的一种方式。这与一些所谓的"后现代"叙述没有关系;相反,它只与这个民族的传统历史意识相联系。我们距查特顿这个能在自己身上发现过去存在的"了不起的男孩"的时代已经很远,但事实上,他可以被视为是一个可以恢复和重建历史的伟大天才。(393)

在这段话中,阿克罗伊德明确肯定了查特顿对"英国性"的贡献:一是他在复兴中世纪文学的同时也恢复了一种民族传统:古今杂糅的历史风格;二是通过运用想象恢复和重建历史,实现了过去与现在的联系。因此,阿克罗伊德说:"这不是一个简单的回忆过去的问题,而是要认识到'过去'就是我们从现在之中所能了解到的'过去'或'过去'就在现在之中:如果我的作品有一个中心目的的话,那就是通过思考所有这些潜在的力量来恢复当代世界的真面目。"(384)在此,阿克罗伊德旨在强调,虽然他每部作品的主题各有侧重,但它们共同关注的问题是现在与过去的神秘联系,并共同表现一个宏大的民族主题,即“英国性”。如在谈到他的小说《英国音乐》时,阿克罗伊德曾说:“所有单独的主题结合在一起后就会变得更强大、更深远,父亲和儿子的故事只是更大故事的一部分,这个大故事就是构成一个民族历史和文化的每一代人的故事。”(385)据此,把《查特顿》和其他后现代主义历史小说不加区别地归为元小说有失偏颇,因为它与元小说有根本区别,在这部作品中作者不是想解构历史,而是旨在通过查特顿这一人物的特殊经历表现过去与现在的联系,探讨英国文化传统和查特顿身上所具有的典型的英国特性。

阿克罗伊德发现,查特顿表现出的一个重要的“英国性”特质是许多经典作家都曾表现出的“尚古情怀”。查特顿对古籍的热爱已达到痴迷的程度,因为他除了喜欢阅读古书外,有时甚至会吞食书页。在阿克罗伊德看来,查特顿之所以对中世纪文学有浓厚兴趣主要有两种原因。其一,源于对其父亲的特殊情感。他继承了父亲对古籍的激情,把对古籍的研究视为其父亲的无形存在,查特顿甚至认为“过去本身就是他父亲”(Ackroyd, *Albion*, 440)。过去赋予查特顿以灵感和激情,他曾说:“我要创造一个奇迹,我要让过去再现。”(Ackroyd, *Chatterton*, 83)其二,根据阿克罗伊德的推断,查特顿也曾受到珀西(Thomas Percy)的著作《古英语诗歌遗迹》(*Reliques of Ancient English Poetry*, 1765)的启发。阿克罗伊德曾说,查特顿从各种古典作品中获得过创作灵感,他身上所特有的“尚古情怀”的特质影响了一代代作家和艺术家,“像传说中所说的亚瑟王没有死并将重返人间一样,查特顿也将永远活在后代诗人和小说家的作品中”(Ackroyd, *Albion*, 444)。因此,在《查特顿》中,作者通过对小说结构进行匠心独具的设置,巧妙地阐明“尚古情怀”的传统是如何在不同时代作家和艺术家的共同努力下得以传承,充分传达出这一“英国性”特质的“建构性”特征。

在阿克罗伊德看来,“英国性”不是越擦越薄的羊皮纸,而是不同时期的人们共同建构起来的历史叠层,如同地表下面的化石地层一样。于是,在《查特顿》中,作者通过运用多种叙事画面来表达这一思想。例如,《查特顿》的开篇对多德花园的象征性描述暗示出伦敦这座城市本身就是历史的叠层,是不同时代的人们共同建构的结果。作者让查尔斯观察到:

> 壁柱以缩小的比例仿制18世纪建筑的正面设计,铁制的小阳台,有一些新涂过漆,另一些锈迹斑斑;门窗上的山墙破旧不堪,几乎辨认不出;造型奇特的扇形窗也因日久变色,不能透光;精致的粉刷也有不同程度的损坏,有的木材已经腐烂,石头也被损坏。这就是多德花园,伦敦W14 8QT。(Ackroyd, *Chatterton*, 7)

作者对查尔斯在伦敦西区住处的描写也具有象征意义,强调了同样的思想。如小说中是这样描写的:

> 查尔斯一家住在伦敦西区一所住宅的三楼。它曾经是一处较华丽的维多利亚家庭住宅,但在60年代已被改建成一些小楼房。然而,某些原始的风格已被保留下来,特别是楼梯,虽然一些木板正在下垂,并且许多栏杆也已破损,但是它依然在楼层与楼层之间形成优雅的弧线。(13)

和多德花园一样,这座建筑也是经由不同时期的人们整修的结果,它们都同时承载着过去和现在。除此之外,在小说中,作者还通过两幅画表现这一思想。一幅是中年查特顿的肖像,“有许多层次……是在不同时期画的,包含几个不同画像的痕迹”(205),因此这幅画本身也形成一种叠层。另一幅画是沃利斯的《查特顿之死》。虽然这幅画不是直接意义上的重叠,然而在隐喻的层面上它同样可以说是历史的叠层,因为作者在小说中有意强调这幅画不是一次完成的,是在不同的地点,如沃利斯的画室和查特顿的房间,并由梅瑞狄斯多次模仿查特顿的姿势完成的,是多次合成的结果,同样体现出多次构建的特征。事实上,阿克罗伊德曾在一次采访中表明,伦敦本身就是一个历史的叠层,在此,过去、现在和未来相互融合。

为了更好地传达主题,阿克罗伊德对《查特顿》的叙事策略进行了独具匠心的设计,让小说中生活在不同世纪的人物多次相遇或联系在一起,使整个小说的叙事时间和空间跨度都相当大。作者以独特的创作才能和惊人的艺术魄力,用极大的容量在小说中囊括三个世纪的广阔而复杂的社会生活。为此,在《查特顿》中,作者运用了网状结构,即一种多条矛盾、多条线索,纵横交错而又相互制约的结构,通过让三条不同叙事线索共存,使叙述在三个不同的历史时空之间自由转换和巧妙交织。第一条叙事线用第一人称和第三人称相结合的方式讲述查特顿的人生经历。第二条叙事线讲述19世纪艺术家沃利斯如何以小说家乔治·梅瑞狄斯为模特创作油画《查特顿之死》的故事。第三条叙事线讲的是20世纪80年代的故事,围绕查尔斯展开。有一天,查尔斯在一家古董店发现了一幅肖像,并认定它是查特顿中年时的模样。查尔斯认为他发现了关于查特顿的最大秘密,于是,怀着极大的兴趣和热情对其进行研究与考证。然而,由于他身患绝症,不久离世,最后他的同学兼好友菲利普继承了他的研究。这种复调叙事的方法让三个世纪的人物时而分离、时而相聚,既有利于表现过去与现在的联系,又有利于传达源远流长的“英国性”主题。

阿克罗伊德不仅设计出三条叙事线索,而且将其和场景叙事相结合,充分利用写意之笔,使小说形成相当强烈的画面感,既适应了表达主题的内在要求,又体现出绚丽的美学色彩。作品中一个个蕴涵深意的画面激起读者无限想象和阅读欲望,彰显出作者独到的叙事策略:将纷繁复杂的历史事件浓缩于瞬间,以富有视觉感染力的画面表明观点。具体而言,阿克罗伊德主要通过突破传统时空观将三个世纪生活的广阔内容移至查特顿的故事中,让读者看到一幅纷繁复杂、古今交融的动感画面。小说中的人物虽然生活在不同的世纪,但作者多次描述他们相遇的场景,让他们自由穿越时空,让历史形成叠层。另外,作者还往往把画面和梦境、幻想联系在一起,为小说增添了一层朦胧感和神秘感,构成一种虚景,更引人深思。丹尼斯·狄德罗(Denis Didero, 1713—1784)在论绘画时曾说:“作品需简单明了。因此,不需要加任何闲散的形象,无谓的点缀。主题只因是一个。”(狄德罗,386)在构图上,《查特顿》也呈现出这种简约的风格,画面虽然寓意深刻,但构图方法简单明了,作者往往寥寥数笔就能勾勒出一幅幅古今交融的画面意境。

《查特顿》虽然由许多画面构成,但是,这些画面的风格并不单调雷同,有实景,也有利用梦境、幻想等写意手法所构成的虚景,实景和虚景的交融使其呈现出多种美学色彩,取得了其他叙事手法难以达到的效果。例如，在20世纪的叙事线中，小说一开始，作者就引入一个实景的画面，让读者看到由现代小诗人查尔斯在一家莱诺古董店（Leno Antiques）偶然发现的一幅油画：

> 这是一幅人物肖像画：画中人的坐姿很随意，但查尔斯注意到他的左手却紧握着放在大腿上的几页手稿上面，他的右手犹豫不决地停留在一个上面放有四卷书籍的小桌子上空，似乎想要熄灭在书籍旁摇曳的蜡烛。他穿着一件深蓝色的外套和一件开领白色衬衫，衬衫的宽领子翻在大衣外，这种穿着看上去太浪漫，对于一个已经进入中年的男人来说似乎还显得有点太年轻。他那白色的短发两边分开，露出高高的额头，鼻子短而扁，嘴巴很大，但查尔斯特别注意到他的眼睛似乎有与众不同的颜色，因此使画中人有一种滑稽甚至不安的表情，然而他的面容令人感觉熟悉。（Ackroyd, *Chatterton*, 11）

查尔斯一看到这幅画就为之"着迷"（11），因为他觉得画中人很熟悉，于是他迫不及待地用本想卖掉的两本旧书换下这幅画。得到这幅画后，他很激动，因为后来好友菲利普和他一致认为画中的中年男人颇像人到中年的查特顿，因此查尔斯做出一个大胆的设想，即"查特顿的自杀是伪造的"（121）。自此之后，在小说中，作者让查尔斯和查特顿多次以各种方式直接或间接地联系在一起，构成过去与现在联系的多种画面。

随着情节的展开，阿克罗伊德又用写意之笔绘出一幅幅虚拟的画面。例如有一次，当查尔斯坐在一个小公园的喷泉

池旁时,由于头痛病突然发作晕倒在地上,于是产生了幻觉:

> (这时一阵风起,树枝在查尔斯头顶摇晃,褐色的树叶飘落满地。当查尔斯醒来时,他发现树叶已被卷走,一个年轻人站在他旁边。他长着红色的头发,正聚精会神地注视着查尔斯,一只手放在查尔斯手臂上,好像一直在照料着查尔斯。)
>
> 年轻人说:"你生病了吗?"
>
> 查尔斯回答说,"可能是吧。"这时查尔斯想站起来。
>
> 年轻人说:"先别起。先别起。我会再来看你的。先别起。"
>
> (查尔斯不知道该说什么,然而当他再抬头看时,年轻人已经消失。)(47)

在这一画面中,阿克罗伊德通过查尔斯的幻觉把查特顿和查尔斯联系在一起。这段虚景描写生动逼真,耐人寻味,也为后来画面的再次出现埋下伏笔和做好铺垫。接下来,作者再次运用写意画面把查尔斯和查特顿间接地联系在一起。例如,在医院时,临终之前,查尔斯想象自己正躺在布鲁克街寓所里查特顿临死时躺的那张床上,小说中写道:"他能看到查特顿房间的一切:敞开着的阁楼窗户,窗台上枯萎的玫瑰,放在椅子上的紫色大衣,小红木餐桌上熄灭的蜡烛。"(169)

阿克罗伊德将查特顿和查尔斯联系起来的用意,可以通过小说中其他多处描写得到阐释。通过研读文本可以发现,查特顿的"尚古情怀"和古典想象的特质在查尔斯身上得到很好的再现与延续,从某种程度上可以说,查尔斯就像是 20 世纪的查特顿。查尔斯不仅继承了查特顿的尚古情怀和古典想象力,而且继承了查特顿的一些嗜古怪癖。他们都有吃书页的习惯,例如,在查尔斯和菲利普一起去布利斯托尔的路上,菲利普吃惊地发现:“查尔斯满意地环顾车厢里的其他人,然后从《远大前程》(*Great Expecttions*, 1860—1861)的一张书页中撕下一小片,揉成一个小团放进嘴里。这是他的一个老习惯:总想吃书页。”(48—49)除了在行为上继承了查特顿的习惯外,查尔斯还坚信“查特顿没有死,仍然活着”(59)。当查尔斯和儿子爱德华站在泰特美术馆里沃里斯所画的查特顿画像前时,查尔斯明确地表达了这样的信念,他说:“噢,不。那是梅瑞狄斯。他是模特儿。他是在扮演查特顿。……是的,查特顿没有死。”(132)查尔斯认为,查特顿“是历史上最伟大的诗人”(94),“布莱克、雪莱和柯勒律治都……得益于查特顿”(77)。查尔斯有时甚至把自己“查特顿化”,例如,在看查特顿画像时,他设想自己死时的模样就是查特顿在画面中的姿势,“查尔斯躺在那里,左手紧紧攥在胸前,右手垂在地板上”(132)。通过这些画面,阿克罗伊德旨在将生者与死者、过去与现在神奇地联系在一起,有意使得查特顿身上所具有的“英国性”特质在查尔斯身上得到再现与传承。

在19世纪的叙事线中,阿克罗伊德也通过描述一些特殊的画面将查特顿和19世纪作家梅瑞狄斯、画家沃利斯神奇地联系在一起。沃利斯要以梅瑞狄斯为模特儿创作一幅油画《查特顿之死》。沃利斯的创作热情和对查特顿的兴趣不亚于在20世纪的叙事线中的查尔斯对查特顿的痴迷。沃利斯从一位熟人彼得·特兰特(Peter Tranter)那里获知一位叫奥斯汀·丹尼尔(Austin Daniel)的布景画师住在查特顿当年自杀的那幢房子里,于是便请特兰特立刻去拜访丹尼尔,请求丹尼尔让自己借用那个房间作画,丹尼尔答应了。为了使画像能取得逼真效果,沃利斯精心布置和还原了那所房间里的布局。例如,他故意在地上撒一些碎纸片,并对梅瑞狄斯说:“根据历史记载,在查特顿的尸体旁发现了一些撕碎的手稿。我很高兴你能欣赏我为求得真实效果所做的这些努力。”(137)在小说中,作者详细地描写了沃利斯的这些努力:

> 沃利斯从床下拖出一个破旧的木箱。……他打开盖子,里面什么都没有,于是他将其装满手稿,然后走到对面的角落里,观察眼前的情景,认为还不够完美。……然后沃利斯动作敏捷地走向梅瑞狄斯,俯过他身体把窗户打开。十一月的寒风立刻吹进房间。随后他把一个小木椅挪动了几英寸,并把自己的外套随手放在上面。他又走过去把刚才那个木箱放在靠墙处,然后走到屋子的一角。梅瑞狄斯一直怀着极大的兴趣关注着沃利斯的这些动作。(137—138)

沃利斯对这所房间的布局永远定格在了他所创作的那幅《查特顿之死》的油画中。他说:“我很高兴我们来到了这里。这是查特顿的房间,是他睡过的床,是伦敦的阳光。乔治,没有什么能比这些更真实了。”(139)在此,作者又一次通过这间屋子和画像让生者和死者合二为一。例如,梅瑞狄斯告诉沃利斯“我将成为查特顿,而不再是梅瑞狄斯”(133)。梅瑞狄斯的预言是正确的,因为虽然画像中的人是他,但这幅画永远被认为是查特顿,梅瑞狄斯也通过查特顿变得不朽,因为他永远定格在了这幅画像中，而查特顿也通过梅瑞狄斯得到永生。可见，通过沃利斯之手，死者与生者、过去和现在融为一体。事实上，为了强调这一思想，在小说中，作者还通过梦境使梅瑞狄斯和查特顿两次相遇。如梅瑞狄斯对沃利斯说："亨利，我告诉过你我前天晚上梦到查特顿了吗？我梦到我在一个旧楼梯上和他相遇。这意味着什么呢？我相信楼梯是一种象征。是你说过吗？楼梯是时间的象征。"(139)这也是阿克罗伊德的观点，他始终坚信，一些建筑本身就承载着历史，古老的楼梯也一样，是历史的见证，承载着过去与现在。所以，查特顿的房间也是一种象征，虽然人去无踪，正如承载着历史印记的楼梯一样，查特顿在这所房间里也留下无法抹去的历史印记，因此阿克罗伊德认为，这是沃利斯可以从中获得在别处难以获得的创作灵感和激情的原因。沃利斯的努力使查特顿的形象流传至今，和查特顿一样，通过想象和艺术创造，沃利斯再现了一个历史时期，让过去得以复现。

在作者所描绘的众多画面中，最复杂、最精彩的一幅画出现在小说的结尾，阿克罗伊德通过大胆地运用写意之笔把三个世纪的情景和人物融合在一个画面中。作者仅仅用寥寥几笔，粗线条地勾画出故事发生的地点，其余大量的篇幅都是查特顿个人在梦境中的意识活动。小说中写到，当试图治愈性病时，查特顿服了致命剂量的砒霜和鸦片酊，于是在临死前做了一个梦：

> 查特顿梦到自己飞了起来，沿着两边都是深渊和洞穴的狭窄的画廊壁架飞翔。教堂中殿是用石头铺成的宽敞的地面，俯瞰底下，他看到自己曾经模仿过的和尚托马

斯·罗利,他留着光头,正举着手向他打招呼,他们远距离地彼此凝视着对方。……后来查特顿飞落下来,当沿着一个旧的石楼梯往下走时,碰到一个正在上楼梯的年轻人。查特顿不停地走,也不停地穿过那个年轻人,而且那个年轻人还给他看左手拿着的一个木偶。后来查特顿又来到一个因头疼而低着头的年轻人旁边,他的背后有一个喷泉……最后,两个年轻人——他在楼梯上碰到的那个年轻人和低着头坐在喷泉旁的年轻人——都走近他,默默地站在他身旁。查特顿告诉他们,他会永生。他们手拉着手,朝着太阳鞠躬。(233—234)

这一段描述的是查特顿临死前梦到自己回到最初激发他文学抱负的圣玛丽·雷德克利夫教堂的情景,在那里他看到罗利和尚、梅瑞狄斯和查尔斯。作者通过让三个历史时期的人物相聚,巧妙地让过去与现在相互交织,再一次强调了“英国性”是由不同时代的人们共同建构的结果。在此,阿克罗伊德采用的是典型的“艾略特式”或“英国式”结尾:死者复活,过去影响着现在。例如他说:

死去诗人的灵魂会以梦的形式在生者面前显现。赫里克(Robert Herrick, 1591—1674)看到过阿那克里翁(Anacreon, 582 B. C. —485 B. C.),荷马(Homer)曾出现在查普曼(George Chapman, 1559—1634)的梦中,布莱克曾见到过弥尔顿,查特顿曾出现在汤普森(Francis Thompson, 1859—1907)面前,并救了他,使他放弃了自杀的念头。乔叟和高尔(John Gower, 1330—1408)都曾

> 显现于格林(Robert Greene, 1558—1592)面前,并安慰这位莎士比亚的竞争对手。哈代看到过华兹华斯的灵魂独自在剑桥国王学院礼拜堂徘徊、游荡,同时,在剑桥,华兹华斯也曾被弥尔顿和斯宾塞而感动。(Ackroyd, *Albion*, 57—58)

在《查特顿》中,作者有意采用这种方法,让生者与死者、不同时代的作家之间形成内在联系,以便更好地强调英国文学史中的这一“英国性”传统。

阿克罗伊德把三条叙事线索融合在一起的叙事策略不仅使整个小说文本有了层次感,而且使它们形成共鸣,从而更好地传达出作者的意图:“英国性”是由不同时代的人们共同构建的。值得注意的是,在《查特顿》中,有的画面重复出现,如查尔斯的幻影和查特顿的梦都发生在喷泉旁,且惊人地相似,梅瑞狄斯和查特顿也从各自视角讲述了同样的梦。这种重复叙事的策略不仅在修辞效果上形成前后共鸣,而且起到了强调主题的作用,使过去与现在形成多种神秘联系和互文。

通过分析这些画面可以看出,阿克罗伊德做到了一个小说家“用笔达到画家用笔所达到的效果”(达芬奇,183),使作品同时具有了诗和画的魅力。因此,《查特顿》尽管构图元素简单,但它所承载的内容却具有立体感和层次感,不仅可以制造悬念,而且可以产生“画有形而意无穷”的美学效果。

虽然阿克罗伊德对于查特顿之死的构思与史书中的史料有一定的距离,但是作者的高度艺术加工使文学的合理想象填补了史实的空白,让小说更具文学魅力,因为“历史小说,无论是传统的还是后现代的,首先属于文学,然后才属于历史”

(赵文书,126)。亚里士多德在谈论历史学家和诗人的不同时也曾说:“两者的差别在于,一个是叙述已经发生的事,一个是描述可能发生的事。因此,诗比历史更富于哲学性,更值得认真关注。因为诗所描述的是普遍性的事件,而历史讲述的是个别事件。”(亚里士多德,35)由此可以说,文学和历史的主要差别在于,文学不必拘泥于历史细节,可以根据史料发挥想象,创造出可能存在的历史。当然,文学的虚构性和想象特征并不意味着文学中的历史书写可以完全脱离历史本体,因为完全脱离历史本体的文学不能称为历史小说。事实上,在《查特顿》中,“阿克罗伊德对历史人物和历史事件进行如此这般的构建并非毫无依据,文学界和史学界早有关于查特顿服药意外死亡的假设和推断”(曹莉,138)。在这部小说史料的选择方面,像在他的其他历史小说中一样,阿克罗伊德还是以史实构筑主要框架,并在此基础上进行虚构题材的填充。

一般认为,历史小说对历史内容的描绘,如果失去其当代性的启示,那么便会变成毫无意义的发远古之幽思,好的历史小说往往是历史精神与当代意识交融的结果。黑格尔曾希望历史学能够讨论民族性的精神特征,借暂时的人表现永久的人。阿克罗伊德的历史小说显然不纯粹为发远古之幽思,而是通过暂时的人表现永恒。例如作者让查特顿在一首歌中这样唱道:“我的诗行是古代的遗迹;将会像影子一样伴随后代人。让我的歌像我的幻想一样明亮;像未来一样成为永恒。”(Ackroyd, *Chatterton*, 216—217)

在阿克罗伊德的笔下,查特顿的形象并不仅仅为把历史内容还给历史,为表现历史而去描绘历史人物,而是有着更深层的寓意。在阿克罗伊德看来,查特顿不只是一位作家形象,而已成为一种意识、一种精神,一个集过去、现在于一体的化身和符号,是“英国性”的象征。例如,在评论雅克·布莱恩特(Jacob Bryant, 1715—1804)的著作时,他赞扬了查特顿的才华和成就,并指出,布莱恩特的《评托马斯·罗利的诗:诗的真实性》(*Observations Upon the Poems of Thomas Rowley: in which the Authenticity of those Poems is Ascertained*, 1781)想论证的是,这些诗是发自内心的强烈情感,不可能是伪造,如果我们认为人心是一个能容纳灵感和历史记忆的博大精深的器官的话,这个结论现在仍然站得住脚,查特顿创作了许多优美的中世纪诗歌,“查特顿的诗歌语言对柯勒律治和济慈的作品产生了重大影响。只有蠢才会相信这些诗只是仿作。它们是真正的创作,如果天才可以被定义为一个能够改变语言本质的人的话,那么查特顿有权享此殊荣”(Ackroyd, *Albion*, 444)。

阿克罗伊德坚信,查特顿身上所体现出的“英国性”特质将世代流传,像亚瑟王一样,他将永远同后代诗人和小说家同在或融为一体。在作品中,作者曾在多处暗示过这一思想,例如当查尔斯死后,他的儿子爱德华独自再去看和父亲生前一起看过的查特顿油画时,阿克罗伊德又一次用写意之笔描写道:

> 爱德华之前没有仔细看过躺在床上的人,但是现在,当他再看的时候,他不由得惊讶地后退:他看到父亲躺在那里,正向他伸出手。爱德华走上前去,托起父亲的手。他想父亲可能要说话,但看到他不能抬头,只是微笑。然后这一画面就消失了。爱德华眨了眨眼睛,尽力不让自

> 己哭。他僵硬地站在那里,片刻之后,意识到他正在凝视玻璃中反射出的自己的脸,同时也看到父亲的脸,于是爱德华笑了,他又见到了父亲,父亲会一直和他在一起,在画中,他将永生。(Ackroyd, *Chatterton*, 229—230)

通过爱德华之口,阿克罗伊德再次强调,查尔斯和查特顿甚至和他的儿子已融为一体,使过去与现在又一次获得神秘联系。后来,作者在菲利普和查尔斯的妻子维维恩的谈话中进一步强调了这一思想:

> 菲利普似乎在盯着远处,但事实上他正在凝视查尔斯曾坐过的那把椅子……他仍然能感觉到他的存在……信念很重要。虽然他发现的手稿和油画都是仿作,但它们在查尔斯内心所激发的情感比任何真实的东西都重要。他温柔地说,"你知道,我们没必要非得忘记。我们可以坚守这一信仰。他看着维维恩笑了。重要的是查尔斯的想象,我们可以继续保持。那不是幻觉,想象力是永恒的。……现在,通过运用查尔斯的理论,我觉得我也许能撰写我自己的小说了。我必须用我自己的方式讲述查特顿为何会不朽。"(231—232)

显然,菲利普想让维维恩明白,查尔斯虽然已离去,但和查特顿一样,他的精神与影响还在,他将继承查尔斯的研究。在此,阿克罗伊德旨在借菲利普之口阐明,虽然查尔斯发现的手稿和画都不是真的,但它们能激发作家和艺术家的真实情感,并且通过历史演变和各代人的努力它们可以成为民族情感,如小说中的查尔斯、沃利斯和菲利普都曾有过这一情感。这说明,查特顿虽然早已成为古人,但他的想象力和激情将永远影响着生者,并最终演变为“英国性”的一部分。这些表明,阿克罗伊德旨在通过描写不同时代作家、艺术家对查特顿本人及其作品表现出的极大兴趣和热情指出,“英国性”是由查特顿和不同时代的作家共同建构而成。

阿克罗伊德肯定了查特顿对“英国性”的贡献,因为在他看来,查特顿对古人的模仿不应被视为剽窃,而是“尚古情怀”这一“英国性”特质的很好体现,因此,他认为查特顿是一位可以恢复和重建历史的伟大天才,是浪漫主义文学的先驱和“英国性”的象征。

第二节　黑暗之都与魔鬼之家:《霍克斯默》

阿克罗伊德曾说:“有时人们认为,‘地方’会影响人们的观念,大地的力量,即供我们立足的大地的力量要比决定人类命运的天空更强大。……这当然是一个古老的智慧,但是,现代的作者已经注意到这一智慧在21世纪伦敦不同的区域依然起作用。”(Ackroyd, *Albion*, 70)这段话再次说明了阿克罗伊德的“地方意识”及其对伦敦的重视和思考,并充分体现在《霍克斯默》(*Hawksmoor*, 1985)的创作中。

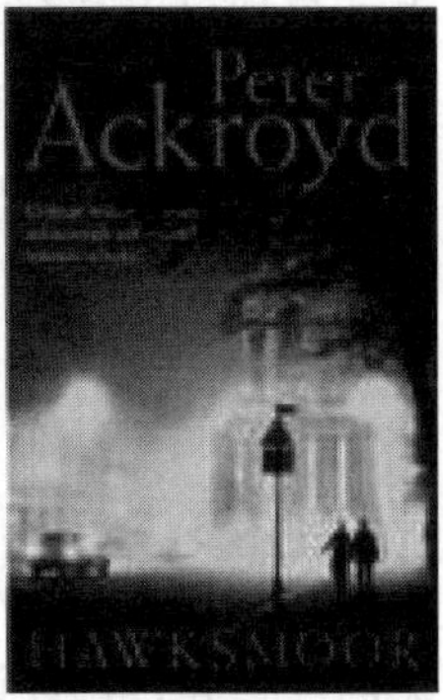

在阿克罗伊德看来,伦敦一直是英国文学和文化发展的

中心,因此,对伦敦的历史书写可以“实现他维护英国传统和情感的理想”(Lewis, 184)。然而,阿克罗伊德发现,“伦敦是天使与魔鬼都想努力掌管的家园”(Ackroyd, *London*, 771),“它不仅是‘天使之城’,也是‘魔鬼之家’和‘黑暗之都’”(Ackroyd, *Hawksmoor*, 56)。因此“英国性”具有“双面性”特征:既包含着民族的精华,如乔叟、莎士比亚和狄更斯等伦敦作家以及他们所开创的伟大传统,也不乏如《霍克斯默》中以戴尔(Nicholas Dyer)为代表的魔鬼的信徒和邪恶的传统。

阿克罗伊德相信“历史的回声”,并声言能时刻体验到它的力量和在场。他曾说:“当我从圣·安妮·莱姆豪斯到圣·乔治·沃平的时候,似乎每条街道都是一个混合着现代人和古人声音的回音室。”(Ackroyd, *Collection*, 378)阿克罗伊德指出,他所理解的历史,“不是指像挂毯或华丽的文本一样僵死的过去,而是指那些仍然影响我们的过去,因为这种过去包含历史进程和时间本身的秘密”(379)。因此,阿克罗伊德试图在《霍克斯默》中重现这样的过去,即“要以一种令人信服的方式重现过去”(380)。但与其他作品不同的是,阿克罗伊德在《霍克斯默》中所重现的是一种“黑暗”的过去及其对现在的影响,表征的是“英国性”中的黑暗或邪恶的传统,显示出作者自觉的民族意识。

《霍克斯默》是一部意深语妙、叙事独特、功底深厚的力作,曾荣获惠特布雷德小说奖(Whitbread Novel Award, 1985)和《卫报》小说奖(Guardian Fiction Prize, 1985),并被美国《纽约时报》评论家评为:

> 一部令人叹为观止的想象作品……机智，阴森而又构思巧妙。在凶杀和侦破小说越来越流于模式化和落入俗套之时，《霍克斯默》无疑是另辟蹊径，一枝独秀。《霍克斯默》有别于其他侦探小说的地方，不仅仅在于它的开篇几乎让所有的读者如堕五里雾中，或者它同时运用的古英文和现代英文，还有许多晦涩难懂的拉丁文，尤为特别的是这是一个原型人物身上派生出来的两个主人公，生活在不同的历史时期，有着不同的生活背景，性格信仰，但是却凭借着作者丰富的想象在小说中鲜活生动，呼之欲出。小说的背景是现实世界中发生的事件，人物也是现实世界的人物。（阿克罗伊德，《霍克斯默》，1）

在《霍克斯默》中，阿克罗伊德旨在表现地方承载着传统，历史有回声，现在之中隐含着过去。为了更好地表现这一主题，作者采用了独到的叙事方式。因此，通过分析文本中蕴含着的一整套复杂而独特的叙事策略和叙事技巧，可以了解作者更多的心灵隐秘。

对于历史题材的创作，理论界一直争论不休的话题是历史真实与艺术真实的关系。在历史小说创作方面，往往有两种对立的观点：一，历史小说是"戴着镣铐的舞蹈"，因为它不像纯虚构类小说那样可以天马行空地想象、虚构，而是要受到历史真实的制约或限制。二，"如果没有虚构就没有历史小说，那么，没有大力虚构就没有现当代历史小说"（马振方，123）。因此，历史小说的创作较容易走向两个极端：要么局限于历史真实，展不开想象的翅膀；要么过于依赖虚构而失去历史真实。事实上,这两种观点不应被视为完全对立。一方面,任何严肃的历史小说创作都应以大量史实为基础,因此,难免会受历史真实的约束,否则就会失去作为历史小说的独特审美维度。另一方面,历史小说毕竟不是史书,更不能照抄历史,必须有作者的主观意识和想象,应具有文学作品的审美特性和艺术感染力。因此,缺少任何一方面都将不能称其为历史小说,过分强调任何一种倾向都会使历史小说失去应有的厚重、魅力和韵味。理想的历史小说虽有虚构成分,却依然能巧妙地展现历史风貌和时代精神,做到史文并重、虚实并存。这种虚实相融的复杂叙事使历史小说同历史之间既有潜在的不解之缘,又有明显的距离感和不同的审美要素。许多评论家认为,"如何处理这种关系,是影响作品价值的关键性因素"(122)。阿克罗伊德对历史知识、想象力的娴熟驾驭和兼顾恰当地处理了这种关系,写出了一部部既有历史厚度又有可读性的历史小说,《霍克斯默》是其最优秀的历史小说之一。

《霍克斯默》在最大限度内实现了历史真实和艺术审美的有机融合,在历史和想象之间探索出一条既具有史实厚重感又不失艺术灵性的创作道路,是现实主义和浪漫主义的高度杂糅。一方面,阿克罗伊德强调历史小说创作必须尊重史实,他的多数历史小说都建立在史实基础之上,具有深厚的历史感;另一方面,他更强调历史真实与历史虚构的兼容。他的作品虽然依据历史,但不是史料的堆砌,而是通过想象把深厚扎实的史料升华为生动有趣的故事。因此,他的历史小说虽然取材于历史,但绝不是对这些历史事件和人物的简单复现与记录,而是通过巧妙处理,使人物鲜活、丰满,使作品充满艺术魅力,洋溢着浓重的诗性色彩。例如,在《霍克斯默》中,读者既可以感到沉郁厚重的历史身影,又可以发现空灵飘逸的想象画面,体现出作者在感知、体验和书写历史方面的独到功力。

在人物塑造上,《霍克斯默》是历史真实和艺术想象高度而完美结合的典范,彰显出典型的英国文化杂糅特征。这部小说的主人公原型取材于英国17世纪的真实历史人物尼古拉斯·霍克斯默(Nicholas Hawksmoor, 1661—1736),英国最杰出的建筑师之一,英国17世纪晚期至18世纪早期巴洛克建筑风格的领军人物。[1] 在18岁时,他的建筑天分被以设计圣·保罗(St Paul's Cathedral)大教堂而著名的建筑帅克里斯托弗·雷恩(Christopher Wren, 1632—1723)[2]发现,并将他留在身边,学习建筑,后来成为雷恩的助手。虽然由于性格原因,他失去很多本该晋升的机会,但是他所负责建筑的六所教堂却被誉为“几近完美的建筑风格……充分展示了他渊博的知识背景和无与伦比的艺术风格。霍克斯默受到不同时期的建筑风格的影响和熏陶,他的设计以一种独特的风格见长,即使在强手如林的世界建筑界也堪称一枝独秀”(阿克罗伊德,《霍克斯默》,1—2)。在小说中,阿克罗伊德借助大胆想

---

[1] The Buildings designed by Nicholas Hawksmoor mainly include: Easton Neston; Mausoleum Castle Howard; Christ Church, Spitalfields; St. George's, Bloomsbury; St. Mary Woolnoth; St. George in the East; St. Anne's Limehouse; St. Alfege Church, Greenwich; All Souls College, Oxford; The Queen's College, Oxford; West Towers of Westminster Abbey.

[2] Designer of 54 churches including St Paul's Cathedral, as well as many secular buildings of note in London after the Great Fire.

象根据霍克斯默这一真实的历史人物刻画出两个虚构的人物:尼古拉斯·戴尔(Nicholas Dyer)和霍克斯默。戴尔是17世纪的建筑师,霍克斯默是20世纪的探长。以这两个人物为中心,阿克罗伊德将小说分为17世纪和20世纪两条平行叙事线索,让两个世纪的事件与人物交替出现,形成神秘联系与重复。在奇数章节中,作者主要描述戴尔坎坷的一生,在偶数章节中,描写霍克斯默探长在侦破数宗教堂谋杀案过程中同无形的黑暗力量较量的故事。在最后一章,霍克斯默和戴尔都来到永恒门前,和在《查特顿》中一样,作者让不同世纪的人物相遇,并合二为一。

The west end of Westminster Abbey with Hawksmoor's towers, as painted by Canaletto in 1749

Hawksmoor's new buildings for All Souls' College, Oxford

Christopher Wren in a portrait by Godfrey Kneller (1711)

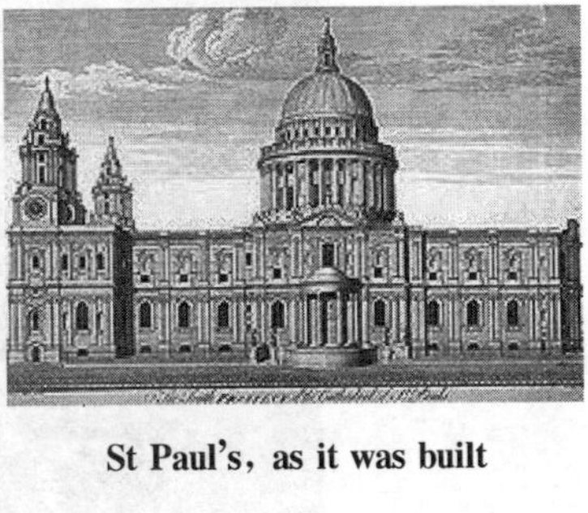

St Paul's, as it was built

St Paul's Cathedral in 1896

St Paul's during a special service in 2008

The gilt statue of Saint Paul at the top of St Paul's Cross in the cathedral precinct

对于《霍克斯默》的定位,理论界主要有两种观点。一些评论家和学者,如阿德里安·兰格(Adriaan M. Lange)、奥涅加和吕克·赫尔曼(Luc Herman)等将其归为历史元小说。他们认为,这部小说的开放性结尾最符合元小说特征。兰格声明,洛奇对后现代小说的描述,如矛盾、断裂、置换、无度、无序(contradiction, discontinuity, permutation, excess, randomness)等特征都适用于《霍克斯默》。兰格还对这部小说的结尾做出三种解释:第一,有无数个结尾,因为在兰格看来,整个文本并不是一个自我封闭的文本,具有无限的开放性。第二,有12种结尾,他认为每一章都有一个独立的情节,因此每一章都有一个结尾。第三,有三个结尾:第11章是17世纪建筑师戴尔故事的结尾,第12章是20世纪探长霍克斯默故事的结尾,第12章也是17世纪和20世纪故事的共同结尾。另一些评论家和学者将其归为后现代侦探小说,如约翰·佩克(John Peck)、理查德·斯沃普(Richard Swope)等。除此之外,还有学者因这部小说中所使用的哥特风格将其视为哥特式小说。以上评论界的这些观点虽然具有一定的代表性,但阿克罗伊德本人对《霍克斯默》的解释不可忽视,他说:

> 哥特风格在英国和伦敦有着深厚的历史,比如哥特式小说、情节剧和戏剧。我深受这一传统的感染,但是我本人并没有为此着迷。在书中安排这样的情节主要是为了吸引读者的注意力。比如《霍克斯默》,我需要一部侦探小说来展开情节而我正好又了解在基督教以前风行的宗教祭祀。我认为这是一个联结历史和现代的最好途径。这正是我刻意安排的情节。(阿克罗伊德,《霍克斯默》,5)

这段话清楚表明,哥特风格和侦探小说技法的运用只是作者展开小说情节的手段而不是目的,它们不是小说发展的主线和重点。作者的观点很明确,《霍克斯默》旨在通过对历史的重新组合和书写,在揭示过去与现在的联系中梳理历史发展的脉络,追溯英国文化中的黑暗传统,因为它也是"英国性"的构成部分。

在《霍克斯默》中,阿克罗伊德依然通过书写伦敦历史来探讨和反思"英国性"。他曾多次强调,地方和景观在一定程度上会决定文化传统和人的性格、行为,如他在评论盖斯凯尔夫人(Mrs. Gaskell, 1810—1865)的《夏洛蒂·勃朗特传》(*The Life of Charlotte Bronte*, 1857)时曾这样说:"霍沃斯表征了勃朗特,勃朗特也表征了霍沃思"(Ackroyd, *Albion* 369)。在他看来,霍沃斯的险要地势和勃朗特的坚强性格互为写照。《霍克斯默》很好地表达出地方往往会对生活在其中的人物的性格起决定性影响,例如,戴尔一生的思想和行为与当时伦敦的社会背景有直接关系。戴尔时期的伦敦曾遭遇过1665年大瘟疫和1666年伦敦大火的破坏,此后,整个城市荒凉、破败、阴森、恐怖,"哀鸿遍野"(《霍克斯默》,17),戴尔亲身经历和看到这一切。如作者借戴尔之口说:

> 这个悲惨世界的首都仍然是黑暗之都,或者说是人类欲望的地牢;它的中心没有像样的街道和房屋,却到处是肮脏腐朽的棚户,到处不是坍塌就是失火,道路弯弯曲曲,密布了泥沼的湖泊和散发着淤泥恶臭的小河,倒是适

合做莫洛克神[1]的烟雾灌木林。(57)

同时,小说中写道,伦敦人也变成“空心人”,人与人之间的关系疏远、冷漠,缺乏友情和关爱,这些都对戴尔产生了极大影响。戴尔生于伦敦的贫民窟,自幼孤僻,然而爱好读书和四处游荡。在戴尔 11 岁那年,他的母亲“染上了那讨厌的瘟疫”(14),后来父亲坚持陪伴母亲并宁愿和母亲一起死去,戴尔躲进房顶上一间狭窄的储藏室里,看着父母躺在下面,垂死挣扎,一直等到他们魂归西天。亲眼看着父母的尸体被抛进深坑后,戴尔茫然不知所措。后来,他家的房子和周围的几所房子一起被拆除,他被迫流落到外地,过着漂泊的生活。无助的戴尔格外谨慎小心,因为父母曾告诉他:“瘟疫到来之前,光天化日之下可见化成人形的魔鬼,袭击它们所遇到的人,那些受袭击的人就会感染瘟疫。即使那目睹这些魔鬼的人(他们被称作空心的人),也会性情大变”(17),戴尔相信了这些话。

“瘟疫”改变了戴尔的人生观,使他开始怀疑上帝的仁慈和伟大。如戴尔后来回忆说:“就是在那瘟疫流行的一年,遮盖着世界的陈旧的帷幕,好像挂在一幅画面前,终于被拉开了,我看到了上帝伟大而又令人敬畏的真容。”(14)“瘟疫”也让戴尔开始憎恨人心的虚伪和丑恶,他说他不会忘记“在过去那些噩梦的日子里,看见我的人都会摇头叫道‘可怜的孩子’或者‘真让人同情’,但是他们绝不肯给我丝毫帮助,只会让我走开。我会一声不响地离去,但是将这些全部埋在我的心底,

[1] 莫洛克神为犹太人的一位火神,以儿童为祭品。在小说中,戴尔在建造每座教堂时也以儿童为祭品。

从而我可以像看书本一样看透人的内心”(60)。和“瘟疫”一样,“大火”给了戴尔同样痛苦的回忆,他说:“在我的记忆里,从烟雾中看去的太阳像血一样鲜红,人们的喊声震天动地,他们腐烂的心灵凝聚了丑恶,向四周传播着他们内心的污秽。”(61)“瘟疫”和“大火”所造成的伤害引发戴尔对人生之脆弱和荒诞的思考,他领悟到:

> 生命并不总是一成不变的:我们受到主宰,他像一个顽童用手指摇动蛛网的中心,不假思索地扯坏了它。…… 我看到这整个世界是一张惊人的死亡清单,每当人(濒临死亡,很多人)放纵自己的时候,魔鬼就走在街上:我看到这污秽的地球上到处是苍蝇,然后考虑谁是他们的上帝。(18)

对上帝和人类的失望、对命运无常的思考使戴尔最终投向黑暗力量,有了一种非同寻常的人生经历。

无家可归、流浪街头的戴尔在红十字街偶然结识了“一个相当清瘦的高大男人,穿着一件天鹅绒外套,系着领带,披着一件黑色的斗篷”(19)。这个黑衣男人是黑暗力量的代表人物米拉比利斯,戴尔被他领进象征黑暗和邪恶之地的“黑步巷”,自此之后,戴尔便追随米拉比利斯,他传授给戴尔的人生信条是:

> 那位创造这个世界的神,也是死亡的制造者,我们只能以作恶去躲避邪恶神灵的愤怒。……生命本身就是一种根深蒂固的致命的“瘟疫”。……什么是痛苦?痛苦是

> 世界的营养。什么是人?人是永恒不变的邪恶。什么是身体?身体是无知的网络,是一切邪恶的基础,是堕落的羁绊,是黑暗的掩护,是行尸走肉,是我们所携带在身上的坟墓。什么是时间?时间是人类的解脱。……再进一步说:魔鬼撒旦就是这个世界上的上帝,适合受人顶礼膜拜。(23—24)

这些信条影响了戴尔的一生,使他相信“人生缺乏光明,我们都是黑暗的产物”(11),“黑暗将会呼唤更多黑暗”(25)。米拉比利斯预言戴尔一生将与石头结缘,并让戴尔心中埋下以血祭石的种子。他对戴尔说:“让石头成为你的上帝,而你将在石头中找到你的上帝”(Ackroyd, *Hawksmoor*, 60)。后来戴尔做了石匠克瑞德的学徒,他好学强记,喜爱钻研建筑学,并对阴影建筑情有独钟。一次偶然的机会,因凭借其对石头的渊博知识,赢得当时任城市重建检察官的克里斯托夫爵士的赏识。从此,在克里斯托夫爵士的关照下,他从一名学徒开始,步步晋升,直到皇家工程助理检察官和皇家工程建筑师,并负责火后在伦敦和威斯敏斯特地区重建 7 座教堂的工程。戴尔的特殊人生经历使他对堕落的世界和在社会最底层挣扎的人充满愤怒,相信只有黑暗和恐怖才是济世之道,于是,他在建造每一处教堂时,都用无辜牺牲者的血祭奠他所崇拜的黑暗神灵。为此,他用各种方法杀害无辜的男孩。有时唆使无家可归的流浪男孩自杀,有时深夜乔装成流浪汉,接近离群的流浪男孩,并将其杀害。他甚至认为,真正的神只在阴暗而令人畏惧的地方,使人战战兢兢地走近敬拜,而“石头是上帝的形象,令人生畏”(阿克罗伊德, 74)。不幸而畸形的人生经历使戴尔开始觉得“生存的重负几乎让我失言”(105),并变得愤世嫉俗,因此在小说的结尾戴尔来到他建造的最后一座小圣休(Little St Hugh)教堂,试图了结自己的一生:“我的人生已经走到尽头,我现在很平静。”(261)

阿克罗伊德创作历史小说的动机虽然与他的“历史情结”分不开,但绝不是只为发古思之幽情,《霍克斯默》也不例外,彰显着作者强烈的现代意识和对“英国性”的深刻领悟。作家的现代意识往往被认为代表着作家对人生和世界的动态理解,在历史小说的创作中,它还关系到历史小说对历史的超越,超越的完成会使历史与现在和未来相沟通,《霍克斯默》在很大程度上完成了这种超越。阿克罗伊德是一位在艺术上追求独创性的作家,在历史小说创作中也是如此,始终重视历史小说的现代意识,例如在一次采访中,他曾对此发表过富有哲理的见解:

> 我们只能活在当下,但过去已被融入现在之中,因此过去与现在时刻共存。语言创造了这个世界,而且我们现在的语言包含了它自身完整的历史。以前的词汇,以前的风格都嵌入在我们现在所说的语言之中。这样就形成语言的层次,如同地表下面的化石地层一样。(Lewis, 43)

阿克罗伊德在此虽然谈论的是语言,但他认为历史也是如此,像语言一样,历史同样也有层次,过去嵌入现在之中,《霍克斯默》最好地传达出这一思想。在这部小说中,阿克罗伊德并没有拘泥于对历史的真实再现,而是通过对历史材料进行大胆虚构和加工将过去同现在联系在一起,使作品产生一种时代感。正如刘易斯所说:“阿克罗伊德通过把当代小说与过去联系而使当代小说得以复苏”(Lewis, 187)。

为了更好地再现过去与现在的联系,在《霍克斯默》中,阿克罗伊德运用了双线叙事策略,将过去与现在交叉和并置。这一技巧源于艾略特的长诗《荒原》中所采用的方法,即通过将过去与现在并置强调历史的连续性,这充分显示了阿克罗伊德继承传统的一个方面。《霍克斯默》从结构到内容都强调一种连续性或传统,特别是“英国性”中的邪恶传统。

在小说的结构层面,作者通过运用各种修辞技巧将章节之间首尾衔接。具体而言,描写20世纪的偶数章节的开篇往往在词语、动作或意象上重复和回应17世纪的奇数章节的结尾,让过去与现在在语言层面上形成自然过渡和彼此呼应。

例如第一章的结尾写道:“以至于我可以看见明亮的星光出现在‘正午’(noon)”(阿克罗伊德,《霍克斯默》,29)。第二章的开头重复了“正午”一词:“他们在‘正午’的时候到达斯波特尔费尔兹教堂”(30)。第二章和第三章的结尾和开始以看的动作连接,如第二章结尾是:“当他向上看去的时候他看见一张脸”(50)。第三章这样开头,“有人俯视着我,然后我听见一个声音”(51)。第三章和第四章的衔接是通过重复“喊声”,如这两章的尾句和首句分别是:“我张开双臂朝他们跑去,大声喊道:‘你们记得我吗?我永远、永远不会离开你,我永远、永远不会离开你’”(81);“当呐喊渐渐消失的时候,车水马龙的喧闹变得更加清晰”(82)。第四章和第五章通过重复“阴影”形成呼应,如第四章结尾写道:“他来到教堂前停下,双臂交叉在胸前,沉思自己生命的空虚。他已经来到通往地下室门的台阶前,听见一声低语,可能说的是'我'。这时影子落下来"(102)。第五章的开头是,"影子自然地落在这里,因为云虽然只是高空中飘浮的迷雾,却在水面投下一片阴影"(103)。第五章的结尾是海斯(Yorick Hayes)先生和戴尔的对话:"'这是第三座教堂,是不是,戴尔先生?'……'正是'我说,'没错''是第三座'"(126)。这个简短的对话也是第六章或小说第二部分的开头,如,小说中写道:

> "这是第三个吗?
>
> "是的,第三个。在斯彼尔费尔兹的男孩,石灰屋的流浪汉,现在是另外一个男孩。第三个。"
>
> "是在葳坪吗?"
>
> "没错。"(127)

同样,第六章的结尾和第七章的开头也是通过强调文本中的一个关键词形成呼应。如在第六章的结尾霍克斯默问沃尔特:"现在几点了?"(150)而在第七章开头韦斯特太太(Mrs. West)问了戴尔同样的问题:"现在几点了,亲爱的戴尔先生?"(151)

第七章和第八章之间的连接方法不同于其他章节,它不是通过重复关键词,而是通过由现实转到梦境的方法。如第七章的结尾描写的是现实中的戴尔正在一妓女处,他说:"任她在我背后动作"(182)。在第八章的开始,霍克斯默在梦中梦到"自己后背的皮肤正在被剥去……他在这样的梦中战栗着直到他尖叫起来而他的尖叫又变成他旁边的电话铃声"(183)。阿克罗伊德运用这种方法旨在暗示,过去有时是有形的,会实实在在地存在于我们的现实生活中,如古代的建筑等;有时是无形的,只在我们的潜意识中再现,但无论如何,过去永远不会消亡,会以不同的形式活在当下。

作者通过运用回环修辞法(Antimetabole)将第八章和第九章连接。这种修辞法,一般由两部分构成,第二部分与第一部分在表达上结构平衡,但词语的语法顺序正好相反。如果用一个简单的公式表示就是,如果第一部分是从 A 到 B,那么第二部分则是从 B 到 A。如前一章结尾写道:“他已经回到葡萄街的寓所,正站在窗前回忆刚刚听到的歌。沃尔特自始至终看着他,好奇地研究着他苍白的脸色。”(204)后一章开头描写戴尔时写道:“当太阳从对面的陋室上升起时,我向下俯视大街,但是我对此却视而不见,因为我全部心思都集中在最近杀死海斯以及我和那妓女纠缠上。”(205)虽然重复了“凝视”(gaze)这一动作,但沃尔特和戴尔“凝视”的方向是相反的,这也正是这种修辞格的特点。

第九章和第十章之间的连接是通过一个穿越时空的对话实现的。如第九章结尾时戴尔夸口说:“我建成了永恒的顺序,我可以笑着依次跑过,没有人能抓住我”(228)。在第十章开头霍克斯默说:“你可以用你喜欢的任何顺序来看待事情,沃尔特,而我们还是会抓住他”(229)。可见,作者让戴尔和霍克斯默之间进行了一次穿越时空的较量。

“醒来”这一动作出现在第十章结尾。霍克斯默因一直没能抓住凶手被调离。他回到住处,“倒在他的床上沉睡过去,直到清晨的晨曦照在他的脸上才醒过来”(250)。在第十一章开始,戴尔也因晚上吐酒很晚才“醒来”,他说:“早晨的阳光没有将我唤醒,当我醒来的时候,我几乎不知道自己身在何处,也不知道自己所处什么时代”(251)。

同第四章和第五章一样,第十一章和第十二章又被“影子”这一意象连在一起,如在第十一章结尾戴尔进入小圣休教堂后说:“我跪在灯前,我的影子覆盖了整个世界”(259),在第十二章开始,霍克斯默醒来之前,“阴影缓缓地笼罩在他的脸上直到他的嘴唇和眼睛变得模糊难辨”(260)。

从以上分析可以看出,作者通过运用不同的方法将各章节之间相互衔接,并形成有机联系。值得注意的是,各章节之间的联系和回应不只是体现在修辞层面,事实上,内容之间也有惊人的相似、联系和回应。两个世纪发生的谋杀案的场景和细节有许多相似之处,如谋杀的次数,被谋杀者的姓名、经历,以及谋杀的地点等,似乎是戴尔的谋杀在几百年后惊人的重复,使得“地方”和“传统”之间的神秘联系更为凸显。

例如在17世纪的叙事线中,第一个被谋杀的是石匠的儿子黑尔(Thomas Hill),他在帮助建造斯帕托菲尔德教堂时从塔楼上摔下而死。根据当时的习俗,石匠的儿子要爬到塔楼的屋顶上,铺完最高处的最后一块石头。虽然这个男孩不是戴尔亲手所杀,但是他是导致男孩死亡的间接凶手。戴尔最后求孩子的父亲把儿子埋在他摔落的地方,因为这样戴尔可以达到用孩子做教堂祭祀品的目的,他说:“于是,我为斯帕托菲尔德教堂找到了所需要的祭品,而且并不是我亲手所为:正如他们说的,是一石二鸟。”(29)第二个牺牲品是一个叫奈德(Ned)的流浪汉。他曾在布里斯托尔做过印刷工。戴尔引诱他在石灰屋的圣·安娜教堂附近自杀。对戴尔来说,这个流浪汉也符合作为祭品,因为“他好像被生活的苦难退化到了孩童状态”(78),于是在他不想自杀时戴尔对他说:“你不能因为死的痛苦而害怕死,因为你生之承受的痛苦超过了你死之痛苦”(80)。在第三次谋杀案中,戴尔找到约瑟夫(Joseph)帮他。约瑟夫和戴尔一样,也是黑步巷的议会成员,他们的集会地点已被毁坏,因此约瑟夫便开始为他效力,并帮他在葳坪教堂杀死一个叫丹(Dan)的小男孩,随后将他埋在那里。戴尔说:“他曾是一个漂亮的小男孩,大约和我膝盖一般高,最近才开始上街行乞”(109)。在第三次谋杀后不久,戴尔收到一封匿名恐吓信,写信的人似乎掌握了他所犯的罪行。戴尔怀疑信是他的同事海斯所写,因此,他决定将他杀死,作为他第四个祭祀品。戴尔先引诱海斯出去,把他灌醉,引领他到圣·玛利沃尔诺斯教堂后将他掐死。在进行第五次谋杀时,戴尔通过把自己打扮成一名乞丐的模样在布鲁姆斯伯里的圣·乔治教堂杀死一名叫托马斯·罗宾逊(Thomas Robinson)的小男孩,一名从他的主人处逃跑的小仆童。接下来,戴尔的助手沃尔特·派恩(Walter Pyne)成为格林威治的圣·阿尔弗莱治教堂的牺牲品。在戴尔的刺激下沃尔特在自己的卧室里上吊自杀。对此,戴尔暗自庆幸地说:

> 就这样我又玩了一石二鸟的把戏。海斯的死已经嫁祸到沃尔特身上,而我就可以逍遥法外,沃尔特咎由自取,因此就省却了我的麻烦。我非常愿意将我的衣钵悉心传授给他,但是他监视我,跟踪我,恐吓我,背叛我。(253)

这6个17世纪的死者在描写20世纪的章节中得到重现,他们的情景有惊人的相似性。第一个牺牲品也叫黑尔,并且也在斯帕托菲尔德教堂的通道里被杀害。第二个死者也是一个叫奈德的流浪汉。他和几百年前的那个17世纪的流浪汉奈德有许多共同之处。他们都到处流浪,心智退化到和孩子一样,都来自布里斯托尔,并死在石灰屋处的圣·安娜教堂附近。第三个死者同样叫丹,也是在葳坪教堂被谋杀。第四个被谋杀的男孩叫马修·海斯(Matthew Hayes),和17世纪的死者海斯一样在圣·玛利沃尔诺斯教堂被发现。第五个和第六个死者也分别在布鲁姆斯伯里的圣·乔治教堂和格林威治的圣·阿尔弗莱治教堂被找到。

此外,作者还通过设计一系列类似点将小说中的两位主人公,即17世纪的建筑师戴尔和20世纪的探长霍克斯默神秘地联系在一起。虽然两个人生活的时代相差几个世纪,但两个人物之间有着奇特的轮回,如戴尔在旧苏格兰场地工作,他的助手是沃尔特·派恩(Walter Pyne),霍克斯默在新苏格兰场地工作,助手也叫沃尔特。戴尔和霍克斯默的仆人都叫耐特·艾略特(Nat Eliot)。两个人的女房东都被称为韦斯特夫人,并且都是寡妇。霍克斯默在20世纪住的地方就是戴尔17世纪时住过的那个区,且都有梦游的习惯。另外,作者还通过疯人院的一个疯子之口将他们两个联系起来,如当戴尔和克里斯托弗爵士去看圣玛丽疯人院新近关起来的疯子时,疯子对戴尔喊道:“听,小子!我会告诉你,总有一天一位霍克斯默会震撼你!”(119)在小说的结尾,两个不同世纪的人相遇。探长霍克斯默被调离到另一职位上,因为案件一直没有进展,使他压力极大,几乎要崩溃。最后当他离开办公室,回到葡萄街时,从电视中播放的斯帕托菲尔德教堂的早间弥撒节目中了解到戴尔是这所教堂以及所有其他与谋杀有关的教堂的建筑师。他推断,唯一一座由戴尔设计的还没有发生谋杀案的教堂是小圣休教堂,因此他最后决定去那里,果然见到戴尔。戴尔和霍克斯默的相遇在小说中具有重要的象征意义,更好地渲染了作品的主题:过去与现在、黑暗与光明同在。

阿克罗伊德试图通过以上一系列叙事技巧说明,罪恶和不幸有时会重复发生在特定的地点和有相同名字的人物身上,并形成一种传统,如小说中的黑步巷、石灰屋等,这些都体现出作者对“地方”与传统之间关系的思考。通过运用这些技巧,阿克罗伊德不仅极大地丰富了历史小说的艺术表现力,而且更好地阐明了小说的主题,使读者可以更清楚地看到过去和现在时而交叉、时而重叠,直到最后融合,互为“影子”。

“影子”是作者在小说中多次提到的一个重要概念,寓意深刻。例如,在小说的开头,建筑师戴尔对他的助手沃尔特说:“只有阴影,才给我们的作品赋予真正的形状,才给我们的建筑真正的透视,因为没有阴影就没有光,没有阴影就没有实体。”(4)虽然“阴影”是一个光学概念,但在这部小说中它暗示一个人的另一个自我,即指戴尔和霍克斯默互为“影子”。在小说的结尾,霍克斯默和戴尔在小圣休教堂相遇,不仅象征着过去和现在的融合,而且暗指两个自我的最终融合。小说中写道:“他们面对面,但是他们的目光越过彼此落在他们刻在石头上的图案上;因为有形的地方必定有倒影,有光的地方必定有阴影,有声音的地方必定有回音,谁又能说明何处是结尾,何处是开端?”(269)小说首尾这两段对“影子”的描写形成前后呼应,共同暗示出作品的主题:光与阴影、过去与现在始终同在,永远不可分割。

除了“影子”这一重要意象外,阿克罗伊德在小说中还通过运用其他一些意象来渲染主题。如象征永恒的“石头”,象征威严和阴森的“教堂”,象征腐朽、渺小的“灰尘”等意象频频出现。这些意象不仅丰富了小说的艺术表现力,还担负着疏通文脉、贯穿叙事结构的功能,同时渗透着作者对历史、个人命运、人性和人类社会的哲理思考,使作品耐人寻味。“石头”在小说中象征有形、厚重和永恒,而“灰尘”却象征无形、轻浮和瞬间。如戴尔说:“渺小的人类,同石头相比何其短暂!”(62)在巨石镇时,他看到石头后感慨地说:“我沉浸在奇妙的幻想中,这里的一切都变成岩石,连天空和我都变成了岩石,我仿佛融入了那像一颗石头一样飞过太空的地球。”(72)小说的结尾处有描写“灰尘”的句子,在去小圣休教堂前,霍克斯默“沿着窗台在‘灰尘’中描画着自己的名字然后又抹掉”(263),这句话再一次暗示出个人渺小的主题。“教堂”在这部小说中不是象征人们心目中的圣地,而是代表黑暗、恐怖和阴森,也是联系生者与死者、过去与现在的场所,见证着人类的历史。戴尔曾说:“如果我把耳朵贴近地面,我可以听见他们彼此相互交错地躺在那里,他们发出的细微的声音回响在我的‘教堂’里:他们是我的支柱和基石。”(27)通过这些意象,作者再一次强调了他的历史观,即虽然每一代人的生命是短暂的,在历史的长河中犹如可以弹指抹去的“灰尘”,但他也坚信,在历史中有一种连接过去和现在的如“石头”般坚固而永恒的力量,正是这种力量将地方与传统、死者与生者联结在一起,并逐渐形成“地方精神”和“英国性”。

米兰·昆德拉(Milan Kendera, 1929—　)曾把小说分为两种:一种是只描写既成之物“现实”的“小说化的历史编纂小说”,另一种是“审视人类存在的历史维度”的小说,它关注的是在某种可变的历史环境中人的存在的可能性。昆德拉赞赏后一种小说，并认为"小说家既非历史学家，又非预言家：他是存在的探究者"(49)。据此，阿克罗伊德是一个很好的人类生存的"探究者"，因为《霍克斯默》中明显流露出作者对人类生存状况的哲理思考。阿克罗伊德怀着对人类堕落本性的揭示塑造了《霍克斯默》中的戴尔形象，传达出作者对人类生存的终极关怀和对存在主义哲学的深刻认识。作为20世纪最具影响的哲学和文学思潮，存在主义是一种典型的人本主义哲学思潮，承载着对人们普遍的生存危机和精神危机的独到思考，其最为核心的部分表现在对人的生存状况的分析概括上。存在主义所描述和概括的人的生存状况，是对人类存在困境的一种曲折反映和一种病态的抗争，具有普遍性与超越性，因此，许多历史小说家在塑造历史人物时，自觉不自觉地借鉴了存在主义哲学思想。正如昆德拉所说："小说审视的不是现实，而是存在"(47)。阿克罗伊德的《霍克斯默》同样借鉴了存在主义哲学思想的元素，如小说中戴尔这一人物在生命痛苦与荒诞的表现方面显得尤其厚重，生存意识挖掘极深。戴尔奇特的身世、畸形的人生和无限的激情始终变化莫测，引发人们对生命意义的忧思与追问。戴尔的生命意识中包含着内在的矛盾性和悲剧性，透露着无奈的苍凉和悲哀，因此在小说的结尾，戴尔选择以自杀的极端方式解脱，以化解生命承受之重，证明存在的荒诞。

阿克罗伊德之所以浓墨重彩地刻画戴尔的形象，是因为戴尔这一人物在小说中担任着重要的角色，携带着作者个人的心灵密码：通过对戴尔的描写揭示出人类的堕落本性和"英国性"中的阴暗层。因此，阿克罗伊德并不是单纯为描写"恶"

本身,而是想透过戴尔这一人物的思想发展历程和特殊的人生经历使人们对“恶”有更深刻的认识,因为他相信,有时通过“恶”可以认识到在常态下认识不到的东西。例如,在小说中,作者使读者通过戴尔的视角看到世界的“真容”比通过别的人物看到的更多:

> 我就是这样作为一个人类的异己走过自己的路。我将不会是一个旁观者,但是你绝不会看见我同这个世上的人为伍。这是个什么样的世界啊,欺诈和交易,买进与卖出,借债与贷款,付款和收款;我走在最肮脏的东西和令人尊敬的绅士之中的时候,我听到:“金钱可以让老太婆小跑,让驴子劳动。”(阿克罗伊德,《霍克斯默》,58)

戴尔还认识到,“这个阴暗的人类社会陷入了黑夜……疯子传播预言而智者处于困境”(120),因此他感叹道:“当大街上只有愤怒和罪恶,谁还能谈论人性善良和公共福利?”(161)阿克罗伊德还让戴尔对历史发表如下见解:“我们的生活延续着历史:它蕴含在我们的词汇和音节中,回荡在我们的街道庭院上。”(217)戴尔不介意把‘教堂’建在坟墓旁,他认为“古代的死者散发出一种巨大的力量,将融入这座新建筑的结构中”(76)。显然这些都是阿克罗伊德在借戴尔之口表达他对世界和历史的深刻认识和理解。另外,小说中戴尔(尼克)和克里斯托弗之间的一次争论同样传递着作者对理性、感情和人性的思考,小说中写道:

> “造化屈从于人的勇敢和顽强。”

> “不是屈从而是吞噬:人无法主宰或掌握大自然。”
>
> “但是,尼克,我们的时代至少能清理垃圾,打筑地基,这也就是我们之所以必须研究自然规律的原因,因为它是我们的最佳方案。”
>
> “不,先生,你必须研究人的性格和本质。正因为人们堕落了,所以才成为你理解堕落的最佳向导。地球上的事物不能用理性理解而必须用感情去理解。”(172)

在此,戴尔再一次道出了一个重要观点,即感性有时比理性更重要。在历史小说的创作中,阿克罗伊德始终关注对人性和激情的探索,因为对他而言,历史小说不仅是历史的寓言,而且更是人类生命的寓言,因此应表现出对生命的热情和体验,唯有如此,历史小说才会有真正的灵魂和深度。

在《霍克斯默》中,阿克罗伊德凭借大胆的虚构创造了一个具有历史厚度的文本世界,文学叙事和历史叙事、过去与现在的高度融合体现出阿克罗伊德与众不同的审美意识和精湛的小说艺术,代表了一种全新的、陌生的美,如他本人曾说:“我自己也说不清《霍克斯默》是一部以过去为背景的当代小说还是以当代为背景的历史小说。”(Ackroyd, *Collection*, 379)在阿克罗伊德的作品中,历史往往表现为现在性,即历史会影响现在或活在现在,《霍克斯默》也是这样一部作品,虽然它是一部“历史小说”,但是,“像所有优秀的历史小说一样,它关注的是自己的时代”(*Dickens*, 187)。阿克罗伊德曾说,在某种意义上,“英国性”就是要努力找出历史的连续性,在这部小说中,他通过追溯戴尔和霍克斯默的人生经历找到了一种关于人类存在的历史连续性,揭示出“英国性”中的邪恶传统,体现出作者对民族文化的自觉意识。

第三节　冲突与融合:《一个唯美主义者的遗言》

阿克罗伊德的历史小说《一个唯美主义者的遗言》(*The Last Testament of Oscar Wilde*, 1983)以英国著名作家奥斯卡·王尔德(Oscar Wilde, 1856—1900)为原型人物,是对王尔德在巴黎最后岁月的艺术重构和哀婉动人的详细讲述。它在1983年一出版就获得毛姆奖,受到过众多好评。如《泰晤士报》的评价是:"阿克罗伊德先生驾轻就熟地运用着王尔德的语言和思想,成功地再现了以警句、悖论为代表的王尔德式的机智。不仅如此,作者还刻画了一个藏在面具后的孤独者的脆弱……绝对是一本让人爱不释手的佳作。"《暂停》也对其作出高度评价,认为这本小说"堪称多年来英语作家笔下最流畅、最机智、最华美的散文作品之一。机智而伤感……王尔德若是在天有灵,肯定希望这本书是他自己写的"。《金融时报》指出,"像这样一部作品的检验标准是:王尔德如果在世,我们是否会以为是出自他自己之手? 答案绝对是肯定的"。这些评论在很大程度上肯定了阿克罗伊德在这部作品中所展现出的天才小说家的才能和魅力。

作为戏剧家、小说家、童话家和诗人,王尔德被视为英国

唯美主义文学的代表人物,是“为艺术而艺术”这一美学理念的倡导者之一。他曾创作出维多利亚时期最好的英国喜剧,如《温德米尔夫人的扇子》(*Lady Windermere's Fan*, 1893)、《无足轻重的女人》(*A Woman of No Importance*, 1894)、《理想的丈夫》(*An Ideal Husband*, 1895)、《忠诚的重要性》(*The Importance of Being Earnest*, 1895)和悲剧《莎乐美》(Salome, 1894)等。为他赢得声誉的著名长篇小说《道林·格雷的画像》(*The Picture of Dorian Gray*, 1891)是一部探讨美与心灵之间关系的重要作品,不仅表现了作者对艺术的独到观点,而且讽刺和揭发了当时伦敦的上层社会。他的童话故事如《快乐王子童话集》(*The Happy Prince and Other Tales*, 1888)使他跻身于世界最优秀童话家之列。王尔德在他的作品和生活中不断阐述并诠释着他的“为艺术而艺术”的唯美主张,并用自己的一生将其充分演绎。然而,作为一个爱尔兰人和同性恋者,王尔德是20世纪初一位争议颇多的作家,命运多难,以悲剧而终结一生。阿克罗伊德对王尔德的悲剧命运充满同情与理解。

Photograph taken in 1882 by Napoleon Sarony

乔治·梅瑞狄斯曾把王尔德描述为“阿波罗和怪物的混合物”(Ackroyd, *Collection*, 396)。阿克罗伊德说,“如果王尔德确实是个'怪圣'的话,很多证据可以证明这一点"(396),因为他身上有其所处的维多利亚时代的英国所不能容忍的"毛病",是个"异类",他的行为和思想都为自己的时代所不容。既然王尔德与当时的英国格格不入,阿克罗伊德为什么要选取这样一位人物来表征"英国性"就成为一个值得探讨的问题。

阿克罗伊德通过分析和梳理英国历史得出,有许多关于"英国性"起源的神话:如特洛伊的布鲁图斯、不列颠的亚瑟、亚利马太的约瑟等都被认为是"英国性"的最早代表人物。在阿克罗伊德看来,这些传奇人物中没有一个是地地道道的英格兰人的事实并不影响他们在民族历史中的地位,因为他发现,"关于'英国性'的一个奇怪现象是,它的形成过程是一个不断吸收和同化其他文化的过程,例如它曾从欧洲借用了大量的资源"(Ackroyd, *Collection*, 317)。他还发现,英语语言的典型特征是多种方言的混合,同样,英国民族身份也是混杂的,而不是单一的,这曾在丹尼尔·笛福(Daniel Defoe, 1660—1731)的讽刺诗《土生英国人》(*The True Born Englishman*,1701)中得到过最形象的描述。在这首诗中,笛福称英国民族为罗马—撒克逊—诺曼—丹麦—英格兰(Your Roman-Saxon-Norman-Danish English)(Defoe 4)。阿克罗伊德认为,除这些民族外,其他民族的人也都为"英国性"作出过重要贡献,如爱尔兰人。因此,他认为,"英国性"不必指纯英格兰特性,在某种意义上,它是不同民族特性相互碰撞与融合的结果,例如,在王尔德身上,"英国性"就表现为英国特性与爱尔兰特性的冲突与最终融合。

阿克罗伊德指出,王尔德所经历的从"他者"到"英国维多

利亚时代唯美主义文学的代表人物”这一身份认同过程说明,“英国性”具有杂糅性特征,因此,他把追溯王尔德的个人经历和对“英国性”的探索巧妙地结合起来。首先,虽然王尔德背负着爱尔兰人这一“异类”身份,但是他的思想和作品都根植于维多利亚时代的伦敦,具有典型的英国特色。其次,王尔德本人的不幸经历在见证英国文化的吸纳力方面具有一定的代表性和说服力,不仅彰显出不同文化的冲突、碰撞和最后的融合,而且反映出维多利亚时代狭隘的、封闭的“英国性”的局限和危害。通过王尔德的悲剧人生,阿克罗伊德旨在引发人们对“英国性”的内涵进行重新认识和反思,寄予了作者对多元、开放、杂糅的“英国性”的认可和期待。

在《一个唯美主义者的遗言》中,为了同王尔德的思想与感情达到深度契合与共鸣,阿克罗伊德选择了一种能够深入历史人物内心意识的叙事技巧。对比作者在《查特顿》、《霍克斯默》和《一个唯美主义者的遗言》这三部小说中所运用的叙事策略,既可以发现它们的独特魅力,又可以找出它们的共同秘密。如本章前面两节所述,在《查特顿》中,作者运用三条相互交织的叙事线索,讲述三个世纪的历史事件,让不同历史时期的人物在小说的结尾出现在同一画面中。在《霍克斯默》中,作者采用两条平行交叉的叙事线索,在故事的结尾也让两个世纪的人物相互融合。至此,不难看出,作者在两部作品中做出这样类似的安排不可能是巧合,显然应是作者的精心布局,旨在引发读者思考过去与现在的种种神秘联系,反思历史,反思“英国性”。为了重复强调这一主题,在《一个唯美主义者的遗言》中,阿克罗伊德借助“腹语术”(ventriloquism)或“去个人化”(impersonation)叙事策略直接让王尔德本人用日记的方式记录他人生的最后岁月,使作者和历史人物通过用一个声音说话达到内在的统一与共鸣。这种叙事策略既有利于王尔德充分彰显其独特的情感、生命与激情,又可以使他的形象更为自然逼真。如果说在《查特顿》与《霍克斯默》中过去和现在时有交叉、时有融合的话,那么在《一个唯美主义者的遗言》中,作者和王尔德完全融为一体,阿克罗伊德既是自己,又是王尔德,既属于自己的时代,也属于王尔德的时代,因为阿克罗伊德始终认为通过穿越到另一个人的时代能使他揭示出更多的秘密。例如,在小说中他让王尔德说出了这一观点:

> 罗浮宫里有幅年轻人的画像——我想他是个王子,画像中的他双眼流露出悲伤。我想在临死前再去看看这画像。我想回到那个过去——进入另一个人的心灵。在那个过渡时刻,我既是自己又是他人,既属于自己的时代也属于他人的时代,此时宇宙的秘密会为我展现。(《一个唯美主义者的遗言》,193)

事实证明,通过运用“腹语述”,阿克罗伊德可以最大限度地融入人物的内在情感和灵魂世界,对人物进行深层挖掘,不但可以把人物内在的思想矛盾、情感激荡刻画得生动而深刻,而且可以增强作品的艺术感染力。

具体而言,在《一个唯美主义者的遗言》中,阿克罗伊德用日记的方式再现了王尔德自 1900 年 8 月 9 日到 1900 年 11 月 30 日之间的生活。这部小说最牵动人心之处在于作者对王尔德痛苦经历的描写。作者以王尔德身上所体现的“悲”为主调,勾勒王尔德跌宕起伏的一生。弗里德里希·席勒(Friedrich Schiller, 1759—1805)曾说:“不要把灾难写成是造成不幸的邪恶意志,更不要写成由于缺乏理智,而应该写成环境所迫、不得不然。”(席勒,101)阿克罗伊德深知悲剧的奥妙之处,注重时代和环境对人类行为乃至命运的决定性影响,因此,他没有把王尔德的悲剧写成因缺乏理智所致或纯属性格使然,也没有把他写成失败的弱者。相反,在他的笔下,王尔德始终是一个强者,勇敢面对生活中所遇到的不幸。例如,在被控告时他坚定地说:“虽然控告我的人折磨过我,把我像一条下贱的狗一样流放到荒野,他们都没有摧毁我的精神——他们办不到”(《一个唯美主义者的遗言》,2)。这部小说的重要意义在于,作者能通过王尔德个人悲剧传达出时代和人类的悲剧,将个人的日常生活与“英国性”的宏大叙事联系在一起。王尔德曾说“我是我所处时代的艺术与文化的象征”(Ackroyd, *Collection*, 397)。在阿克罗伊德看来,“这是他的福分,也是他的悲剧,因为这个时代本身就是一个衰亡的时代”(397)。王尔德的“为艺术而艺术”的美学思想以及他所推崇的新享乐主义生活哲学是对立于当时社会的主流思想和文化的,为其世代所不容,无疑会激怒正统的上流社会。王尔德的性取向更得不到主流价值观认可,后与同性恋密友道格拉斯的父亲昆斯伯里侯爵对簿公堂,尽管他为自己所做的辩护感动了在场的许多人,但他还是没能逃脱被审判的命运,并被投进监狱,罪名是“有伤风化”(《一个唯美主义者的遗言》,

155)。两年监狱生活之后,他为避人耳目,悄悄来到巴黎,在贫病交加中度过自己最后的岁月,辞世时年仅46岁。

阿克罗伊德认为,王尔德的悲剧主要是由他的思想与维多利亚时代社会文化传统观念之间不可调和的张力所致。因此,阿克罗伊德以王尔德自我人生理想与传统文化价值取向之间的矛盾为切入点,多维度、多层次地呈现人物,生动地刻画了王尔德的内在情感和欲望,使王尔德成为其时代的一个独特形象。他主要从生活化叙事、历史情韵、身份认同等几个方面对王尔德的悲剧作了生动展示,并挖掘出王尔德个人悲剧所蕴含的文化意蕴,从而实现其通过人物个人悲剧反观"英国性"的目的。

一般而言,优秀的历史小说既要有主要历史事件做支柱,又需要历史人物感性逼真的生活化和人情化叙事,因为要真实地反映历史生活和面貌,单靠一些枯燥而毫无生命气息的史料远远不够,因此,栩栩如生的感性生活细节和情景描述尤为重要。它既有助于丰富和提高历史小说的艺术审美境界,又是历史小说获得深厚的文化意蕴与历史情蕴的重要方法,也是获得真实性与历史感的一个核心环节,如阿克罗伊德所说"没有细节一切将失去生命"(Ackroyd, *Collection*, 395)。鉴于此,在《一个唯美主义者的遗言》中,阿克罗伊德在充分运用史料的基础上通过生活化、人情化叙事生动地传达出王尔德的人生悲剧和他身心所遭受的痛苦。然而,历史小说的生活化叙事并非易事,对于任何作家来说都是一个很难的考验。首先,作家要熟悉、掌握大量相关的历史资料和人情世态等生活化叙事的技能。否则,缺乏历史依据的生活化与人情化叙事难以打动人心,更不能让人体味出应有的历史和文化意蕴。

同时,作家还需要充分调动艺术想象力,通过唤起个体生活与生命体验,描绘出真实可感的日常化历史生活情景。其次,作者要对生活化叙事进行思想的提升。历史小说的创作不仅要呈现一些具体感性的历史生活画面,而且更需要融入创作主体的情感和思想,使历史生活情景饱含历史人文内涵与精神意蕴。

阿克罗伊德的《一个唯美主义者的遗言》在生活化叙事方面表现出独到的优势。作者对王尔德日常生活的描写,虽然出自作者的虚构,但写得细腻而逼真,生动感人。例如,王尔德刚被关进监狱时说:“我的新生活是一种贫乏无味的工作,这种工作可以在不思考(但有感情)的条件下开展。我为邮局缝帆布袋,我的手指都缝出了血,几乎不能碰任何东西。”(《一个唯美主义者的遗言》166)“我的囚室是个恶魔般的地方……囚室里只有一张木板床和一张凳子。我每天只能吃发霉的面包,喝浸有我眼泪的咸水,勉强维持着生命。在那间囚室里,忧愁、寂静、黑暗相互交织,沉重得难以言表。我想我迟早会疯掉。”(167)王尔德后来被转到雷丁监狱,阿克罗伊德同样以细腻的笔触描写了他在那里的凄苦生活,和王尔德的《雷丁监狱之歌》(*The Ballad of Reading Gaol*, 1898)一样动人:

在雷丁的前几个月,我很无助,非常地无助。我只能哭泣,我用无法排遣的愤怒摧残自己的身体,我以痛苦伪装这愤怒,用这愤怒对付我自己。在监狱时摘麻絮的工作也使得我的视力衰弱了,还有,受过伤的耳朵听力也在下降。在紧张和歇斯底里之中,我想我会疯掉。其实我对发疯都有几分喜爱了——我不知道还有什么别的方法来排解我的痛苦。(170)

王尔德不仅承受身体的伤害,而且遭到他人的鄙视,他说:"有一次,我在埃及咖啡馆,抽着烟——我愚蠢地认为这一定是埃及烟。一个英国人从我身边路过,向我吐唾沫。我如遭枪击。"(15)"所以现在我一般情况下一个人吃饭,或者和一些街头流浪儿一起吃,这些流浪儿就好像是从维克多·雨果的书中走出来的。他们做伴让我入迷,因为他们眼中的世界是真真切切的:因此他们对我就十分了解。我想我最好的故事是讲给他们的。"(16)王尔德还经历了从未有过的孤独,如他回忆到:"我枯坐在咖啡馆,一坐就是几个小时,看着周遭的人。……我第一次观察到迷失者和孤独者,他们如同亏欠了世人,小心谨慎地挪动着步子,穿梭在人群当中,匆匆如客旅。我哭了,我得承认,我哭了。"(12)因此他说"社会让我恐惧,而孤独更让我不安"(64)。王尔德后来陷入穷愁潦倒的地步,阿克罗伊德饱含同情地描写了他向之前的好友博西借钱时尴尬、可怜的情形,同样营造出王尔德可悲的境地:"他从口袋里掏出几张法郎,扔到我面前的地上,离开了咖啡馆,边走边大声说:'你知道吗奥斯卡,你现在的举止和妓女一样。'我立刻把法郎从地上拾起,又要了一杯酒。"(10)王尔德甚至遭到一些他曾扶持过的艺术家的冷落,有一次他回忆说:

不过在英国人那里碰钉子还是让我不快,最难容忍的就是故意被其他艺术家冷落。几周前，我坐在格兰都咖啡馆外，突然威廉·罗特斯坦从我的桌子边路过……他看到了我，却好像我根本不存在一样：一个年轻人，居然冷落把自己带出来的诗人，这真是荒谬！须知是我教会了他如何塑造艺术家的个性，而这以前他是块多么不可雕琢，多么不可雕琢的料子！(16)

如果说他人的嫌弃、朋友的背叛、同行的冷落使王尔德感到恐惧和孤独的话，那么家人的遭遇和不幸使王尔德感到难以承受的心痛与深深的自责，如他在日记中写到他母亲、妻子和儿子时说：

我内在的诅咒超过了我的世纪给我的诅咒。凡我经行之处，必有毁灭之人——我的妻子康丝坦丝静悄悄地躺在热那亚附近的一个小小的坟茔下，墓碑上甚至都没有我的名字。我的两个儿子的生活也毁了，他们的姓氏也改换了。我母亲的状况更糟糕，完全是死在我手里，和我用刀子把她杀了没什么两样。(18)

另外，阿克罗伊德还通过运用对照法来反衬出王尔德在今昔对比中体验到的难以言表的内心之痛，例如，在小说中作者描写了王尔德以前和两个儿子在一起时的快乐时刻：

真是奇怪，回首往事，我只能依稀记得一些很小的琐事：我记得我给西里尔送过一辆小小的运牛马车，上面一匹小马被他损坏了，我竟花了一下午时间用胶把碎片重

> 新黏合到一起。我还记得,我有时候会让西里尔骑在我背上,我会告诉他说我们的目的地是天上的星星。不知怎的,每次我把维维安举起来,他都会哭起来,我只好用蜡烛笔哄他。我知道他们都还生活在某个地方,而我却无法相见,这种滋味实在难以言表。……现在我都不忍见到街上的孩子。我总是担忧他们会不会走在路上被车辆撞上。每次我见到父亲让孩子骑在肩膀上,我就心动不已,要强忍着才不会去乞求人家不要这样让孩子骑在肩上。我不知道这都是怎么回事。我有时候真不知道痛苦究竟以什么样的面目呈现。(89—90)

显然,作者通过对比法对王尔德昔日快乐生活的描述比直接描写王尔德现在的痛苦更能达到悲剧效果,使读者能更充分地理解主人公内心所承受的难以承受之痛。这些生活化描写不仅使人物显得更为真实和丰满,而且可以让读者体验到一个个具体感性的历史生活画面,体味出这些历史生活情景所蕴含的精神和文化意蕴,与人物达成情感和思想共鸣。

虽然《一个唯美主义者的遗言》以忠于历史细节的描述而备受赞誉,但这并不是作品的重心,阿克罗伊德的意图不限于通过生活化叙事单纯描写王尔德悲剧本身,而是想透过王尔德个人悲剧窥视和反思维多利亚时代狭隘的、封闭的"英国性"的局限及危害。

阿克罗伊德的历史小说注重营造时代氛围以及人物所处的历史和文化环境,因此他的小说都具有浓郁的历史情韵与深厚的文化意蕴。尽管一些后现代历史小说在创作方法上转向空灵虚幻的诗性书写或商业性大众化的通俗书写,但是阿克罗伊德的小说仍以史实的厚重扎实、书写的严谨质朴而别具一格。作为一名严肃的作家,阿克罗伊德在创作时总能以史家的眼光,在特定的历史文化语境中解读和审视人物,《一个唯美主义者的遗言》是一个绝佳的例证。阿克罗伊德对王尔德的悲剧并没有做简单化评判,而是将他置于时代的大背景之中,从他与那个时代之间不可调和的矛盾和冲突之中寻找造成其悲剧的种种根源。

《一个唯美主义者的遗言》的历史背景被定位在维多利亚时代的伦敦。王尔德在 19 世纪 80 年代初从牛津来到伦敦,事实证明,伦敦既吸引了他,也吞食了他。王尔德对这座城市的最初印象是,“离开牛津到伦敦,感觉上是离开雅典去寻找罗马”(47),在王尔德的这一比喻中已暗示出当时伦敦正经历着重大变化或衰退。王尔德后来明白,他进入的是一个躁动不安的地方,丑陋的建筑物正被拆迁、重建,整个城市喧嚣繁忙。虽然电灯的出现取代了煤气灯,为伦敦的街道赋予了鲜明的现代美,但是王尔德说:“不过这灯红酒绿的景象我很快就腻味了,我反而去寻找其周遭的阴影”(48)。在他看来,这只不过是表面的浮华,因为当远离繁忙的道路时,穿过小巷之中,他“看到了贫穷,看到了羞耻”(48)。然而,王尔德又对伦敦充满希望和幻想:“我带着年轻的想象,把伦敦看作一个大熔炉。我们如若靠近它,非死即伤,但这大熔炉也创造了光和热。似乎整个地球的力量都汇集到这一点上来了,沉浸于此,我的个性也大为充实。”(49)王尔德准确地预言了他的命运,在这个城市他虽然获得了荣誉和成就,但最后也被这座城市烤伤并毁灭,因为那是一个无情的“钢铁时代”,没有人能理解他。这在他的日记中可以看到:

> 报纸上说我们生活在“过渡”时期,这一次或许算它们说对了。旧的一切正在裂成碎片,而没有人,包括记者在内,能够说出有什么可以取而代之。我本可以成为新时代的声音,因为我宣扬的全是我这个时代所不知道的东西——也就是每个人都应力求完美。但是没有人理解我:他们却在力求自行车的完美。这真是一个钢铁的时代。(191)

阿克罗伊德认为王尔德说得对,这不仅是一个漠视人情和人性的钢铁时代,而且是一个道德虚伪和败坏的时代,因此对于一心“要伸张艺术和想象的价值”(59),宣扬新思想、新理念,而又敢于揭露和讽刺社会真相的王尔德来说,这个时代注定会给他带来悲剧。

王尔德狂傲不羁的性格和行为举止也不能为其时代所容。在王尔德看来,“英国是伪君子达尔杜福[1]的故乡”(106),因此,他无法接受英国绅士的虚伪和假正经。他不无讽刺地说:“我从一开始就知道,我永远不会摆出英国绅士那种荒唐的假正经姿态。这些英国人要是没话可说,就摆出不屑一顾的样子,要是没什么可想,就会装出若有所思的神态”(50)。王尔德处处表现出不和自己的时代同步,他说:“我的穿戴要么是18世纪的,要么是20世纪的——代表着昔日的荣华,或来日的富丽,我也说不准到底代表了哪一种,但我坚决不和现在这个世纪牵连在一起。……在朋友眼中,我是‘世

---

[1] 莫里哀同名喜剧中的人物。

界奇迹’,在仇人眼中,我就是反基督[1]。”(54)因此,王尔德决心在自己的作品中告诉为他定罪的那些人他们生活其中的是个什么样的世界,让他们明白他这个专事以艺术作品揭露他们的人曾经见证了他们极度的无耻和愚蠢。

王尔德的文艺思想同样与其时代格格不入,他对当时的英国文学作品和评论界表示出强烈不满。他说:“我不喜欢文学界的诸公,他们也不喜欢我。我嘲讽他们的价值观,他们也对我反唇相讥。确实,我的个性一直让别人头疼,到了后来,我的作品又让人们晕头转向了。”(55)他不喜欢同时代的作品,因为在他看来,现代小说总是期待着动人心魄的东西,结果总是令人失望,他甚至认为“现代英语作品乏味可陈,拙劣作品总是被过分追捧;真正的优秀作品却总难觅知音”(91)。王尔德认为,现代英语作品缺乏以前经典作品所能激起的那种真挚而强烈的情感,他在回忆童年时的阅读经历时曾表达过这一观点:

> 在那个年代我发现了诗歌,发现了诗歌,我也从中发现了自己。有一本书完完全全地改变了我。我有一次偶尔拿起一本丁尼生的诗集。当时夜已深,本来该睡觉了,但我却躺到床上看了起来。我把灯光调得很低,书页上的字很暗。我的眼睛扫过书页,如饥似渴地寻找这些永恒的精神食粮,突然间我看到了这样一行字:“风经过之处,拂动芦苇顶梢。”不知怎么的,这句诗竟然如此让我震

---

[1] 普鲁士国王腓德烈二世(1712—1786)在世时毁誉参半,当时有人称其为“世界奇迹”,也有人称其为“反基督”。

> 动:好像把我从长久的沉睡中唤醒了。(25)

王尔德还说,即使在监狱的时候,他也能从以前的作品中获得生存的力量和信心:

> 我怀着一颗谦卑之心认真地看这些作品,就像个孩子一样。我开始看的是简易拉丁文版的圣奥古斯丁的作品。然后我开始看但丁的作品,并和但丁一起走入炼狱。这炼狱我以前就熟悉,但是到现在才能深味其中意义。他们还给了我一本埃斯库罗斯的作品,让我再一次为古代之事而倾倒:监狱的阴影淡去了,我站到了明净而晴朗的天空下。埃及的文字本身有种特别的质地,仿佛是福楼拜笔下坦尼丝的面纱,包裹着我,保护着我。我呼唤着酒神狄厄尼索斯这个放纵自己嘴唇和内心之神,他的光彩把我和黑暗隔开,让我恢复了活力,振奋了精神。是的,这有些奇怪——一个人居然能在监狱里体验快乐,因为我已经在自己身上找到了超越愁苦和屈辱的东西。(172—173)

此外,除这些经典作家外,王尔德对一些法国作家也特别推崇,并从法国众多名家的作品中学到当时英国文学作品所缺少的东西。例如他说:"在我的眼中,巴黎是欧洲文学的中心"(68),"我用头脑崇拜福楼拜,我用心灵崇拜司汤达,我用穿戴打扮来崇拜巴尔扎克"(69)。他还说:"波德莱尔发出的痛苦之音声如洪钟,深深影响了我,我开始探索世界的阴暗角落"(77)。的确如此,王尔德通过吸纳这些作家的思想,为当时的

英国文学注入了新鲜元素,如通过宣扬享乐、渲染畸爱与赞美罪行等揭露和讽刺上层社会,这不仅构成了王尔德唯美主义思想中“恶”的内容,而且后来也演变为“英国性”的一个重要方面。阿克罗伊德指出,恰恰因为王尔德与维多利亚时代始终保持着一定的距离,因此他才能以旁观者的身份观看世风世俗,见证世道的沧桑变幻,了解那个道德虚伪、假仁假善的世界。王尔德以自己的方式对其时代给予痛击,把自己形容为“想象世界的虚无主义者”(56),他以文学为武器反判其所处的社会,使每个人从他身上都“看到了自己的罪恶”(182)。他曾自豪地说:

> 我真正有影响的第一部作品是《道林·格雷的画像》(*The Picture of Dorian Gray*, 1891)。它虽不是开山之作,但也仅次于最出色的作品,是个丑闻。它只能是这样:我想及时警醒同时代人,同时我也想创造出挑战传统的英语小说。……所有人物身上都有我的影子,尽管我并不能确切地知道是什么力量推动着他们的发展。在写作之中,我完全意识到有必要让本书以悲剧作结:只有看着这个世界在羞愧和疲惫中崩溃,我才能展现出这个世界的面目。……我已经迎面痛击了传统社会。我嘲笑了这个社会在艺术上的虚伪矫饰,嘲笑了它的社会道德;我展现了穷苦人的陋室和恶人的宅院,我还暴露传统家庭中充斥的虚伪和自负。我把自己的失败追溯到此书问世之时——此刻监狱之门业已为我洞开,正等着我的到来。(137)

为了反判当时过于沉闷压抑、虚伪势利的社会现实,王尔德试图"从时代价值的废墟中拯救出'美'和'快乐'的概念"(Ackroyd, *Collection*, 398),因为他"深知正生活在一个衰败的社会"(110),为此,他将沃尔特·佩特(Walter Pater, 1839—1894)和约翰·罗斯金(John Ruskin, 1819—1900)的思想融合到他所设想的一种美好的人生哲学之中,他说,"如果说我在牛津的时候从罗斯金身上学到了独立见解所体现的正直,那么我从佩特处学到了感情的诗情画意"(42)。然而,他创造的挑战传统的小说和对"美"的追求却酿成了他一生的悲剧。

王尔德的同性恋取向更是对维多利亚时代价值观的极大挑战。1886年王尔德遇到罗斯(Robert Ross, 1869—1918),开始了他的同性恋生活。1891年又遇到阿尔弗雷德·道格拉斯勋爵(Lord Alfred Douglas, 1870—1945),也与他建立了亲密的同性恋关系,这无疑为当时的社会所不齿。用王尔德自己的话说,是别人为他的恋爱事件"加上了肮脏污秽的阐释"(155),才把他毁了。阿克罗伊德能站在后现代高度对王尔德的性取向进行重新审视,并深表同情和理解,甚至赞扬:

> 我和阿尔弗雷德·道格拉斯勋爵的爱情为男人之间的爱赋予了美和尊贵,而英国人却不忍卒视,大惊小怪:这正是他们把我送入大牢的原因。……如果我能设想出一种更高尚的爱,一种平等的爱,他们是万万不会接受的,也会因此无法饶恕我。尽管这样的爱莎士比亚、哈菲兹、维吉尔(在其第二篇《牧歌》中)都赞美过,但这种爱是不敢声张自己名字的,因为它本来就是无名的——就如同印度神话中天神的秘语,一说出来就会遭到天谴。(141)

Robert Ross at twenty-four

Robert Ross in 1911

Alfred Douglas in 1903（by George Charles Beresford）

Oscar Wilde（on the left）and Douglas in 1893

另外,在小说中,王尔德一天早上在塞纳河边散步时和一对年轻夫妇的对话也暗示着作者对王尔德的深切同情与理解:

> “俺不是有幸见到王尔德先生了?”(年轻人对我说。我对他说感到荣幸的是我。)
>
> “俺只想握握您的手,王尔德先生。”(他又说道。)
>
> “是这样的,王尔德先生,俺们看过关于您的所有倒霉事,对不,玛格丽特?”“但您现在开心不?您现在是不是恢复得和以前一样了?”
>
> (他们都是好心人,我告诉他们说我已经大大恢复了。)
>
> “他们对你做的事太坏了。”
>
> ……
>
> “酒吧里的人为您吵个没完,王尔德先生。您知不知道森林山那里的‘环球’?”
>
> (我说我不是很清楚。)
>
> “我们在那儿为您争得面红脖子粗,对不,玛格丽特?他们有些人说该把您绞死,但我把枪都掏出来了。我告诉他们说,‘他啥坏事也没有做。他做了啥坏事?’要是真相大白,俺们大部分人都会站到您一边,王尔德先生。俺们不知道这么整您有啥意思嘛。我对他们说,‘他做的事你们看看是不是成千上万的人都做过?’他们只好同意,对不?”(182—183)

王尔德和这位年轻人的对话蕴含着作者的特殊用心。一方面,它帮助构成小说中的张力,吻合了作者创作的整体用意,即引发人们对维多利亚时代所代表的传统文化进行后现代审视与自觉反思。另一方面,从艺术审美角度来讲,它构成了小说中的杂语现象,使价值判断呈现多元、开放的态势,是对以往二元价值观判断模式的一种超越与挑战,更具人性化。

此外,作者还在作品中通过让王尔德赞美以往的大师间接肯定王尔德的性取向:

> 所有的伟大创作都需要突破均衡状态,最伟大的艺术正源自我和其他人所经历的那种狂热的爱。男性之爱激发米开朗琪罗写出完美的十四行诗;它让莎士比亚用火一般的语言把一个年轻人化为不朽的文学人物;它同样指引着柏拉图,马洛写出如此伟大的作品。(127)

在此,通过赞美以往大师们的成就,阿克罗伊德旨在说明,王尔德并不是异类,不是他个人出了问题,而是他所处的时代出了问题。如小说中的王尔德说:“19 世纪是一个充满肉欲的,肮脏的时代,但我想把感官的感觉神圣化,使其在层次上超越于商业阶层所梦想达到的境界。……这种做法激怒了我的同时代人。他们不能在任何情形下看到自己的罪恶。”(136)

阿克罗伊德还通过考察王尔德的多重身份阐明造成他悲剧的原因。阿克罗伊德认为,王尔德只是“一个仅仅因为生不逢时而遭到惩罚的艺术家”(159),他的思想和行为因与时代格格不入才使他的身份不被认同,在英格兰人眼里,成为一个“异类”和“他者”。王尔德对自己的这一身份有清醒的认识,他说:“即便在我用一句话阐释自己的哲学,即便当我站在伦敦的这间客厅里的时候，我也知道我是个异类。…… 从根本上说，我是他们中间的外族人……我是爱尔兰人，所以我是永远的流浪者。”(110)作为一个爱尔兰人，王尔德明白，他注定要受到迫害，因为他知道“英国人把对爱尔兰人的报复变成了一门艺术”(110)。而且，在第一次审判后被保释回到母亲那里时，王尔德才了解到他原来还是一个私生子，他并不是威廉爵士的亲生儿子，他的父亲是个爱尔兰诗人和爱国者，很多年前就已远离人世。私生子的身世更加重了王尔德的“他者”身份，因为“私生者被迫走自己的人生之路…… 从母亲的告白中，我确信我也一样应归在被遗弃者的行列”(35)。甚至在他受审的那些日子里，有人给他送来一封信，里面只有一幅史前怪兽的画像。他明白其中的寓意：“这就是英国人对我的看法。对了，他们还想把我这头怪兽给驯服了。他们把它关押了起来。”(2)王尔德随后意识到，他的一切取决于他在社会上的地位，失去了这种地位，个性就一钱不值，身份也随之丧失，并不得不接受人们冠以他不同的诨名：

> 以前，更糟糕的诨名我都有过：人们从诅咒的渊薮中刨出恶言秽语，纷纷向我掷来。我用什么名字都无所谓了——他们为了戏剧效果，称我为塞巴斯廷·美墨斯❶和 C. 3. 3. 也罢，反正我的真名实姓已经死了，背上这两

❶ 美墨斯是集流浪汉、倒霉鬼、邪恶者为一身的人物。美墨斯是查尔斯·罗伯特·马图林(1782—1824，王尔德母亲的舅公)小说《流浪者美墨斯》中的主人公。他把灵魂出卖给魔鬼换取长寿，后来出于后悔，不断寻找替身以求解脱，但是这些人都不愿意出卖灵魂。以美墨斯为名，是指王尔德在自己过往的经历与美墨斯出卖灵魂之举中看到相似之处。

> 个绰号,也不失恰当。记得在孩提时,我对自己的大名是很在乎的,第一次写奥斯卡·芬格尔·欧弗莱赫蒂·威尔斯·王尔德,我的心里都洋溢着莫大的喜悦。这个名字里寄托了爱尔兰的所有传说,这名字似乎能给我力量和现实。这是我第一次感受到文学教喻能力的确证。不过现在我对它有些厌倦了,有时候甚至避之唯恐不及。(4)

阿克罗伊德认为,正因为王尔德看透了这个世界,比其他人更清醒、更敏锐,因此才不为世人所容和认可,身份和名字被人随意践踏、侮辱。

通过从多侧面描写王尔德与其时代之间的张力,一方面,阿克罗伊德传达出“英国性”所隐含的内在危机;另一方面强调了王尔德对“英国性”的贡献。阿克罗伊德对王尔德给予极高的评价,肯定了王尔德为“英国性”所注入的新鲜血液,甚至认为王尔德拯救了维多利亚时代,因为“当所有其他的价值观遭到人们质疑时,是王尔德大胆阐释和维护了艺术家的良知和意识”(59)。如小说中写道:

> 拿破仑说过,“深重的悲剧是培养伟人的学校”,至少这话在我身上应验了——在生活的神秘面前,我所创造的一切都不值一提,甚至连不值一提都说不上。我们只能从个人——像我这样穷愁潦倒的人——身上,从个人生活的奥秘当中,找到意义的所在。生活,生活的洪流能够战胜一切。它比我自己伟大,但是如果没有了我,它将是不完整的:这就是真正的奇迹。(181)

这段话表明,在阿克罗伊德眼里,王尔德是那个时代的重要组成部分,他个人生活的奥秘中蕴含着时代的意义,他曾为那个时代赋予激情与活力,因此没有他那个时代将不完整,他所做的一切不是不值一提,而是意义重大,值得人们永远铭记,下面王尔德的这段话可以最好地证明这一点:

> 我是这个时代最伟大的艺术家,我对此毫不怀疑,正如我的悲剧也是这个时代最大的悲剧。在欧洲和美国我都享有很高的艺术声誉。在英国,我的作品总是巨大的商业成功——我对此并不感到羞耻。……我掌握了各种文学体裁。我把喜剧带回到英国舞台,我用我们自己的语言开创了象征戏剧,我为现代读者创造了散文诗。我把批评从实践中分离出来,形成一门独立的学问,我还写出唯一一部现代意义的小说。还有,尽管我把自己的戏剧作为一种本质属于私人表达的形式,但我的理想是把戏剧变成生活和艺术交汇的地方,我一直锲而不舍地追寻着这一理想。(185)

阿克罗伊德认为,王尔德英国身份的最后被认同说明他为"英国性"所做的贡献已被认可。1995 年,西敏寺从一扇灰蓝色的菱形彩窗将王尔德漂泊了近百年的孤魂迎回"诗人角",给了他应得的尊重与地位,将这个"他者"和代表"英国性"的众多核心人物安葬在一起,这说明,和乔叟、莎士比亚、狄更斯等公认的英国经典作家们一样,王尔德也最终被视为"英国性"的象征。

在小说的结尾,阿克罗伊德描述了几个蕴含深意的动人场面,既体现出王尔德所宣扬的"每个人都应力求完美"的理念,也可以被看作作者对未来"英国性"的期望和信心,例如小说中描写道:

> 早上我又疼痛不已,因为房间有时颇有坟墓的气氛,我走了出去,来到美术大街——我现在走得很慢,步履艰难,但仍保持着一种新奇感。有个男孩在雅各大街角的一架手风琴边玩耍。他把人们丢给他身边的老人的几个苏捡起来,费力地放到老人边上。在街对面,有两个年轻人在搀扶着一位老妇上她家的楼梯——搀扶者的脸上充满了快乐的神色,看着他们,我心上的重担不由得减轻了。一个男孩溺爱地拍着他的狗,而狗则把爪子搭到他的肩膀上。我的思想和心灵现在就寄托在这些细节上了。在这一天,1900 年 10 月 8 日,这些东西会成为永恒。(181)

作者在此让王尔德从年轻一代人身上看到了他毕生所追求的人性的完美,看到了真诚、关爱、情感和希望,这是一种新的"英国性":人与人、人与自然、生活与艺术都达到了完美结合。

阿克罗伊德指出,"英国性"所隐含的内在危机是造成王尔德悲剧的主要原因。小说中王尔德对查特顿悲剧命运的评价蕴含着作者对两位作家的人生悲剧与狭隘的"英国性"之间关系的思考:

> 时至今日,每当我想到查特顿之死,仍不免潸然泪下——他落到了没有面包果腹的境地,却完全知道身后

> 定会声名鹊起。一个奇特而虚弱的孩子,他的天才这么早就崭露了,甚至要借他人之名来承载横溢之才。这是18世纪的沉痛悲剧,18世纪可谓文学的悲剧世纪,或许只有薄柏的诗歌是例外。(76)

这段评述巧妙地把王尔德和查特顿两位英国文学史上命运相似的奇才联系在一起,并将这一评价融入作品思想主题的揭示中。对于阿克罗伊德来说,造成王尔德和查特顿悲剧的原因在于守旧、狭隘和封闭的"英国性"。通过对他们人生悲剧的历史书写,作者旨在引起当代人对旧的"英国性"进行反思。在他看来,英国文化应保持开放的态势,重视同异质文化的交流和对话,因为"不同文化之间的人们是展开对话,达成相互理解,还是维持互相误解的状况,不同的选择就会产生不同的结果"(姚君伟,98)。在《一个唯美主义者的遗言》中,阿克罗伊德笔下的王尔德对维多利亚时代的批判是多元的,既剖析了消费文化下膨胀的欲望,又揭示出机械时代人们的虚伪、无情和冷漠,还抨击了狭隘的"英国性"。

通过王尔德的经历,阿克罗伊德旨在强调"英国性"的形成过程应是一个不断吸收和同化其他文化的杂糅过程。阿克罗伊德曾多次强调过这一点,他认为"英国性"的一个重要方面就是多样性的融合,杂糅是英国文学、音尔、绘画、语言和文化的形式和特点之一。

《查特顿》、《霍克斯默》和《一个唯美主义者的遗言》这三部历史小说最充分地反映出阿克罗伊德历史小说的创作旨归:经历了从考古性溯源、哲理性探索到对"英国性"的反思。阿克罗伊德对过去保守的"英国性"所造成的悲剧深表遗憾和不满，因此，他才在作品中反复强调"英国性"不是刻板、保守和封闭的，而是流动、开放和包容的。阿克罗伊德对"英国性"的多维阐释寄托了作者对理想的"英国性"的期待，引发人们对"英国性"的内涵进行重新认识和思考。

在谈到何为理想的历史小说时，有学者认为："理想的历史小说应该是一部民族的风俗史、一部人类的心灵史；同时，它还应该是一种深层的对话结构，不仅与历史对话，而且也与现在的乃至将来的读者对话，引导读者提升文化品位而不是迎合读者的流行趣味。"（杨建华，92）以此为标准，阿克罗伊德的历史小说堪称是理想的历史小说，因为他始终希望在历史与现实之间建立起对话的桥梁和精神的连接，通过历史书写梳理英国民族的心灵史。

阿克罗伊德的历史小说质朴而不缺乏韵致，既饱含历史生活的真实感，又能激起审美上的愉悦感，总能在"尊重史实的基础上放飞文学的想象"（王向远，55—56），使历史和想象融为一体，体现出明显的英国文化的杂糅特征。可以说，阿克罗伊德的历史小说都体现出"深度艺术加工"和"历史情味"相结合的特征。"历史情味"是印度诗人拉宾德拉纳特·泰戈尔（Rabindranath Tagore，1861—1941）在评论历史小说时所使用的一个述语，他说："如果历史学家曼森对莎士比亚这个剧进行历史考证，那他可能会找出许多违反时代的错误和历史错误，但是莎士比亚在读者心灵上所施加的魔力和通过虚构的历史所复制的'历史情味'，不会因为历史的新证据的发现而泯灭。"（泰戈尔，12）在泰戈尔看来，"历史情味"比历史事实更重要，因为：

> 小说创作得到了一个与历史结合的特殊情味,小说家已成为历史情味的贪婪者,他们不特别注意某些历史事实,如果有人不满意小说中的历史的特殊意味,想从中拣出与小说已不可分割的历史,那等于要从已煮熟的菜肴里找出香料、调料、姜黄和芥子。我们同那些只有证实了调料之后才做可口的菜肴和把调料压成一个模式做菜肴的人,没有任何可争执的,因为这里味道毕竟是主要的,调料是次要的。(12—13)

泰戈尔在这里所说的"历史情味"是一种美学氛围,是历史小说所特有的诗意品格和魅力所在。因此,历史小说是作家以自己全部的情感和审美的呼吁拥抱历史的结果。具有"历史情味"的小说往往被认为是当下性与文学性的高度统一。据此,阿克罗伊德的历史小说都是具有"历史情味"的小说。一方面,他往往能在现代文化的意义上尊重和反观历史,并发现历史的现实指涉和现代性内涵,因此他实现了小说的现代性。另一方面,阿克罗伊德把史性的"历史"转化成了诗性的"小说",大胆地发挥了艺术想象力和创造力,充分运用各种艺术方式,以"历史情味"为目标创造出历史小说中的佳作,使读者从中获得丰富的审美愉悦。

大卫·科沃特(David Cowart)认为后现代历史小说至少有以下两种目的或功能:"一是探索过去;二是间接评论当代社会问题"(Cowart, 8)。阿克罗伊德的历史小说同样兼具这两种目的。首先,探索过去是阿克罗伊德历史小说的共同目标。事实上,阿克罗伊德的历史小说之所以卓然不群,主要在于他始终能立足于英国历史。其次,阿克罗伊德的历史小说虽然写的是过去,但它们往往在对过去的书写中直接或间接地指涉当下。另外,阿克罗伊德历史小说的意义还在于有作者的情感寄托和对历史的人性注入。这种人性注入,不仅可以帮助现在的读者走进“历史”,而且使历史活在“现代”,因为虽然历史中的一切人与事都只是短暂的存在,但人性是不变的、永恒的,可以穿越时空。人性的注入还可以使历史内容具有鲜活的灵魂,一切人物和事件都不再是过眼云烟,而是人们心中的永恒,因此,他的历史小说既能促动读者对历史的思考,又能引起读者的情感共鸣。阿克罗伊德历史书写的动机既来自对历史的兴趣与反思,也来自历史传统被忽视的忧患,体现出一位作家的历史责任感和对整个人类未来命运的终极思考与展望。

结　论

阿克罗伊德的创作实践证明他是一位能立足当下、珍视过去与憧憬未来的严肃作家。他在作家传记、改编作品和历史小说中对“英国性”的梳理、传承、建构和反思是他对民族历史和文化传统深刻认识与认真思考的结果。在后现代语境中，当传统文化面临大众文化挑战时，他没有盲目追随创新或寻奇的创作道路，而是在历史书写中表征他对“英国性”的高度热情与执着坚守。他以恒定的意志守护着对传统与经典的审美与信仰，梳理出一个源远流长的英国文学传统，从前辈作家身上找到了身份认同的愉悦和民族身份记忆的连续性，彰显出宏阔、深邃的历史感。

弗雷德里克·詹姆逊（Fredric Jameson，1934—　）曾说“从根本上说，历史是非叙述的、非再现的”（72）。阿克罗伊德虽然知道历史真实的不可能完全企及，但是依然不放弃对历史的兴趣和执著追溯，因为他相信，“历史除非以文本的形式才能接近我们”（72）。通过历史书写，阿克罗伊德使得英国的过去与现在得到神秘联结，把原是零散、无序的历史梳理成具有内在联系的有机体，使英国人找到定位民族身份的根本。

阿克罗伊德对历史连续性的再现和对“英国性”的表征带来一种多数后现代作品中所缺少的严肃性、历史感。然而，他明白，虽然历史只有通过文本才能被认识，但历史永远不能被简约为文本，而是永远无法完成的文本，因此，值得一代代人不停地书写下去。

阿克罗伊德认为，英国历史和文化的连续性是“英国性”的一个重要方面，值得深入研究。他说：“我们可以发现一些难以想象的遥远的过去与现在连续的证据”（*Foundation*, 443）。例如，现在的公路正是沿着古代的道路修建而成，多数现代教区采用的是以前聚居区的格局，并保留着古代的墓葬，这说明古人依然在我们身边。另外，一些圣地的历史几乎和民族史一样古老。教堂和修道院往往坐落在巨石纪念碑、圣泉和早期青铜时代举行仪式的地点，东约克郡拉兹顿教区教堂的墓地有英国最高的新石器时代的孤赏石，中世纪肯特郡的朝圣道路可以追溯到史前通往圣泉和圣地的路线。因此，阿克罗伊德认为“我们仍然能体验到遥远的过去”（444）。他指出，“衡量一个国家的依据是连续性而不是变化”（Ackroyd 444）。有人认为英国的城市和乡镇随着罗马统治的终结而衰败，阿克罗伊德却认为这是无根据的推断。他说，作为现在的行政中心，它们的功能只是与以前不同而已。事实上，城市人口仍然保留着，并延续了以前城镇的生活传统，这可以在康沃尔郡新石器时代的聚居区看到，在公元前3000年那里就有坚固的石墙，人口约200人。阿克罗伊德还指出，在农村甚至可以看到更多连续性的证据。例如盎格鲁·撒克逊人的“入侵”并不是与过去决裂的标志，事实上，这些日耳曼移民制定了同样的田地制度，保留了旧的边界。他们尊重土地的原有状态,保留同样的首府,他们的圣地就是之前新石器时代的遗址,所有这些证据都彰显着过去的存在与历史的源远流长。阿克罗伊德曾深有感触地说过,回溯历史时,我们可以再次生活在12或15世纪,发现我们自己时代的回声和共鸣,同时,还可以认识到,有些东西如虔诚和激情等永远不会过时和消失,因此,他说,我们可以得出这样的结论:“人类精神的伟大戏剧是常新的”(446)。

阿克罗伊德对连续性的重视和尊重,使得他对前辈作家所开创的民族文化传统怀有深厚的兴趣和情感。虽然罗兰·巴特(Roland Barthes, 1915—1980)曾著文宣称“作者已死”,但阿克罗伊德却坚信那些经典作家不仅没有死,而且永远活在现在,如乔叟、莎士比亚、查特顿、狄更斯等都是如此。历史证明,当一些流行作家被历史遗忘后,这些经典作家的作品却能承受得起时间洪流的冲洗和当今电视、电影等媒体以及其他不同艺术形式的不断改编。例如,莎士比亚历经四百年之后还能无所不在,并“将在我们时代消逝之后继续存在下去”(布鲁姆,《如何读,为什么读》,12)。在阿克罗伊德看来,真正的经典作品不会轻易被历史淘汰,经典作品永远具有影响力并且使当今重要的新创作成为可能,它们不仅是时代现象的反映,也是现代社会的最好借鉴,仍然可以影响和改变当下人们的观念,因为经典往往能引起不同时代人的共鸣。

在作家传记中,阿克罗伊德通过将历史、想象、虚构和阐释相结合的手法塑造了乔叟、莎士比亚和狄更斯三个典型而最能代表“英国性”内核的作家形象。作者通过梳理他们的人生经历发现,他们的共同努力构成英国文学的伟大传统,并得到后代作家的继承和发展,从而演变为能够表征民族文化特征和民族身份的“英国性”。虽然这些历史人物都是有一定时空距离的人，但是阿克罗伊德从他们身上找到能激起他内心共鸣的思想和情感，因此这些经典作家成为他表达个人理想和民族精神的载体。在阿克罗伊德的笔下，这些作家都是伦敦记忆的一部分，是“英国性”得以形成的根本，因为以他们为代表的英语文学创造出可以同任何民族、任何时代的杰作相媲美的传世之作，取得了令英国人永远值得骄傲的成就，形成了一个表现英国社会文化，表达英国人思想情感和弘扬英国民族意识的文学传统。因此，他们最好地代表了“英国性”的内核与根基。

阿克罗伊德尊重过去与传统，但不拘泥于过去，更强调在继承传统的同时能充分发挥个人才能。例如，他在追溯和梳理英国经典作家所开创的英国文学传统时注意到，英国文学史上一些杰出的作家都善于在改编前人作品的基础上进行创作。鉴于此，阿克罗伊德也将改编经典作为其创作手段之一，积极改编前人的作品，并能以后现代视野对经典进行创造性历史书写。阿克罗伊德的改编既有对原著的再现，又有与原著的疏离，还有对原著的颠覆，充分体现出作者超凡的个人才能。通过改编，阿克罗伊德不仅把自己纳入前辈作家所开创的传统之中，而且勇于通过创造新作品改变传统，因为他认识到，学习和模仿固然重要，但模仿得再好也不能代替独创性的艺术创造。因此，在改编过程中，他不仅注重作品的本土化和历史感，而且能为原作注入对时代问题的思考，从而创造出与当代人们的生活更贴近、更能令人信服的历史故事。在后现代语境中，当经典文本面临被冷落的危险时，阿克罗伊德选择改编经典这一举动本身和他选择经典作家作传主一样都足以表明他对民族文化传统的爱戴与尊重。

在历史小说中,阿克罗伊德的想象力达到最大限度的发挥,彰显出作者天才的创造力。阿克罗伊德的历史小说创作手法与其传记的创作方法形成巧妙对照和呼应,充分展现出他同时作为传记家和历史小说家的才华,因为他既能“给传记戴上小说的面具”,还能“给小说蒙上传记的面纱”,丰富了历史书写的艺术空间。在作家传记中,阿克罗伊德首先采用传统现实主义的写实手法通过历史书写勾勒出传主的人生经历,将传主定位在他们所生活的真实的历史背景之中,呈现给读者一个真实可感的历史人物。然后,在依据历史事实的基础上,作者才对一些有关传主的历史记录空白进行合理的后现代想象、虚构和阐释,试图在不改变历史事实的基础上还原一个个生动而丰满的传主形象。然而在历史小说中,作者采取了相反的写作策略。如果说阿克罗伊德在传记中主要采用的是建构方法的话,那么在历史小说中他采用的却是先解构后建构的方法。作者往往一开始就使用大胆的想象将真实的历史解构,例如,他对查特顿之死的大胆设想、依据霍克斯默这一真实的历史人物想象出戴尔和霍克斯默两个人物、对王尔德的戏仿等都彰显出明显的小说写作特征,因此,无论作者重构的故事有多么逼真,读者一开始就明白它们不是传记而是小说。由此可见,阿克罗伊德的作家传记书写和历史小说的书写虽然有共通之处但存在一定区别,即他的传记虽然有小说的面具,但它们不是小说,因为作者在传记中没有使想象超越历史的限度,从而达到小说的想象程度。同样,他的历史小说虽然被蒙上传记的面纱,但毕竟不是传记,依然是小说,因为一些看似历史真实的部分完全建构在虚构和想象的基础上。另外，阿克罗伊德历史小说中的主人公与他作家传记中的传主也形成鲜明对比。在传记中，那些传主多数都是有定论的英国正典中的人物如乔叟、莎士比亚、狄更斯等，而历史小说中的主人公如查特顿和王尔德等都是颇有争议的人物。阿克罗伊德的这种选择显然是深思熟虑的结果，是为表达不同的主题思想而精心设计。在传记中他要树立“英国性”不可动摇的核心与象征，而在小说中他要表达“英国性”的开放性和复杂性，因此，这些性格各异、个性鲜明的人物可以更好地给他提供发挥想象和阐明主题的空间。

阿克罗伊德的历史书写不应被视为文化保守主义，事实上，它更是一种精神溯源，因为他敏锐地意识到，历史和传统在保障文化生命力方面是不可缺少的，它使记忆连贯，可告知不同时代的人们如何应对同样的生存困境。他说，“一个没有身份的国家是一个没有记忆的国家，而一个没有记忆的国家根本就不能称为一个国家”(Ackroyd, *Collection*, 316—317)。阿克罗伊德始终尊重历史和传统，因此，他常将经典作家和作品镶嵌在自己的作品中，使文学传统保持新鲜活力。正是因为他能从前辈作家身上找到身份认同的愉悦，从古人的故事中获得对人生的启悟，所以，他才精心选取英国历史中富有典型意义的文化人物作为书写对象，描述出一个连续不断的英国文化传统。

阿克罗伊德的历史书写也并非厚古薄今，他没有钻到故纸堆里，而是能站在今日的高度考察过去、书写过去，担负起一位作家的时代责任。塞缪尔·贝克特(Samuel Beckett, 1906—1989)曾说：“昨日不是一个被我们甩在身后的里程碑，而是岁月的足迹留下的日程碑，它沉重而危险地进入我们的生命,成为我们无可更改的组成部分。”(9)贝奈戴托·克罗齐(Benedetto Croce, 1866—1952)也说过,“历史不是关于死亡的历史,而是关于生活的历史……一切历史都是当代史”(69)。同样,阿克罗伊德也始终相信,“过去”是活着的,“过去”较之“现在”或未来能给予我们更深沉的生活。鉴于此,阿克罗伊德往往能以后现代视野去领略古代文化遗风,揭示过去与现在的有机联系。

阿克罗伊德在历史书写中对“英国性”的执着探索不仅体现出作者对英国历史和文化的深厚情感,而且表明一位严肃作家的历史担当精神和民族责任感。他希望英国人能真切地感受到自己国家的历史及其独特之处,因此,才试图通过历史书写多侧面地展示“英国性”的不同特质。他在评论莫林·杜菲(Maureen Duffy)的《英格兰:神话的形成》(*England: The Making of the Myth*, 2001)一书时曾说“从未有过一个比这个时期更有必要认识到民族身份特征的时期”(Ackroyd, *Collection* 318)。这句评论道出了他对民族身份的责任心,因此在后现代语境中,当民族身份受到冲击时,为弘扬民族精神和民族身份,阿克罗伊德选择追溯过去,不承认“伟大的传统业已消失”(波德莱尔,263),并认为“如果我们失去了传统与继承,那么我们就会失去自我”(Ackroyd, *Collection*, 351),因为过去是我们存活的证据,是自我意识的根基,可以帮助我们获得心灵的充实与安稳。莫里斯·哈布瓦赫(Maurice Halbwachs, 1877—1945)曾说:“过去如同一块坚固的石碑,上面牢牢铭刻着往昔的‘自我’,当我们回忆过去时,会觉得自己在那其中是绝对存在的。因此过去绝不仅仅是对世界感知的简单记录,它是个人塑造自我意识的基础。”

(哈布瓦赫,82)阿克罗伊德怀着同样的信念和精神的操守,在创作中始终以优美的文笔、严肃的内容和高度的激情守护着自己对过去的信仰,从过去的传统中找出使"英国性"长久不衰的文化细胞。

在一个强调"全球化"的后现代语境中,阿克罗伊德对"英国性"的坚守和维护招来不少评论家如特里·伊格尔顿(Terry Eagleton, 1943—)、赫尔曼·约瑟夫·施耐克兹(Hermann Josef Schnackertz)和杰弗里·勒斯纳(Jeffrey Roessner)等的非议。他们对阿克罗伊德的"英国性"颇有微词,认为他是一个"保守的后现代主义者"(Lewis, 185)。刘易斯却不以为然,并且说:

> 如果我们同意伊格尔顿、莱文森、勒斯纳和其他一些人的看法的话,那么阿克罗伊德作品中对"英国性"的维护和英国传统的认可也许会被认为是最无趣的部分。不过,在民族身份因帝国的消失、分权、欧洲化和全球化而丧失的时候来阐释区域文化似乎是在冒险。……阿克罗伊德可能太固执,但他所做的一切很有价值。(186—187)

正如刘易斯所说,阿克罗伊德并不是狭隘的民族主义者,他对"英国性"的书写是继承性和开放性的结合,他虽然书写的是伦敦的历史,但他关注的是全人类,表现出"从一粒沙看世界,从一朵花看天堂"的愿望,试图从伦敦的点滴生活中发现整个宇宙,因此,在他的笔下,伦敦已成为一种隐喻和象征,他对伦敦的历史书写蕴含着其对整个人类历史的哲理思考。事实上,阿克罗伊德在坚守"英国性"的同时并非否定和排斥"全球化",相反,是他对"全球化"深刻理解的结果。他曾明确表示,对一个民族的信念并不妨碍对整个人类文明的信仰。他指出,英国音乐家拉尔夫·沃恩·威廉姆斯(Ralph Vaughan Williams, 1872—1958)在强调民族性的同时也信奉"统一欧洲和世界同盟"(Ackroyd, *Albion*, 458)的思想。威廉姆斯在其题为"民族音乐"的系列演讲中曾以巴赫、贝多芬等的生活和事业为例说明,"'地方性'的艺术家最有望成为一个'世界性的音乐家'"(457)。他相信:"如果你的艺术之根能牢牢地建立在你家乡的土壤之中,只要那里的土壤还能给予你任何营养,你就可以得到整个世界而不会失去你自己的灵魂。"(457)阿克罗伊德极为推崇威廉姆斯的观点,坚信没有民族文化无从谈论"全球化"的立论,认为只有真正完成"民族化"才能找到自己国家的民族特质和独特性,也才能真正地谈论和理解"全球化",因此,在作品中他一再强调民族文化的重要性,执着地书写"英国性"。可见,阿克罗伊德并不是无视"全球化",而是对"全球化"有深刻的领悟,因此他的创作不是反"全球化"的证据,而是他对其更清醒的认识和积极回应的结果。在他看来,一个没有民族文化的国家难于应对"全球化"。因此,阿克罗伊德所接受的"全球化"不是一种由外向内的接受主流话语,而是一种自内向外的扩展与渗透。

此外,作为一名博学、多产而严肃的作家,阿克罗伊德的作品虽然各具特色,但是在语言上表现出共同的杂糅特征,如古今语言杂糅、语体杂糅和体裁杂糅等,特别是古今语言杂糅的特征为他的作品赋予一种历史美感。阿克罗伊德不愧是一位杰出的语言大师,他能认真地揣摩和生动地还原古人的语言特点，营造出古代生活的历史氛围，使读者感受到时代的遥远。他对古语的娴熟运用使他的作品给人以古朴、优美、典雅之感。同时，他还能把古代语言纳入现代语言的整体框架之中，不但未使其有晦涩冷僻之感，而且使其呈现出纯正地道的时代特征。另外，阿克罗伊德在追求“拟古化”的叙述语言和注重给读者带来一种陌生感的阅读效果的同时，也能保持现代语言的新鲜活泼。因此，他的作品既有古典语言的韵味和优雅，又有适合现代读者阅读欣赏习惯的清词丽句，变化多姿，充满动态感，这在《霍克斯默》中表现得尤为突出。在这部小说中，阿克罗伊德在对两条故事主线的描写中，根据不同的时代采用不同的语言，用两种不同的文体交替写作，即 17 世纪的英语文体和 20 世纪的英语文体。通过运用不同的语言，阿克罗伊德成功地在 17 世纪文化与 20 世纪文化之间随意切换，使两者之间的连接自然流畅、转换自如，为整部作品增添了动感魅力。

作为一位胸襟开阔、目标远大的作家，阿克罗伊德作品的时间和空间跨度之大超越了任何其他同时代作品，彰显出作者宏阔、深邃的历史感和“史诗性”的创作追求。阿克罗伊德通过创作梳理出一种源远流长的英国文学传统，其核心人物包括乔叟、莫尔、莎士比亚、弥尔顿、查特顿、兰姆、布莱克、狄更斯、庞德、艾略特和王尔德等，展现出作者重写英国文学史的雄心。在阿克罗伊德的笔下，他们都是英国文学史中各个时期的文学大师，既构成了一部英国文学思想史，又构成了一曲迷人的人生音乐，滋养、陶冶和启迪着一代代人。

阿克罗伊德的意义在于，在“后帝国”时代，他依然怀有大国意识，对民族文化传统和精神自觉追求，坚守着自己的创作道路,使作品贯注着民族灵魂和气质。反观当代中国,阿克罗伊德的意义值得深思。长期以来,在“全球化”被过分渲染的后现代语境下,一些人对民族传统和经典文化持虚无主义态度,对所谓的新方法和后经典积极拥抱。如果说中国的迅速崛起和持久发展同样需要一种“中国性”的文化意识,那么阿克罗伊德的价值应当超越文学本身,而为整体的“中国叙事”提供借鉴。中国文化要想走向世界,也需要构建新旧交融的“中国叙事”,而不是顾此失彼。

参考文献

英文文献：

Ackroyd, Peter. *Albion*. New Nork: Ranom House, 2004.

—. *The Casebook of Victor Frankenstein*. New York: Anchor Books, 2010.

—. *Chatterton*. London: Hamish Hamilton, 1987.

—. *Chaucer*. London: Random House, 2005.

—. *The Clerkenwell Tales*. New York: Anchor Books, 2005.

—. *The Collection*. London: Random House, 2002.

—. *The Death of King Arthur*. New York: Penguin Group, 2011.

—. *Dickens*. London: Random House, 2002.

—. *English Music*. London: Hamish Hamilton, 1992.

—. *Foundation: The History of England From Its Earliest Beginnings to The Tudors*. New York: St.

Martin's Press, 2011.

—. *Hawksmoor*. London: Hamish Hamilton, 1985.

—. *The Last Testament of Oscar Wilde*. London: Abacus, 1984.

—. *London: the Biography*. London: Chatto & Windus, 2000.

—. *Notes for a New Culture*. London: Biddles Ltd., Guildford, Surrey, 1993.

—. *Shakespeare*. London: Hamish Hamilton, 2006.

—. http://www.amazon.cn/Chaucer-Ackroyd-s-Brief-Lives-Ackroyd-Peter/dp/pro-ductdescription/0385507976) (17 December, 2012)

Adams, Hazard (ed.) *Critical Theory Since Plato*. Singapore: Thomson Leaming Inc., 1992.

Attridge, Derek. "Oppressive Silence: J. M. Coetzee's Foe and the Politics of Canonisation" in *Critical Perspectives on J. M. Coetzee*, Graham Huggan and Stephen Watson (eds.) Basingstoke: Macmillan, 1996.

Bhabha, Homi. *Nation and Narration*. London and New York: Routledge, 1990.

Bloom, Harold. *The Western Canon: the Books and School of the Ages*. New York: Harcourt Brace, 1994.

Bold Type. Interview (9 April, 2012) http://www.randomhouse.com/boldtype/1098/ackroyd/interview.html

Buell, Lawrence. *The Future of Environmental*

Criticism: *Environmental Crisis and Literary Imagination*. Malden: Blackwell Publishing, 2005.

Carlyle, Thomas. *On Heroes*, *Hero-Worship and the Heroic in History*. London: Chapman and Hall, 1897.

—. *Critical and Miscellaneous Essays*, Vol. 2. London: Century Edition, 1895.

Chevalier, Jean-Louis. "Speaking of Sources: An Interview with A. S. Byatt." *Sources* (28 June, 1999).

Coetzee, J. M. *Foe*. Harmondsworth: Penguin, 1987.

—. "The Novel Today." *Weekly Mail Book Week in Cape Town*, 1987.

Cohen, Keith. "Eisenstein's Subversive Adaptation" in *Perary and Shatzkin*, 1977.

Colls, Robert and Philip Dodd. (eds.) *Englishness*: *Politics and Culture 1880 - 1920*. London: Croon Helm, 1986, Preface, n. p.

Conrad, Peter. "Notes for a New Culture: An Essay on Modernism." *Times Literary Supplement* (*TLS*), 3 December, 1976.

Cowart, David. *History and the Contemporary Novel*. Carbondale: Southern Illinois University Press, 1989.

Defoe, Daniel. *The True-born Englishman*: *A Satyr*. London: British Library, 1701.

Derrida, Jacque. *Positions*. Paris: Minuit, 1972.

Dryden, John. "Plutrch's Biography" in *Biography as*

an Art; *Selected Criticism 1560 - 1960*. J. L. Clifford(ed.) London: Oxford University Press, 1962.

Easthope, Antony. *Englishness and National Culture*. London: Routledge, 1999.

Edel, Leon. "Transference: The Biographer's Dilemma", *Biography*, Volume 7, Number 4, Fall 1984.

—. *Writing Lives*: *Principia Biographica*. New York: W. W. Norton, 1984.

—. "Biography and the Science of Man" in *New Direction in Biography*, Antony M. Friedson(ed.) Manoa: University of Hawaii Press, 1981.

Eliot, Thomas Sterns. *The Sacred Wood*: *Essays on Poetry and Criticism*, 1920.

http//: www. dodopress. co. uk dodo @ dodopress. co. uk.

Emerson, Ralph Waldo. *Essays*. Boston: Houghton Mifflin Company, 1925.

Fox, Kate. *Watching the English*: *The Hidden rules of English Behaviour*. London: Hodder and Stoughton, 2004.

Frye, Northrop. *Anatomy of Criticism* . Princeton: Princeton University Press, 1957.

Garraty, John Arthur. *The Nature of Biography*. New York: Alfred A. Knopt, 1957.

Gibson, Jeremy and Julian Wolfreys. *Peter Ackroyd*: *The*

Ludic and Labyrinthine Text. London: Macmillan, 2000.

Gittings, Robert. *The Nature of Biography*. Seattle: University of Washington Press, 1978.

Gross, John. "Reviews of Peter Ackroyd's Earlier Books." *Books of The Times* (7 November, 1984)12 April, 2012.

〈http:// partners. nytimes. com/books/00/02/06/ specials/ackroyd. html#news〉

Grubisic, Brett Josef. *Encountering "this season's retrieval": Historical fiction, literary postmodernism and the novels of Peter Ackroyd*. Canada: ProQuest Dissertations and Theses, 2002.

Habermann, Ina. *Myth, Memory and the Middlebrow: Priestly, du Maurier and the Symbolic form of Englishness*. London: Palgrave Macmillan, 2010.

Holmes, Richard. "The Proper Study?" in *The Mapping Lives: The Usse of Biography*. Peter France and William St. Clair(eds.), Oxford: Oxford University Press, 2002.

Howard, Donald R. *Chaucer: His Life, His Works, His World*. New York: E. P. Dutton, 1987.

Hubbard, Phil. *Thinking Geographically: Space, Theory and Contemporary Human Geography*. London & New York: Continuum, 2002.

Hutcheon, Linda. *A Poetics of Postmodernism. History, Theory, Fiction*. London: Routledge, 1988.

—. *The Politics of Postmodernism*. London & New York: Routledge, 1989.

—. *A Theory of Adaptation*. New York &London: Routledge, 2006.

Johnson, Samuel. " Johnsonian Misscellanies " in *Biography as an Art; Selected Criticism 1560 - 1960*, J. L. Clifford(ed.) New York: Oxford University Press, 1962.

Jonson, Ben. "To the Memory of My Beloved, the Author Mr. William Shakespeare: and What he Hath Left us", *An Anthology of English Literature Annotated in Chinese*, WangZuoliang (ed.) BeiJing: The Commercial Press, 2003.

Keats, John. *Bright Star: The Complete Poems and Seleeyed Letters of John Keats*. London: Vintage, 2009.

Kenneth Womack. *Review of Peter Ackroyd: The Ludic and Labyrinthine Text*(1 November, 2012).

〈http:// clickbankdownloadebook. com/download-Peter-Ackroyd-the-ludic-and-labyrinthine-text/p356006/〉(1 November, 2012)

Kristeva, Julia. *Desire in Language: A Semiotic Approach to Literature and Art*. Trans. Thomas Gora, Alice Jardine and Leon S. Roudiez. Oxford: Blackwell, 1980.

Langford, Paul. *Englishness Identified: Manners and Character 1650 - 1850*. Oxford and New York: Oxford

University Press, 2000.

Lee, Hermione. *Virginia Woolf*. London: Random House, 1996.

Lee, Sidney. *Principles of Biography*. New York: Cambridge University Press, 1911.

Levenson, Michael. "Angels and Insects: Theory, Analogy, Metamorphosis." *in Essay on the Fiction of A. S. Byatt*. New York: Twayne Publisher, 1996.

Lewis, Barry. *My Words Echo Thus: Possessing the Past in Peter Ackroyd*. Columbia: University of South Carolina Press, 2007.

Lewis, C. S. *The Allegory of Love: A Study in Medieval Tradition*. Oxford: Oxford University Press, 1936.

Lodge, David. *The Art of Fiction*. London: Penguin Books, 1992.

—. "Mine, Of Course." in *New Statesman*, 19 March 1976.

Lukacs, George. *The Historical Novel*. Lincoln, Nebraska: University of Nebraska Press, 1983.

Marc, Pachter. "The Biographer Himself", L. Edel (ed.), *Telling Lives, the Biographer's Art*. Washington: New Republic Books, 1979.

Maurois, Andre. *Aspects of Biography*. New York: D. Appleton & Company, 1929.

—. *Aspects of Biography*. Cambridge: The

University Press, 1957.

—. “The Ethics of Biography.” *in Biography as an Art; Selected Criticism 1560 - 1960*. J. L. Clifford (ed.) New York: Oxford University Press, 1962.

McHale, Brian. *Postmodernist Fiction*. London and New York: Methuen, 1987.

Mcleod, John and David Rogers (eds.) *The Revision of Englishness*. Manchester. Manchester University Press, 2004.

McNally, Terrence. “An Operatic Mission: Freshen the Familiar.” *New York Times*. I Sept., Arts and Leisure: 19, 24, 2002.

Miller, J. Hillis. “Narrative”. in *In Critical Terms for Literary Study*, 2nd. Frank Lentricchia and Thomas McLaughlin (eds.) Chicago: University of Yale, 1995.

Nadel, Ira Bruce. *Biography: Fiction, Fact & Form*. London: Macmilan Press Ltd., 1984.

New Encyclopaedia Britannica, 15th edition, Vol. 23. Chicago: University of Chicago, 1989.

Nicolson, Harold. *The Development of English Biography*. London: Hogarth Press, 1927.

Novarr, David (ed.) “Lines of Life.” in *Theories of Biography 1880 - 1970*. West Lafayette: Purdue University Press, 1986.

Oates, Joyce Carol. “Reviews of Peter Ackroyd' Earlier Books.” *Books of The Times* (7 January, 1986) 12

April, 2012.

〈http:// partners. nytimes. com/books/00/02/06/specials/ackroyd. html#news〉

Onega, Susana. *Peter Ackroyd*. Plymouth: Plymbridge House, 1998.

Plutarch. *The Lives of the Noble Grecians and Romans*, trans. John Dryden. New York: Modern Library, 1932.

Pullman, Philip. *The Death of King Arthur-The Immortal Legend* Retrieved June 16, 2013. 〈http://www.amazon. cn/Death-of-King-Arthur-Ackroyd-Peter/dp/0140455655/ref = sr _ 1 _ 24? s = books& ie=UTF8 &qid = 1371396479&sr=1-24&keywords=Peter+Ackroyd〉

Polvinen, Merja. "Habitable Worlds and Literary Voices: A. S. Byatt's Possession as Self-Conscious Realism." *Helsinki English Studies* 3 (2004). 22 Feb. 2005, 〈www. eng. helsinki. fi/hes/Literature/habitable _ worldsl. htm〉.

Reviron-Piegay, Floriane. *Englgishness Revisited*. Newcastle: Cambridge Scholars Publishing, 2009.

Rowse, A. L.. "General Introduction." *A. L. Rowse.* Hamlet (ed.) New York: McGraw-Hill Book Company, 1984.

Said, Edward W. *Beginnings: Intention and Method*. 1975, (rpt.) New York: Columbia University Press, 1985.

Saintsbury, George. "Some Great Biographies."

Macmillan's Magazine, 66 (June 1892).

Sanders, Julie. *Adaptation and Appropriation*. New York: Routledge, 2006.

Schorer, Mark. "Technique as Discovery." in *20th Century Literary Criticism: A Reader*, David Lodge, (ed.) London: Longman, 1972.

Scruton, Roger. *England: An Elergy*. London: Chatto and Windus, 2000.

Shaw, Harry. *Concise Dictionary of Literary Terms*. New York: McGraw-Hill Book Company, 1972.

Smith, Zadie. "'White Teeth' in the Flesh." *New York Times*. (11 May), Arts and Leisure, 2:1, (2003): 10.

Stannard, Martin. "The Necrophiliac Art?" in *The Literary Biography: Problems and Solutions*. Dale Salwak. (ed.). London: Macmillan, 1996.

Stauffer, Donald A.. *The Art of Biography in Eighteenth Century England*. New York: Russell & Russell, 1941.

Strachey, Lytton. *Eminent Victorians*. London: Chatto & Windus, 1918.

—. "A New History of Rome." *Spectator*, 102 (2) January, 1909.

—. *Eminent Victorians*. London: Penguin Group, 1948.

Taylor, Christopher Jeremy. " 'Inescapably Propaganda': Re-Classifying Upton Sinclair outside the Naturalist Tradition."

Studies in American Naturalism, 2 (2007).

Vianu, Linda. "The Mind is the Soul." *Desperado Essay-Interviews*. (2006) http://lindavianu.mttlc.ro/peter_ackroyd.htm (9 April, 2012).

Wood, Michael. *In Search of England, Journeys Into the English Past*. London: Penguin Adult, 2000.

Woolf, Virginia. "The Art of Biography: 1939". *Biography as an Art: Selected Criticism* 1560—1960. Clifford, James L. (ed.) New York: Oxford University Press, 1962.

Wordsworth, William. *Lyrical Ballads and Other Poems*. London: Wordsworth Editions Limited, 2003.

Zipes, Jack. *Fairy Tale as Myth: Myth as Fairy Tale*. Lexington: University of Kentucky Press, 1994.

中文文献：

彼得·阿克罗伊德:《莎士比亚传》,郭骏译,北京:国际文化出版公司,2010年。

——.《飞离地球》,暴永宁译,北京:生活·读书·新知三联书店,2007年。

——.《霍克斯默》,余珺珉译,南京:译林出版社,2002年。

——.《一个唯美主义者的遗言》,方柏林译,南京:译林出版社,2004年。

威廉·阿契尔:《剧作法》,吴钧燮译,北京:中国戏剧出版社,1964年。

T. S. 艾略特:《传统与个人才能》,见《艾略特文学论文集》,南昌:百花洲文艺出版社,1994 年。

拉尔夫·沃尔多·爱默生:《英国人的特质》,王勋、纪飞等编译,北京:清华大学出版社,2012 年。

奥诺雷·德·巴尔扎克:《人间喜剧》(前言),《西方文论选》(下卷),伍蠡甫主编,上海:上海译文出版社,1979 年。

亨利·柏格森:《形而上学引论》,见洪谦主编《西方现代资产阶级哲学论著选辑》,北京:商务印书馆,1982 年。

塞缪尔·贝克特等:《普鲁斯特论》,沈睿、黄伟等译,北京:社会科学文献出版社,1999 年。

夏尔·皮埃尔·波德莱尔:《1846 年的沙龙》,郭宏安译,桂林:广西师范大学出版社,2002 年。

以赛亚·伯林:《浪漫主义的根源》,吕梁、洪丽娟、孙易译,南京:译林出版社,2011 年。

哈罗德·布鲁姆:《读什么,为什么读》,黄灿然译,南京:译林出版社,2011 年。

——.《伦敦文学地图》,张玉红译,上海:上海交通大学出版社,2011 年。

——.《西方正典》,江宁康译,南京:译林出版社,2011 年。

——.《影响的焦虑》,徐文博译,北京:生活·读书·新知三联书店,1989 年。

曹莉:《历史尚未终结——论当代英国历史小说的走向》,《外国文学评论》,2005(3)。

常耀信:《英国文学通史》(第 1 卷),天津:南开大学出版社,2010年。

陈世丹:《英国后现代主义小说详解》,天津:南开大学出版社,2013年。

莱昂纳多·达芬奇:《笔记》,见伍蠡甫主编《西方文论选》(下卷),上海:上海译文出版社,1979年。

德尼·狄德罗:《绘画论》,见伍蠡甫主编《西方文论选》,上海:上海译文出版社,1979年。

段枫:《历史的竞争者——库切对传统现实主义的继承与超越》,《当代外国文学》,2006(3)。

约翰·沃尔夫冈·冯·歌德:《收藏家和他的伙伴们》,上海:上海文艺出版社,1984年。

高继海:《历史小说的三种表现形态》,《浙江师范大学学报》(社会科学版),2006(1)。

莫里斯·哈布瓦赫:《论集体记忆》,毕然译,上海:世纪出版集团,2002年。

何成洲:《全球化与跨文化戏剧》,南京:南京大学出版社,2012。

戴维·赫尔曼:《新叙事学》,马海良译,北京:北京大学出版社,2002年。

乔治·威廉·弗里德里希·黑格尔:《美学》(第1卷),北京:人民文学出版社,1858年。

侯维瑞:《英国文学通史》,上海:上海外语教育出版社,1999年。

黄曼君:《中国现代文学经典的诞生与延传》,中国社会科学,2004(3)。

海登·怀特:《后现代历史叙事学》,陈永国、张成娟译,北京:中国社会科学出版社,2003 年。

——.《作为文学虚构的历史文本》,见张京媛《新历史主义与文学批评》,北京:北京大学出版社,1993 年。

——.《元史学:19 世纪欧洲的历史想象》,陈新译,南京:译林出版社,2004 年。

斯图尔特·霍尔:《表征——文化表征与意指实践》,徐亮、陆兴华译,北京:商务印书馆,2013。

菊池宽:《历史小说论》,《文学创作讲座》(第 1 卷),洪秋雨译,上海:光华书局,1931 年。

托马斯·卡莱尔:《论历史上的英雄、英雄崇拜和英雄业绩》,北京:商务印书馆,2010 年。

R. G. 柯林伍德:《历史的观念》,北京:中国社会科学出版社,1986 年。

贝奈戴托·克罗齐:《历史学的理论和实际》,北京:商务印书馆,1982 年。

——.《西方历史哲学导论》,济南:山东人民出版社,1992 年。

米兰·昆德拉:《小说的艺术》,董强译,上海:上海译文出版社,2012 年。

雷达:《历史的人与人的历史》,《文学评论》,1992(1).

朗吉努斯:《论崇高》,见伍蠡甫主编《欧洲文论简史》,北京:人民文学出版社,1997 年。

李维屏:《乔伊斯的美学思想和小说艺术》,上海:上海外语教育出版社,2000 年。

李维屏、程汇涓:《安吉拉·卡特后现代主义历史小说的政治意图》,《外语研究》,2010(5)。

F. R. 利维斯:《伟大的传统》,袁伟译,北京:生活·读书·新知三联书店,2009 年。

刘芬:《英国文学地图》,武汉:武汉大学出版社,2010 年。

乔治·卢卡契:《悲剧的形而上学》,《悲剧:秋天的神话》,北京:中国戏剧出版社,1992 年。

华莱士·马丁:《当代叙事学》,北京:北京大学出版社,1991 年。

卡尔·马克思:《哲学的贫困》,《马克思恩格斯全集》(第 4 卷),北京:人民出版社,1958 年。

马克思、恩格斯:《马克思恩格斯选集》(第 1 卷),北京:人民出版社,1995 年。

马新国:《西方文论史》,北京:高等教育出版社,2002 年。

马振方:《历史小说三论》,《北京大学学报》(哲学社会科学版),2004(7)。

玛丽·雪莱:《弗兰肯斯坦》,张剑译,北京:中国城市出版社,2009 年。

罗伯特·麦基:《故事—材质、结构、风格和银幕剧作的原理》,北京:中国电影出版社,2001 年。

茅盾:《学生杂志》,第 7 卷第 9 号,上海:学生杂志社,1914—1947。

安·莫洛亚:《狄更斯评传》,王人力译,上海:上海译文出版社出版,1986 年。

弗里德里希·尼采:《历史的用途与滥用》,陈涛译,上海:

上海人民出版社,2000年。

杰弗里·乔叟:《坎特伯雷故事》,方重译,北京:人民文学出版社,2007年。

——.《坎特伯雷故事》,方重译,上海:上海文艺出版社,1983年。

——.《坎特伯雷故事》,方重译,北京:人民文学出版社,2003年。

瞿世镜:《当代英国小说》,北京:外国教学与研究出版社,1998年。

瞿世镜、任一鸣:《当代英国小说史》,上海:上海译文出版社,2008年。

阮炜、徐文博等:《20世纪英国文学史》,青岛:青岛出版社,2004年。

尚必武:《交融中的创新:21世纪英国小说创作论》,《当代外国文学》,2015(2)。

申丹、王丽亚:《西方叙事学:经典与后经典》,北京:北京大学出版社,2010年。

利顿·斯特拉奇:《维多利亚时代四名人传》,逢珍译,广州:花城出版社,2003年。

拉宾德拉纳特·泰戈尔:《历史小说》,《20世纪世界小说理论经典》(上),北京:华夏出版社,1995年。

谭霈生:《戏剧性论》,北京:北京大学出版社,2009年。

唐岫敏:《英国传记发展史》,上海:上海外语教育出版社,2012年。

唐浩明:《历史人物的文学形象塑造》,《文学评论》,1995(6)。

列夫·托尔斯泰:《古典文艺理论译丛》(第一册),北京:人民文学出版社,1961年。

奥斯卡·王尔德:《关于〈道连·格雷的画像〉的两封信》,赵澧、徐京安译,《唯美主义》,北京:中国人民大学出版社,1988。

王守仁:《20世纪英国文学史》,北京:北京大学出版社,2006年。

——.《论格雷夫斯的小说和诗歌创作》,《外国文学研究》,2002(3)。

王向远:《日本当代历史小说与中国历史文化》,银川:宁夏人民出版社,2003年。

王佐良:《风格和风格的背后》,北京:人民日报出版社,1987年。

魏明伦:《戏海弄潮》,上海:文汇出版社,2001年。

弗里德里希·席勒:《论悲剧艺术》,《古典文艺理论译丛》(第6辑),北京:人民文学出版社,1962—1966。

肖明翰:《英语文学之父:杰弗里·乔叟》,北京:社会科学文献出版社,2005年。

许苏民:《历史的悲剧意识》,上海:上海人民出版社,1992年。

徐涛:《半领文学风骚:历史文学创作论》,武汉:武汉出版社,1992年。

亚里士多德:《诗学》,郝久新译,北京:九州出版社,

2006年。

杨建华:《唐浩明历史小说创作综论》,《湖南大学学报》(社会科学版),2003(9)。

杨金才:《当代英国小说的核心主题与研究视角》,《外国文学》,2009(6)。

杨正润:《现代传记学》,南京:南京大学出版社,2009年。

姚君伟:《论赛珍珠跨文化写作的对话性》,《外语研究》,2011(4)。

H. R. 姚斯、R. C. 霍拉勃:《接受美学与接受理论》,周宁、金元浦译,沈阳:辽宁人民出版社,1987年。

郁达夫:《历史小说论》,《郁达夫文集》(第5卷),广州:花城出版社,三联出版社,1982年。

——.《怀鲁迅》,《文学》第7卷第5号,1936年11月1日。

维克多·雨果:《论文学》,柳鸣九译,上海:上海译文出版社,1985年。

埃德加·约翰逊:《狄更斯:他的悲剧与胜利》,林筠因、石幼珊译,天津:天津人民出版社,1992年。

——.《名著的阐释和改编类型——以中国现当代文学名著的改编为例》,《唐山学院学报》,2009(1)。

原小平:《改编的界定及其性质——兼与重写、改写相比较》,《贵州师范学院学报》(社会科学版),2010(1)。

弗雷德里克·詹姆逊:《政治无意识》,王逢振、陈永国译,北京:中国社会科学出版社,1999年。

张浩:《彼得·阿克罗伊德的历史小说创作》,《外国文学动态》,2010(5)。

张剑:《T.S.艾略特:诗歌和戏剧的解读》,北京:外语教学与研究出版社,2006。

张京媛:《新历史主义与文学批评》,北京:北京大学出版社,1993年。

赵白生:《传记文学理论》,北京:北京大学出版社,2003年。

赵文书:《再论后现代历史小说的社会意义——以华美历史小说为例》,《当代外国文学》,2012(2)。

赵一凡等:《西方文论关键词》,北京:外语教学与研究出版社,2006年。

钟丽茜:《诗性回忆与现代生存:普鲁斯特小说的审美意义研究》,北京:光明日报出版社,2010年。

朱刚:《二十世纪西方文论》,北京:北京大学出版社,2006年。

周宪:《美学是什么》,北京:北京大学出版社,2002年。

朱立元:《当代西方文艺理论》,上海:华东师范大学出版社,2005年。

朱维之、赵澧、崔宝衡:《外国文学史》(欧美卷),天津:南开大学出版社,2004年。

附 录 | 彼得·阿克罗伊德作品目录

Ⅰ. Poetry（诗歌）

1）1971:*Ouch*《哎哟》

2）1973:*London Lickpenny*《伦敦便士》

3）1978:*Country Life*《乡村生活》

4）1987:*The Diversions of Purley and Other Poems*
《珀利的消遣及其他诗歌》

Ⅱ. Biography of Person（人物传记）

1）1980:*Ezra Pound and His World*
《埃兹拉·庞德和他的世界》

2）1984:*T. S. Eliot*《艾略特传》

3）1990:*Dickens*《狄更斯传》

4）1995:*Blake*《布莱克传》

5）1998:*The Life of Thomas More*
《托马斯·莫尔的一生》

6）2004:*Chaucer*《乔叟传》

7）2005:*Shakespeare: The Biography*《莎士比亚传》

8）2005:*J. M. W. Turner*《特纳传》

9) 2008:*Newton*《牛顿传》

10) 2008:*Poe: A Life Cut Short*《爱伦·坡传》

11) 2012:*Wilkie Collins*《威尔基·柯林斯传》

12) 2014:*Charlie Chaplin: A Brief Life*
《查理·桌别林传》

13) 2015:*Alfred Hitchcock*《阿尔弗雷德·希区柯克传》

Ⅲ. Biography of Place(地方传记)

1) 2000: *London: The Biography*《伦敦传》

2) 2007: *Thames: Sacred River*《泰晤士:圣河》

3) 2009: *Venice: Pure City*《威尼斯:水晶之城》

Ⅳ. Fiction(小说)

1) 1982:*The Great Fire of London*《伦敦大火》

2) 1983:*The Last Testament of Oscar Wilde*
《一个唯美主义者的遗言》

3) 1985:*Hawksmoor*《霍克斯默》

4) 1987:*Chatterton*《查特顿》

5) 1989:*First Light*《第一道光》

6) 1992:*English Music*《英国音乐》

7) 1993:*The House of Doctor Dee*《狄博士的屋子》

8) 1994: *Dan Leno and the Limehouse Golem* (*the British title*)
《丹·雷诺和莱姆豪斯的魔像》

1995: *The Trial of Elizabeth Cree* (*the American title*)
《伊丽莎白·克莉的审判》

9) 1996:*Milton in America*《弥尔顿在美国》

10) 1999:*The Plato Papers*《柏拉图文件》

11) 2003:*The Clerkenwell Tales*《克拉肯威尔故事集》

12) 2004:*The Lambs of London*《伦敦的兰姆》

13) 2006:*The Fall of Troy*《特洛伊的陷落》

14) 2008:*The Casebook of Victor Frankenstein*
《维克多·弗兰肯斯坦的个案》

15) 2009: *The Canterbury Tales: A Retelling*
《坎特伯雷故事集重述》

16) 2010: *The Death of King Arthur*《亚瑟王之死》

17) 2013: *Three Brothers*《三兄弟》

Ⅴ. Criticism(评论)

1) 1976: *Notes for a New Culture: An Essay on Modernism*
《新文化笔记:现代主义论》

2) 2001: *The Collection: Journalism, Reviews, Essays, Short Stories, Lectures*
《文集:杂志、评论、散文、短篇故事和演讲》

3) 2002: *Albion: The Origins of the English Imagination*
《英格兰:英语想象的根源》

Ⅵ. Voyages through Time (non-fiction series)
(穿越时空系列丛书)(非小说)

1) 2003: *The Beginning*《生命起源》

2) 2003: *Escape from Earth*《飞离地球》

3) 2004: *Ancient Egypt*《古代埃及》

4) 2005: *Kingdom of the Dead*《死亡帝国》

5）2005：*Ancient Greece*《古代希腊》

6）2005：*Ancient Rome*《古代罗马》

7）2005：*Cities of Blood*《血祭之城》

Ⅶ. Others（其他）

1）1979：*Dressing Up：Transvestism and Drag，the History of an Obsession*

《装扮：异性装扮癖及异性服装痴迷史》

2）2000：*The Mystery of Charles Dickens*

《查尔斯·狄更斯之谜》

3）2010：*The English Ghost*《英国鬼》

4）2011：*London Under*《伦敦的地下世界》

5）2011：*The History of England*（Ⅰ）：*Foundation*

《英国历史（Ⅰ）：基石》

6）2012：*The History of England*（Ⅱ）：*Tudors*

《英国历史（Ⅱ）：都铎王朝》

7）2014：*The History of England*（Ⅲ）：*Civil War*

《英国历史（Ⅲ）：内战》

后 记

时光飞逝，已经毕业四年了。现在我的博士论文经过四年的沉淀即将出版，然而在南京大学单纯、美好、紧张而充实的博士生活依然浮现在眼前，所以决定将四年前写的这个博士论文后记一并奉献，因为不想抹去那些刻骨铭心的时刻。

四年前，我怀揣喜悦和梦想来到我心向神往的南京大学，南大的一切带给我无尽的回忆。安谧而庄重的鼓楼校区，清新芬芳。春天，娇美的樱花点缀着见证南大百年历史的北大楼和钟楼。夏天，教学楼前高大的雪松和梧桐撑起骄阳底下的一片绿。初秋，娇小柔弱的桂花散发出浓浓的芳香，沁人心脾，走在校园的任何一个角落都可以闻到它的气息。深秋季节，金黄美丽的银杏树叶布满天空和大地，为冷落清秋的季节带来一丝浪漫和暖意。冬日里，凌寒独自开的蜡梅和一直坚守的香樟树共同彰显着不畏霜雪寒天的风骨和气节，坚强地为校园点缀着一幅幅美丽的图画和美景。庆幸的是，在最后一年我能有机会体验和品味国际化的仙林校区，和同学们一起享受一流的教学和生活设施，欣赏山清水秀的校园风景。杜厦图书馆前我最心仪的树树梅花、左边荷塘里的莲花和荷塘周边的海棠花形成一幅幅美丽的风景画，使我每天能在去图书馆的路上匆匆一瞥它们带给我的欣喜和激动，让我没有因写论文而错过大自然的神奇和美丽。我喜欢鼓楼校区厚重的历史气息和氛围，也喜欢现代化仙林校区的青春和朝气，它们都是我心目中的圣地和天堂。有幸生活和学习在两个校区并赶上百年校庆是一个南大学子的最大幸运，在这里，我曾和同学一起上课、畅谈、牵手同行，三年的岁月，有光阴的故事，生命中最刻骨铭心的记忆，也有明天的梦！

在南京大学外国语学院的学生生活使我深感获益颇多。首先，深切感谢我的导师王守仁教授，能以王老师为师是我此生之幸。他那学贯中西的学养、超凡的个人修养和涵养令我深深仰慕。能来南大做王老师的学生让我享受到梦想成真带来的快乐，看到了人生中最美丽的风景。“英国文学史”课程使我初次领略到王老师在课堂上的潇洒风度和严谨治学的态度，他那深厚的英国文学史功底、充满智性的讲解和教学热情激发了我的读书欲望。他的“论文研讨”课又使我无比钦佩王老师深厚的西方文学理论修养、对学术前沿问题的准确把握和精通，培养了我对学术研究的兴趣、拓展了我的学术视野。特别当看到王老师为我们每位同学认真修改的作业时，我也深深领略到了他的严谨学风。三年来，王老师在各个阶段都给予我许多耐心的帮助和鼓励，从论文题目的选择、章节的确定到最后的定稿都凝聚着王老师的时间、精力和心血。王老师不厌其烦地帮我梳理，一次次为我指点迷津，帮我调整思路和结构，一遍遍地审阅，逐字逐句地悉心把关。王老师勤勉不倦的工作作风和锐意进取的人生态度使他总是精力充沛，工作效率极高。博大的胸襟、不凡的气度又使他在生活方面仁厚、谦和、包容而低调。同时，我也深深感谢漂亮、温柔、善良的师母对我的生活和学习的真诚关心！我为人生中有这样德高望重的恩师和师母而深感荣幸!

在南大就读的日子里,我也有幸受教于杨金才教授。他朴实无华、单纯美好的个性、深厚的学养、谦逊平和的为人、忘我的学习热情和激情都深深地感染了我。在他的“西方经典文学选读”课上,杨老师对各种文学知识、理论都能娴熟把握和信手拈来,他宽广的学术视野、厚重的学养和治学精神彻底征服了我。杨老师对书籍的真诚热爱和激情、对学术的执着追求以及在生活中的淡定从容和低调同样使我仰慕,成为我心中的目标和偶像。在南大,何成洲教授在戏剧的舞台上独展风采,他深厚的戏剧理论修养、对问题的敏锐洞察、深刻见地和充满激情的精彩讲解使我心怀敬仰、深受启发,受益很深,使我在学位论文写作过程中有了更多的思想和灵感。在“文学理论课”上,朱刚老师儒雅、谦逊的气质,仔细、认真的讲解使枯燥的理论课变得生动、有趣,使我对 20 世纪西方文艺批评理论有了更多的了解和热爱。潇洒的程爱民老师对学生的和善、理解和鼓励让我深受感动,使我感受到一位老师对学生的真诚关爱,他在课堂上条理清晰的讲解弥补了我之前对华裔文学知识的欠缺。刘海平老师讲授的美国文学史课程也给了我很大启发,他的治学态度同样使我由衷地钦佩。此外,还要感谢陈爱华老师的帮助和鼓励,陈老师的善良、朴实和真诚深深地打动了我!同样感谢姚君伟教授、方杰教授、杨金才教授、何成洲教授、陈兵教授等在酷暑之日为我审阅论文,在预答辩期间为我的论文提出的宝贵修改意见。

感谢一直以来鼓励我的张森院长。没有张院长的帮助、理解、支持和包容我不可能有今天的收获。还要感谢我的硕士生导师郭群英教授和其先生李治,以及一直支持我、关心我的李岩老师、程利芬老师。同时，感谢我的师姐罗媛、赵宏维、信慧敏，同学柏云彩、宁静、沈春花、史菊红、王秀杰、袁小明、郑小倩，师妹陈博等和我一起走过的路。

感谢关心我、牵挂我、支持我的父母、丈夫、女儿和所有的亲人。因为有他们，我才有了比同龄人更加优越的生活和学习环境，他们的理解与包容、无私的爱与奉献使我的生活温馨、甜蜜，让我能始终保持自信、乐观和阳光的生活态度，在无忧无虑中成长、生活、学习和工作，一路顺利地走到现在，让我的人生有了更多的温暖和诗意！

本书凝聚了所有老师、同学、亲人的时间和精力。你们给了我不可多得的精神财富，使我懂得了做学问的兴趣和魅力，使我人生的景色有了神话般的美。在今后的研究中，我会牢记"诚朴雄伟、励学敦行"的南大校训，在保持诚恳朴实本色的基础上，怀揣梦想，始终以阳光的心态坚守生活和学术的美与真！

本书最后附加了"彼得·阿克罗伊德作品目录"，它包括了阿克罗伊德自 20 世纪 70 年代以来发表的作品。希望它对以后的研究者有一定的帮助和参考价值。

此书之所以能顺利出版，还要感谢南京大学出版社荣卫红编辑的认真负责。在修改本书稿的过程中，虽然本人已投入很多时间和精力，但是我深深地感觉到，读懂书中的人和事、读懂写书的人和事并非容易，因此书中依然会存在很多不足和缺陷，真诚希望对本研究感兴趣的前辈、老师、同学、朋友和读者多提宝贵意见！列夫·托尔斯泰曾说"人类的使命在于自强不息地追求完美"，我会在此研究的基础上不断追求、不断进取，享受做学问的独到乐趣，勇于奉献和担当！

2017 年 9 月 12 日

图书在版编目(CIP)数据

彼得·阿克罗伊德：历史书写与英国性 / 郭瑞萍著. -- 南京：南京大学出版社，2017.12

ISBN 978-7-305-19116-9

Ⅰ.①彼… Ⅱ.①郭… Ⅲ.①彼得·阿克罗伊德—文学研究 Ⅳ.①I561.065

中国版本图书馆 CIP 数据核字(2017)第 189291 号

出版发行 南京大学出版社
社　　址 南京市汉口路 22 号　　邮　编 210093
出 版 人 金鑫荣

书　　名 彼得·阿克罗伊德:历史书写与英国性
著　　者 郭瑞萍
责任编辑 荣卫红　　编辑热线 025-83685720

照　　排 南京南琳图文制作有限公司
印　　刷 南通印刷总厂有限公司
开　　本 880×1230 1/32 印张 10 字数 225 千
版　　次 2017 年 12 月第 1 版 2017 年 12 月第 1 次印刷
ISBN 978-7-305-19116-9
定　　价 40.00 元

网址：http://www.njupco.com
官方微博：http://weibo.com/njupco
官方微信号：njupress
销售咨询热线：(025) 83594756
